35

Jane Eyre

제인 에어

C. 브론테 지음 / 봉현선 옮김

惠園出版社

나는 그렇게까지 기를 쓰고 생명을 연장하려는
내 자신을 이해할 수가 없었다.
그토록 절망한 상태에서도
왜 그렇게 구차스럽게 삶을 이어나갔을까.
이제 와서 생각해 보면
그것은 바로 로체스터 씨가 살아 있기 때문이었다.

차 례

제인 에어

1

그날 오후에는 몹시 찬 바람이 불었다.

소파에 깊이 몸을 묻고있던 리드 부인은 이라이자, 존 그리고 조지아나가 다가가자 마냥 행복한 표정을 지었다. 그러나 나는 멀찌감치 떼어 놓았다.

"저에 대해서 보모가 뭐라고 했나요?"

그때 나는 어린 나이였음에도 불구하고 부인의 처사가 부당하게 느껴졌다. 그래서 혹시 보모 베시가 내 행동에 대해 잘못된 보고를 하지 않았나 의심하지 않을 수 없었다.

"제인, 난 어른한테 함부로 따지거나 캐묻는 아이는 질색이야. 좋은 말로 할 때 저쪽에 가서 앉아 있거라."

부인은 내가 조금 더 어린애답고 조금 더 자연스러워질 때까지 자신의 아이들과는 떼어 놓아야 한다는 생각을 갖고 있었다.

나는 할 수 없이 식당에 딸린 응접실로 들어갔다. 그곳에는 책장이 하나 있었다. 나는 책장에서 책을 하나 빼어 들곤 창문과 커튼 사이에 올라가 앉았다. 밖에는 바람이 구슬픈 소리를 내며 비를 흩뿌리고 있었다.

내가 빼든 책은 비위크의 《영국 조류사》라는 책이었다. 나는 그것을 주로 그림 위주로 보았다. 하지만 이따금씩 그냥 넘길 수 없는 설명에는 눈을 박고 읽기도 하였다. 특히 바다새만 산다는 외로운 바위와 곶을 비롯하여 린드레스, 네이즈 곶, 노드 케이프 등 노르웨이의 해안에 많은 관심이 갔다. 또한 랍랜드, 시베리아, 스피츠베르겐, 노바야 짐랴, 아이슬 랜드, 그린랜드와 같은 곳도 눈길을 끌었다. 그것과 관련된 해설문과 삽화를 마음 속 깊이 새겨 두기도 하였다. 그것은 베시가 기분좋을 때 들려주는 옛날 이야기만큼이나 재미있었다.

베시는 가끔 어린이방에 다림질판을 갖다놓고 그 주위에 우리를 앉혔다. 그리곤 자신은 리드 부인의 레이스를 손질하거나 나이트 캡 가장자리의 주름을 잡으며 민요에서 비롯된 전설이나 모험담을 이야기해 주었다. 또한 패밀라와 모어랜드의 헨리 백작에 대한 이야기를 해 주기도 하였다.

응접실에 숨어 들어 한참 비위크의 책에 빨려 들어가고 있을 때였다. 갑자기 응접실 문이 열리며 존이 문 틈으로 고개를 디밀었다.

"어디 숨어 있어? 이리 나오지 못해!"

존은 버럭 소리를 지르며 응접실 안을 둘러보았다. 그러더니 한순간 가만히 있었다. 막상 소리는 질렀지만 나를 발견하지는 못한 것이었다.

"요게 어디 갔을까? 리자, 조지, 여기도 없어. 밖에 나갔다고 엄마한테 얼른 일러!"

존이 바깥 쪽으로 고개를 돌리며 다시 소리쳤다. 그때 이라이자가 존을 제치며 안으로 들어섰다.

"들창 안에도 찾아 봤어?"

이라이자는 두리번거리며 내가 있는 쪽으로 다가왔다. 나는 얼른 커튼 밖으로 고개를 내밀었다.

"나 여기 있어. 무슨 일이니?"

"무슨 일이세요, 도련님? 이렇게 말해야지."

존은 팔걸이 의자에 앉으며 자기 앞으로 오라고 손짓했다.

존 리드, 당시 그는 14살로 나보다 4살 위였다. 나이에 비해 키가 크고 무척 뚱뚱했으며, 가무잡잡한 피부에 얼굴은 부석부석했다. 하지만 그는 두 볼이 축 처질 정도로 뚱뚱했고 무지막지하게 먹어댔다.

존 리드의 선생은 그에게 케이크나 사탕을 줄이라고 충고했지만 리드 부인의 생각은 달랐다. 그녀는 자신의 아들이 공부에 지치고 집을 그리워한 나머지 약해진 것이라고 했다. 그리고 자신의 판단에 따라 아들을 집에 와 있게 한 것이었다.

리드 부인과는 달리 존은 어머니에게 애정이 없었다. 그는 자기 어머니를 할멈이라 불렀으며 어머니와 같이 피부가 검은 여자를 싫어했다. 또한 어머니의 말은 아예 듣지 않았고 어머니의 명주옷을 끄집어내어 찢어 놓기도 하였다. 그러나 그러한 존을 말리는 사람은 아무도 없었다. 오히려 리드 부인은 그를 '우리 귀염둥이'라고 불렀다. 따라서 그는 점점 집안의 폭군으로 자리잡아 갔다.

그런데 문제는 그 작은 폭군이 나에게 반감을 품고 있다는 것이었다. 그 반감은 나를 때리거나 욕하는 것으로 나타났다. 하지만 게이츠헤드 저택에서 나를 위해 편들어 주는 사람은 아무도 없었다.

나는 그의 앞으로 다가가 그의 추한 얼굴을 똑바로 보았다. 그가 곧 나를 때릴 것이라고 짐작했다. 하지만 고개를 돌리거나 하지는 않았다.

"이건 아까 우리 엄마한테 건방진 말대꾸를 한 값이고!"

그는 내 머리통을 주먹으로 후려치며 말했다.

"이건 커튼 뒤에 숨어 있던 거하고 기분 나쁘게 쳐다본 값이다! 요 생쥐같은 년아!"

존은 다시 후려치며 욕했다. 나는 그의 폭력과 욕지거리에 익숙해 있던 터라 아예 말대꾸할 생각을 하지 않았다. 다만 그의 폭력에 어떻게 견디느냐 하는 것이 문제였다.

"커튼 뒤에서 뭘 하고 있었어?"

"책 읽고 있었어."

"이리 내놔 봐."

존의 말에 따라 나는 창가로 가서 책을 가져 왔다.

"넌 우리 집에 있는 책을 꺼내 볼 자격이 없어. 우리 집에 있는 건 다 내 거니까. 우리 엄마가 넌 거지라고 했어. 네 아버지가 네게 돈 한 푼 안 남겼단 말야. 그런데도 우리와 똑같은 생활을 한다는 건 말도 안 돼. 당장 저쪽으로 가서 서."

존은 손가락으로 문 쪽을 가리켰다. 나는 시키는 대로 했다.

"이 거지 같은 년아!"

그는 욕설을 내뱉으며 동시에 책을 던졌다. 나는 반사적으로 몸을 피했지만 이미 때는 늦었다. 책은 순식간에 내 머리를 치고 밑으로 떨어졌다. 그 충격으로 나는 문에 머리를 부딪치며 그대로 넘어지고 말았다. 머리에서 피가 나기 시작했다. 나는 피를 보자 갑자기 가슴 속에서 무엇인가 불쑥 솟아 오르는 듯했다.

"이 살인자 같은 놈아! 로마 폭군 같은 놈아!"

나는 벌떡 일어나 소리쳤다. 로마 폭군이라고 했던 것은 당시 내가 골드 스미스의 《로마의 역사》를 읽고 있었기 때문이었다.

"뭐야! 너 지금 그거 나한테 한 말이야? 이라이자, 조지아나, 너희들도 들었지, 이년이 지금 한 말!"

그는 당장 내게 달려들어 머리채를 휘어잡았다. 나도 가만히 있지 않았다. 그 순간 그가 진짜 폭군이며 살인자라는 생각이 들었기 때문이었다.

그렇게 서로 엉겨 있는 동안에는 내가 무슨 짓을 하고 있는지 몰랐다. 그의 입에서 쉴새없이 흘러나오는 욕설로 공포심마저 잊고 있었다.

얼마 후 리드 부인이 베시와 하녀 애보트를 거느리고 들어왔다. 어느새 이라이자와 조지아나가 구원을 청한 것이었다.

"세상에, 존 도련님한테 달려들다니!"

베시와 애보트가 놀라 부르짖으며 우리를 뜯어 말렸다.

"이런 못된 것이 있나! 당장 붉은 방으로 끌고 가서 가둬 버려!"

부인의 분한 목소리가 좁은 응접실 안에 날카롭게 울려퍼졌다.

2

나는 제정신이 아니었다. 베시와 애보트에게 끌려가면서도 계속 발버둥을 치며 소리쳤던 것이다. 그런 나를 두고 그들은 어처구니없어 했다.

"존 도련님을 때리다니! 그분은 제인 아가씨의 주인이란 말예요."

"그가 왜 내 주인이야? 그럼 내가 하인이란 말야?"

"하인보다 못하죠. 자기 분수를 모르는 사람은 개, 돼지만도 못한 거예요!"

베시가 위협적으로 소리쳤다.

그들은 리드 부인이 지시한 방으로 나를 끌고 들어갔다. 그리곤 함부로 걸상 위에 내동댕이쳤다. 나는 벌떡 일어났다. 그러자 베시가 양말 대님을 풀었다. 나를 묶겠다는 뜻이었다.

"그만둬요. 이제 얌전하게 있을 테니."

나는 얼른 뒤로 물러나며 얌전하게 앉았다. 그들은 뒤로 한 발자국 물러서서 한동안 나를 지켜보았다.

"아가씨는 더부살이한다는 걸 잊어서는 안 돼요. 마님이 친절하셔서 자녀분들과 똑같이 대해 주신다고 해서 아가씨마저 그분들과 동등하다고 생각해서는 안 된다는 말예요. 만일 마님이 아가씨를 쫓아내면 아가씨는 양육원으로 가는 수밖에 없어요."

베시의 말에 나는 아무 말도 할 수가 없었다. 내가 더부살이를 한다는 말은 철이 들면서부터 줄곧 들어온 말이기 때문이었다.

"그럼 혼자서 반성하고 있어요. 그렇지 않으면 언제 하느님이 아가씨를 벌 주실지 모르니까요."

두 사람은 문에 자물쇠를 채우고는 가 버렸다.

붉은 방은 그 저택에서 가장 넓고 웅장한 침실 중의 하나였다. 마호가니의 육중한 기둥으로 받쳐진 침대에는 붉은 휘장이 드리워져 있었고, 창문의 휘장과 융단 역시 붉은 색깔이었다. 또한 침대 발치에 놓인 테이블과 벽지까지 붉은 색을 띠고 있었다.

9년 전 리드 씨가 그곳에서 눈을 감자 사람들은 그곳에 들어가는 것을 두려워 하였다. 다만 리드 부인이 그곳에 간직한 온갖 서류며 보석 등을 살펴볼 때나, 하인들이 토요일에 한 번씩 청소할 때만 문이 열리곤 했다.

나는 교도소보다 무겁게 잠긴 문을 보며 존의 횡포와 그 여동생들의 냉대, 또한 리드 부인의 증오와 하인들의 비웃음 등을 생각했다. 그토록 잘못을 저지르지 않으려고 노력했건만 그들은 항상 나를 못되고 앙큼한 애로 여겼다. 만약 내가 조금만 더 쾌활하고 명랑하며 예쁘게 생겼더라면 그들은 내게 친절했을 것이다. 또한 하인들도 함부로 대하지 않았을 것이다.

리드 씨는 나의 외삼촌이었다. 그러니까 리드 부인은 내게 외숙모가 되는 사람이었다. 리드 씨는 누이 동생이 죽자 고아가 된 나를 자신의 집으로 데려왔다. 그리곤 임종 때 나를 그녀의 친자녀와 똑같이 양육할 것을 리드 부인에게 부탁한 것이다.

그러나 리드 부인은 남편이 죽자마자 나를 냉대하기 시작하였다. 그녀의 성격으로 피붙이가 아닌 아이를 친자녀같이 생각한다는 것은 무척 어려운 일이었을 것이다. 그럼에도 불구하고 나를 내쫓지 않는 것은 나름대로는 남편과의 약속을 지키려는 의지인 셈이었다.

창문을 통해 들어오던 햇빛이 점점 사그러들고 있었다. 오랫동안 불을 때지 않은 방이라 습기가 차고 냄새도 났다. 나는 점점 파고드는 한기에 몸을 웅크렸다. 그러나 추위보다 견딜 수 없었던 것은 이토록 음산하고 더구나 사람이 죽은 방에 혼자 갇혀 있다는 생각이었다.

방 안이 어두워질수록 두려움은 비례해 갔다. 어디선가 금방 귀신이 튀어나올 것만 같았다. 나는 울먹이며 주위를 둘러보았다. 그러자 언뜻 한 가닥의 빛이 스쳐 지나간 듯싶었다. 무슨 소리도 나는 듯싶었다. 나는 리드 아저씨의 혼령이 나타난 것이라 생각했다.

"베시, 무서워! 베시, 문 좀 열어 줘!"

나는 정신없이 문을 두드리기 시작했다.

곧 복도에서 빠른 발소리가 들려오기 시작했다. 그리고 그 소리는 자물쇠에 열쇠를 꽂는 소리로 이어졌다.

"나가게 해 줘요. 제발 날 여기서 내보내 줘요!"

나는 문에 매달려 울부짖었다. 그리고 문이 열리자마자 베시의 팔에 매달렸다.

"정말 소란스럽네. 아휴, 지겨워!"

애보트가 소리를 질렀다. 그때 리드 부인이 나타났다.

"왜들 이 야단이야? 애보트, 베시, 내가 이를 때까지 그애를 방에 놔두라고 했을 텐데."

부인은 굳은 얼굴로 그들을 나무랐다.

"제인 아가씨가 마구 소리를 치는 바람에……."

베시가 먼저 변명을 했다.

"아아, 아주머니, 살려 주세요! 용서해 주세요. 더 이상은 못 견디겠어요. 그러니 제발 내보내 주세요!"

나는 두 손을 비비며 빌었다. 그러나 내게로 돌아온 것은 그녀의 차디찬 비웃음뿐이었다.

"어린 것이 별수작을 다 하는구나. 하지만 내게는 그런 잔꾀가 통하지 않는다. 자, 베시 다시 그애를 가둬라."

리드 부인은 진정으로 그렇게 느낀 듯싶었다. 그녀에게는 내가 앙큼한 연극 배우로 보였던 것이다.

리드 부인이 가자 베시와 애보트는 나를 다시 안으로 밀어넣고 문을 잠갔다. 나는 다시 방에 갇힌 채 부인이 옷자락을 끌며 가는 소리를 들었다. 그리곤 곧 정신을 잃고 말았다.

3

정신이 들면서 나는 누군가 나를 어루만지고 있다는 것을 알았다. 그 손길은 이제까지 내가 경험한 어떠한 손길보다도 부드럽고 따뜻한 것이었다.

눈을 떠보니 침대 옆에는 베시가 대야를 들고 서 있었다. 내 머리 맡에는 신사 한 분이 앉아 있었다. 그는 바로 리드 부인이 하인들이 아플 때 불러들이는 약제사 로이드 씨였다.

"괜찮니?"

로이드 씨는 내 손을 잡으며 물었다. 나는 대답 대신 고개를 끄덕였다. 그러자 그는 자리에서 일어서며 베시에게 몇 가지 지시를 하였다. 그리고 다음 날 다시 오겠다는 말을 남기곤 방을 나갔다.

"참을 수 있겠어요?"

베시가 부드럽게 물었다. 처음 듣는 말투였다. 나는 그 부드러움에 용기가 났다.

"어떻게 된 거야? 나 아픈 거야?"

"울다가 병이 난 모양이에요. 하지만 금방 괜찮아질 거래요."

그녀는 얼른 대답을 하곤 옆에 딸린 하녀 방으로 돌아갔다.

그곳에서 그녀는 사라라는 하녀에게 무엇인가를 속삭이기 시작했다. 아마 내가 의식불명인 상태에서 한 말을 전하는 모양이었다. 나는 그녀가 하는 말을 토막토막 엿듣고 대강의 내용을 정리해 보았다.

누군가 온통 하얀 옷을 입고 스쳐 지나갔다고 했다. 그 뒤엔 검정 개가 따르고 있었으며, 그 사람은 붉은 방의 문을 세 번 쾅쾅 두드렸다는 것이다. 그리고 교회 묘지의 돌아가신 리드 아저씨 무덤에서 한 줄기 빛이 뻗어 오더라는 것이다.

"애가 얼마나 놀랐을까? 아무래도 마님이 좀 심하셨지."

베시가 더욱 목소리를 낮추며 소곤댔다.

얼마 후 두 사람은 잠이 들었는지 조용해졌다. 난롯불과 촛불도 모두 꺼져갔다. 하지만 나는 공포와 긴장으로 뜬눈으로 밤을 꼬박 새울 수밖에 없었다.

다음 날, 나는 숄을 걸친 채 어린이방 난롯가에 앉아 있었다. 리드 부인은 아이들을 데리고 모두 외출하고 없었다.

애보트는 다른 방에서 바느질을 하고 있었고, 베시는 방 안을 돌아다니며 장난감을 치우고 있었다. 방 청소를 다 마치고는 조지아나의 인형에 씌울 새 모자를 만들기 시작했다. 모자를 만들면서 그녀는 노래를 불렀다. 베시의 목소리는 무척 아름다웠다.

내 발은 망가지고 몸은 지쳤네
길은 멀고 산은 험하니
불쌍한 고아가 가는 길에는
쓸쓸한 달빛뿐이네

왜 나를 보냈을까
황무지와 바위가 쌓인 곳으로
인심은 무정한데 인자한 천사만이
가엾은 고아를 돌봐 주네

멀리서 잔잔한 바람은 불고
구름 한 점 없는 맑은 하늘은 부드럽게 빛나네
자비로운 하느님은 가엾은 고아에게
위안과 희망을 주시네

끊어진 다리를 건너다 떨어져도
도깨비 불에 홀려 숲 속을 헤매도
하느님은 축복과 희망으로
불쌍한 고아를 품에 안아 주시네

의지할 곳과 친지들 없어도
나를 도울 수 있는 것이 있으니
하늘은 나의 집, 안식은 나의 거처
하느님은 가엾은 고아의 벗이라네

베시의 노래를 듣고 있는 동안 나는 그만 눈물을 흘렸다. 그런 나를
베시가 측은한 눈길로 보았다.
오전 중에 로이드 씨가 찾아왔다.
"좀 어떤 것 같아요?"
그는 먼저 베시에게 내 병세에 관해 물었다.
"많이 좋아진 것 같아요."

"그런데 왜 울고 있지? 어디가 아픈가?"

그는 비로소 내게 다가오며 물었다.

"마님과 같이 나가지 못해서 그러는 거예요."

베시가 대신 대꾸했다.

"아녜요. 전 그런 일로 울지 않아요. 제가 운 건 제 신세가 너무 서러워서 그런 거예요."

나는 베시의 말에 자존심이 상해 얼른 고쳐 말했다.

"오호, 그래? 그럼 왜 앓게 되었는지도 말해 줄 수 있니?

"넘어졌어요."

"얻어 맞고요. 하지만 그것 때문에 병이 난 건 아녜요."

베시가 다시 참견을 하고, 내가 다시 덧붙였다. 로이드 씨는 담배에 불을 붙여 길게 한 모금 빨았다.

마침 식사 시간을 알리는 벨이 울렸다. 베시는 조금 더 참견하고 싶어했으나 게이트헤드 저택에서는 식사 시간을 엄수해야 한다는 규칙이 있었다.

"전 유령이 나타나는 붉은 방에 갇혀 있었어요. 밤이 될 때까지요."

베시가 나가기를 기다렸다가 나는 잠깐 동안 끊겼던 이야기를 계속했다.

"유령 얘기할 나이는 아닌 것 같은데?"

"아녜요. 그 방에는 정말 유령이 있어요. 리드 아저씨의 유령이요. 아저씨는 그 방에서 돌아가시고 또 시체도 거기에 모셨었거든요. 그래서 사람들은 그 방에 잘 안 들어가려고 해요. 그런데 전 촛불 하나 없이 그 방에 갇혀 있었던 거예요."

나는 그 방 분위기에 대한 설명을 덧붙였다. 로이드 씨는 말없이 고개를 끄덕였다.

"그래서 네 신세가 서럽다고 했니?"

“아녜요. 그건 베시의 노래를 듣고 한 말이었어요. 전 아버지와 어머니도 안 계시고 남동생이나 여동생도 없거든요.”

“대신 친절한 아주머니와 사촌들이 있잖니?”

“하지만 존은 걸핏하면 저를 때리고 괴롭히는 걸요. 그런데도 아주머닌 오히려 존을 두둔하고 어제는 저를 붉은 방에 가두기까지 했는 걸요.”

“게이츠헤드 저택같이 좋은 집에서 산다는 게 고맙지 않니?”

“이건 제 집이 아녜요. 그리고 전 하인들보다도 더 이 집에서 살 자격이 없다고 애보트가 말했어요. 전 갈 곳만 있다면 이곳에서 떠나고 싶어요. 하지만 어른이 될 때까지는 안 된대요.”

나는 그동안 가슴에 묻어 두었던 말들을 거리낌없이 쏟아냈다. 하지만 될 수 있는 대로 진실하게 말하려고 애를 썼다.

“리드 부인 외에 다른 친척은 없니? 아버지 쪽으로 말이다.”

“몰라요. 언젠가 리드 아주머니께 여쭤 봤더니 어쩌면 가난뱅이 중에 에어라는 성을 가진 친척이 있을지 모르겠다고 했어요. 하지만 전 가난뱅이는 싫어요. 거지 노릇도 하기 싫고요.”

“학교에 가고 싶지 않니?”

“네, 가고 싶어요.”

나는 베시가 게이츠헤드에 오기 전에 잠깐 동안 있었던 어떤 집의 아가씨들에 대한 얘기를 생각하고 그렇게 대답했다. 그들이 들려 주었다는 학교 생활은 끔찍한 것이었지만 그들이 터득한 교양이나 음악, 외국어에는 완전히 매료되었던 터였기 때문이었다.

그때 리드 부인이 돌아오는 소리가 들렸다. 동시에 베시가 어린이 방으로 들어섰다.

“마님이 오시는 모양이군요. 떠나기 전에 마님께 말씀드릴 게 있는데요.”

로이드 씨가 의자에서 일어서며 베시에게 말했다.

"저를 따라오세요."

베시가 앞장을 서며 말했다. 로이드 씨는 내게 가볍게 인사를 하곤 그녀를 따라 나갔다.

그날 밤, 나는 애보트와 베시가 하는 말을 듣고 로이드 씨가 리드 부인에게 무슨 말을 했는지 알게 되었다.

로이드 씨는 리드 부인에게 나를 학교에 보내도록 권했다는 것이다. 그리고 리드 부인은 그의 권고를 받아 들였다고 했다.

애보트와 베시는 우리 아버지와 어머니에 관해서도 말했다. 그들은 내가 잠든 줄로 알고 나에 대한 여러 가지 이야기를 나누었다. 그들의 말에 의하면 우리 아버지는 가난한 목사였다는 것이다. 그리고 우리 어머니는 주위의 반대에도 불구하고 아버지와 결혼했으며 그래서 외할아버지는 어머니를 빈 손으로 내쫓았다는 것이다. 또한 우리 부모님은 결혼한 지 1년도 안 되어서 빈민들을 심방하시다 당시 유행하던 장티푸스에 걸려 돌아가셨다는 것이었다.

"하지만 저앤 너무 밉살스러워서 동정이 가지 않아요."

"맞아. 조지아나 아가씨처럼 귀여우면 우리도 조금 친절하게 대할 텐데."

애보트 말에 베시가 맞장구를 쳤다. 나는 자는 체하며 그 말까지 들었다.

4

리드 부인은 이전보다 나와 자기 아이들 사이를 좀더 벌려 놓았다. 내게 골방을 지정하여 혼자 자도록 했고, 식사도 혼자 하라고 하였다.

또한 응접실에는 얼씬도 못하게 하였다. 나는 그러한 부인을 보고 그녀가 나를 오래 두고 보지는 않으리라는 것을 직감했다.

그러던 어느 날이었다. 그 사건 이후로 아이들은 리드 부인의 지시에 따라 결코 내게 말을 걸어오지 않았는데, 그날따라 존이 나를 보고 혀를 불쑥 내미는 것이었다. 그리곤 손을 쳐들어 때리려고 하였다. 나는 너무 약이 올라 그의 콧등을 할퀴어 버렸다. 그러자 존은 단박에 기가 죽어 겁먹은 표정이 되었다. 나는 내친 김에 그를 좀더 때려주려 했으나 그는 어느 사이에 자기 어머니에게로 달려가 있었다.

존은 울며불며 내가 자기 콧등을 할퀴었다고 이르기 시작했다.

"그러니까 그 계집애하고는 어울리지 말라고 했잖니!"

리드 부인은 아들을 달래며 말했다. 그 순간 나는 앞뒤 잴 틈도 없이 소리를 치고 말았다.

"나도 니들과는 어울리고 싶지 않아! 니들은 나와 어울릴 자격도 없어!"

나는 대담하게 소리쳤다. 그러자 리드 부인은 재빠르게 층계를 내려오기 시작했다. 그녀는 꽤 뚱뚱한 편이었는데 그때의 속력은 마치 회오리 바람과도 같았다.

그녀는 나를 어린이 방으로 끌고 들어가 침대에 내동댕이쳤다. 그리곤 하루 종일 움직이거나 떠들면 가만두지 않겠다고 위협했다.

"리드 아저씨가 살아 계셨다면 아주머니께 뭐라고 하실까요?"

그 말은 나도 모르게 불쑥 튀어 나온 말이었다.

"리드 아저씬 하늘에서 아주머니가 하시는 일을 다 보고 계신다고요. 우리 엄마와 아빠도 그렇고요. 또 절 하루종일 가둬 놓은 것도 아시고, 제가 죽었으면 하고 속으로 바라시는 것도 아신……."

리드 부인은 내 말이 채 끝나기도 전에 내 뺨을 사정없이 후려갈겼다. 그리곤 독기어린 눈빛으로 한참을 바라보았다. 나는 그 눈빛을 피하지 않았다.

"표독스러운 년!"

리드 부인이 욕을 뱉고 나가자 베시가 들어왔다. 그녀는 내가 이 세상에서 가장 고약하고 몹쓸 아이라고 했다. 나는 그녀의 말을 부정하지 않았다. 사실 그때 나는 너무 분하고 억울하여 악에 받쳐 있었기 때문이었다.

11월과 12월, 그리고 1월에 열린 크리스마스와 신년 축하연에서도 나는 그들과 동떨어져 있었다. 내게는 축하의 말 한 마디나 선물 하나 주는 사람이 없었다. 그런 나에 비해 이라이자와 조지아나는 예쁜 모슬린 옷에 빨간 허리띠를 두르고 위층과 아래층을 오르락내리락했다.

아래층에서는 하프와 피아노 소리, 유리컵과 사기 그릇 부딪치는 소리가 들려왔다. 하지만 그것마저 내게는 그림의 떡이었다. 나는 다만 층계 꼭대기에서 그 소리에 귀를 기울이곤 했다. 이따금씩 베시가 골무나 가위를 가지러 오거나 저녁 식사로 건빵이나 치즈 과자를 가져다 주기도 했지만 나는 대부분 혼자 있었다.

그렇게 쓸쓸하게 겨울을 나던 어느 날이었다. 오전 10시쯤 되었을까. 이라이자는 닭모이를 주러 나가기 위해 모자와 산책용 코트를 걸치고 있었고, 조지아나는 거울을 보며 머리를 빗고 있었다.

나는 베시의 명령에 따라 방을 정리하고 있었다. 당시 베시는 나를 자기 조수쯤으로 여기고 자주 방 청소 등을 시켰다. 그때 조지아나가 머리를 빗다가 자기 장난감은 그대로 두라고 소리쳤다.

나는 하던 일을 멈추고 창문 밖을 내다보았다. 멀리서 마차가 달려오는 것이 보였다. 마차는 빠른 속도로 달려와 곧 집 앞까지 당도했다. 나는 다시 눈길을 돌려 창틀에 걸쳐진 벚나무에 앉아 있는 지빠귀새를 보았다. 몹시 울어대는 모습이 어쩐지 가여웠다. 나는 빵조각이라도 부스러뜨려 던져주려고 창문을 열었다. 그때 베시가 뛰어 들었다.

"제인 아가씨, 아침에 세수했어요?"

"아니, 이제 겨우 청소를 마쳤는걸."

"이런, 정신없는 아가씨 같으니라고! 앞치마 벗고 얼른 이리 와요."

그녀는 내 손을 끌더니 세면대로 갔다. 그리고는 얼굴과 손을 사정없이 닦아내기 시작했다. 세수를 마친 다음에는 머리를 빗겼다.

"아침 식당에서 누가 아가씰 찾으니 내려가 보세요"

층계 꼭대기로 나를 데리고 간 베시가 말했다. 그녀의 말에 나는 문득 두려운 생각이 들었다. 너무 오랫동안 사람들과의 접촉없이 어린이 방에 갇혀 있던 탓이었다. 베시가 데려다 주었으면 했지만 그녀는 이미 어린이 방으로 돌아간 후였다.

나는 조심스럽게 계단을 내려갔다. 그리곤 더욱 조심스럽게 식당의 손잡이를 비틀었다. 아침 식당에는 검은 옷을 입은 한 남자가 서 있었다. 그 옆에는 리드 부인이 앉아 있었다. 부인은 내가 들어서자 가까이 오라는 손짓을 하였다.

"부탁드린 바로 그애입니다."

리드 부인의 말에 남자는 내 쪽으로 고개를 돌렸다. 짙은 눈썹에 번뜩이는 회색 눈동자가 매우 냉랭한 느낌을 주는 사람이었다.

"열 살이라고 들었는데 키가 매우 작군요."

그는 몇 분 동안이나 나를 세심하게 뜯어보았다.

"이름은?"

"제인 에어입니다."

"제인 에어, 넌 물론 착한 아이겠지?"

그 말에 나는 대답을 할 수가 없었다. 내 주위의 모든 사람들이 그와 반대로 말하고 있었기 때문이었다.

"그 얘긴 하지 않는 것이 좋을 듯합니다, 브로클허스트 선생님."

리드 부인이 대신 대답했다.

"그래요? 그렇담 참으로 유감이로군요. 애야, 난 심술쟁이 아이를 보면 마음이 아프단다. 넌 나쁜 아이가 죽으면 어디로 가는지 아니?"

"불구덩이 속이지요."

"그럼 그 불구덩이 속에 빠져 영원히 불에 타고 싶니?"

"아니오."

"그러지 않기 위해서는 어떻게 해야 하지?"

"몸을 튼튼히 해서 죽지 않아야 해요."

대답을 해 놓고 나는 조금 엉뚱한 대답을 한 것 같아 한숨을 내쉬었다.

"그 한숨이 네 진심에서 나온 것이고, 네 은인을 괴롭혔던 일들을 뉘우치는 것이기를 바란다."

그의 말에 나는 '은인'이라는 단어에 '혐오'라는 단어를 연결시켰다.

그는 다시 내게 성경을 읽느냐, 아침 저녁 기도는 올리냐는 등 여러 가지를 물어보았다. 내가 모두 그렇다고 대답하자 그는 자신의 아들은 특히 시편을 좋아한다고 덧붙였다.

"시편은 재미 없어요."

"그것은 네가 나쁜 마음을 갖고 있다는 증거야. 이제부터라도 깨끗한 마음을 갖도록 매일 하느님께 기도해라."

그의 말에 나는 그 방법을 묻고 싶었다. 그러나 그때 리드 부인이 끼여들었다.

"제가 편지에도 말씀드렸듯이, 이애는 사람들이 원하는 성격이나 기질을 갖고 있지 못하답니다. 특히 거짓말을 하는 버릇이 있어 선생님의 따끔한 가르침이 필요하다고 생각이 듭니다만. 제인, 네가 듣는 데서 분명히 말씀드리는 거다. 그러니 앞으로도 브로클허스터 선생님을 속일 생각은 말아라!"

리드 부인의 말에 나는 울음이 터져나오는 것을 겨우 참았다.

"선생님, 부디 저애를 쓸모있고 겸손한 아이로 교육시켜 주십시오. 그리고 가능한 한 방학 때에도 로우드에서 지내게 해 주세요."

"당연한 말씀입니다. 우리 로우드 학교 학생들은 세속적인 허영심을 억제하도록 교육받고 있습니다. 며칠 전 제 딸이 그러더군요. 학생들이 아주 소박하고 얌전해 보인다고요. 마치 가난뱅이 집안 아이들 같다나요. 그날 학생들은 제 딸과 아내가 입은 비단옷을 처음 구경하는 것처럼 어리벙벙한 눈으로 들여다 보더군요."

"그것이 바로 제가 원하는 교육입니다. 그럼 하루라도 빨리 보내도록 해야겠군요. 저도 이 지긋지긋한 책임에서 빨리 벗어나고 싶으니까요."

"당연하시겠지요. 전 한두 주일 안에 브로클허스트로 돌아갈 겁니다. 그전에 이애의 입학 수속을 하도록 템플 선생에게 미리 연락해 놓겠습니다. 애야, 넌 그동안 이 책이나 읽고 있어라. 특히 마사가 거짓말과 속임수를 쓰다가 어떻게 끔찍하게 죽는지 잘 봐두거라."

브로클허스트 씨는 내게 《어린이 길잡이》라는 책을 주었다. 그것은 바로 자신이 지은 책이었다. 용무를 마친 그는 부인에게 공손히 인사를 한 후에 종을 울려 마차를 불렀다. 리드 부인은 그곳에서 브로클허스트 씨를 배웅했다.

그가 떠나자 식당에는 나와 리드 부인만 남게 되었다. 그녀는 의자에 앉아 바느질을 하기 시작했다. 나는 가만히 서서 그녀를 보았다. 결코 미인은 아니었지만 다부진 체격에 건강함이 넘쳐 흐르는 외모였다. 살림 솜씨 또한 외모에 걸맞게 빈틈없고 지독하여 하인과 소작인들이 그녀의 손아귀에서 꼼짝하지 못했다.

나는 리드 부인이 한 말, 즉 그녀가 브로클허스트 씨에게 나에 대해 모략한 그 한마디 한마디를 되새기며 곱씹고 있었다.

"나가지 않고 뭐하고 섰니?"

얼마 후, 리드 부인은 자신을 바라보고 있는 시선을 느꼈던지 일감에서 눈을 떼었다. 그리고 나를 발견하자마자 그렇게 쏘아붙인 것이었다.

그러나 나는 오히려 그녀에게로 다가섰다.

"전 거짓말쟁이가 아녜요. 제가 만일 거짓말쟁이라면 아주머니를 좋아한다고 하겠지만 난 아주머니를 싫어한다고 분명하게 말하겠어요. 난 이 세상에서 존 리드 다음으로 아주머니를 싫어해요. 거짓말쟁이에 관한 이 따위 책은 조지아나에게나 주세요. 거짓말을 하는 건 조지아나지 제가 아니니까요."

나는 더 이상 비굴하게 굴 필요가 없다는 생각이 들었다. 리드 부인이 재빠르게 놀리던 손길을 멈추고 어이없는 눈길로 바라보았다.

"아주머니와 제가 한핏줄이 아니라는 게 다행이에요. 이젠 아주머니라고 부르지도 않겠어요. 그리고 이 집에서 나가면 절대 만나러 오지도 않을 거예요. 그리고 당신에 대해 누가 물으면 생각만 해도 진저리가 난다고 할 거예요."

"네가 어떻게 감히!"

"감히라고요? 사실이 그러니까요. 전 감정도 없는 아인 줄 아셨겠죠. 제겐 사랑이나 애정 따위는 필요없다고 생각하셨죠. 하지만 아녜요. 그건 당신이 동정심이 없기 때문에 그렇게 생각한 것뿐이에요. 붉은 방에 가둔 걸 일생 동안 잊지 않겠어요. 모두들 당신을 착한 여자라고 생각하고 있지만 당신은 정말 악질이고 매정한 사람이에요! 당신이야말로 속임수의 명수라고요!"

나는 브로클허스트 씨가 서 있던 융단 위에서 마구 소리쳤다. 가슴이 후련했다. 그러나 리드 부인은 큰 충격을 받은 모양으로 얼굴이 굳어져 있었다.

"전 당신이 제게 어떤 짓을 했는지 로우드에 있는 사람들에게도 다 알릴 거라고요!"

"제인, 넌 아직 몰라서 그러는데 어린애들의 결점은 고쳐 줘야 하는 거란다. 자, 어서 어린이 방으로 돌아가서 쉬도록 해라. 착하지."

"전 당신의 착한 애가 아니에요. 어서 학교에나 보내 주세요. 전 한 시라도 이 집에 머물고 싶지 않단 말예요!"

"정말 빨리 학교에 보내야겠구나."

리드 부인은 서둘러 일감을 챙겨들더니 뒤도 돌아보지 않고 방을 나가 버렸다.

나는 비로소 식당 문을 열고 밖으로 나왔다. 밤새 내린 서리가 그동안에도 녹지 않고 땅을 덮고 있었다. 나는 몸을 웅크린 채 숲 쪽으로 걸어갔다. 어쩐지 조금 우울했다. 그러나 그것은 결코 내 행동에 대한 후회는 아니었다. 다만 감정적인 말로 분통을 터뜨리지 않고 뛰어난 말솜씨로 리드 부인을 제압하고 싶었으나 뜻대로 되지 않았다는 생각에서였다.

뒤쪽에서 베시가 찾는 소리가 들렸다. 나는 모르는 척하고 계속 걸어 나갔다. 그녀는 곧 뒤쫓아왔다.

"제인 아가씨, 어쩜 그렇게 못 들은 척할 수가 있어요? 어서 가서 점심 먹어요!"

그녀는 약이 오른 듯 퉁명스레 말했다. 나는 리드 부인과의 싸움에서 승리한 흥분에서 채 벗어나지 못하고 있던 터라 보모의 노여움 따위는 대수롭지 않게 여겨졌다.

"베시, 잘못했어. 제발 야단치지 말아."

나는 그녀를 안으며 말했다. 그러자 그녀는 화가 풀린 듯 배시시 웃었다.

"학교에 간다면서요? 그동안 꼬마 아가씬 줄만 알았더니. 나랑 헤어지는 거 섭섭하지 않아요?"

"칫, 맨날 야단만 치는데 섭섭하긴!"

"자꾸 눈치보는 게 미워서 그랬죠 뭐. 그러니까 이제부터는 좀 대담해지라고요."

"더 많이 얻어맞으라고?"

"하긴 우리 어머니가 언젠가 아가씰 보시더니 그러시대요. 당신 딸 같으면 그런 대접 받도록 놔두지 않겠다고. 자 어서 들어가요. 내가 요리사한테 케이크 구워 주라고 할게."

그녀는 내 손을 잡아 끌었다.

"베시, 내가 떠날 때까지 야단치지 않겠다고 약속해 줄래?"

나는 그녀의 손에 이끌려 가느라 종종걸음을 치며 물었다.

"그래요, 약속할게요. 하지만 아가씨도 착한 애가 되도록 노력해야 해요. 그리고 앞으로는 너무 눈치를 보지 말아요. 그러면 남들이 미워해."

"베시처럼?"

내가 장난처럼 말하자 그녀는 살짝 눈을 흘겼다.

"그런데 사실은 난 베시와 헤어지는 게 조금 섭섭해."

"조금만 섭섭해요? 세상에 쌀쌀맞기도 해라. 그럼 키스해 달라고 해도 안 해 주겠네."

"아냐, 키스할 테야."

나는 베시의 목에 매달려 키스를 했다. 그리고 우리는 서로 껴안았다.

5

1월 19일 아침 5시, 베시는 촛불을 들고 내 방으로 들어왔다. 나는 그날 6시에 떠나기로 되어 있었다. 이미 옷은 다 챙겨 입은 후였다. 그러나 여행에 관한 생각으로 아침식사는 제대로 할 수가 없었다.

베시는 내게 외투를 입히고 모자를 씌워 주었다. 그리고 자기도 숄을 둘렀다.

"마님한테 작별 인사 해야죠?"

리드 부인의 침실 앞을 지날 때 베시가 물었다.

"싫어. 어젯밤에 리드 부인이 그랬는걸. 아침엔 모두 자고 있으니 깨우지 말라고. 그러면서도 리드 부인은 자기가 언제나 나의 좋은 벗이었다고 기억하고 고맙게 여기라고 했어."

"그래서 뭐라고 대답했어요?"

"아무 소리도 안 했어. 그냥 벽 쪽으로 돌아누우면서 이불을 뒤집어썼어."

"그러면 못써요!"

"사실인걸. 리드 부인은 내 원수야."

"어머나, 제인 아가씨! 그런 말 하는 게 아녜요!"

"몰라! 게이츠헤드여, 안녕!"

나는 베시의 말에는 아랑곳 않고 그렇게 외쳤다.

밖은 몹시 춥고 깜깜했다. 나와 베시는 턱을 덜덜 떨며 정류장으로 나갔다. 우리가 정류장에 도착할 즈음 정류장에 막 불이 켜졌다. 6시 2, 3분 전이었다.

"아가씨 혼자 가나요?"

"응."

"얼마나 먼데요?"

"50마일."

"어머, 세상에! 마님은 어쩜 그렇게 먼 곳에 아가씨 혼자 보낸담."

베시는 새삼 걱정이 되는지 측은한 눈길로 내 얼굴을 보았다. 그러더니 갑자기 나를 꼭 끌어안는 것이었다. 나도 그녀를 같이 끌어안았다.

마차가 어둠을 뚫고 달려왔다. 말 네 필이 끄는 마차였다. 베시는 나를 안아 마차에 올렸다.

"이애를 좀 보살펴 주세요."

"알았소!"

베시의 말에 차장이 나를 받으며 외쳤다.

마차는 나를 싣자마자 바로 달리기 시작했다.

그렇게 해서 나는 게이츠헤드를 떠났다. 그리고 새로운 세계로 나아 갔다. 그때 나는 내가 가는 곳이 신비로운 세계일 것이라고 생각했다. 여행에 대해서 기억나는 것은 별로 없다. 다만 참으로 지루하게 달리고 또 달렸다는 기억뿐이다. 중간에 큰 도시에서 잠시 쉬며 식사를 하기도 했지만 나는 아무것도 먹을 수가 없었다. 끝없이 달리는 동안 나는 바람 소리를 들으며 서서히 잠이 들었다. 오후부터는 안개가 끼고 비바람이 치기 시작했다. 그 비바람 소리에 나는 다시 잠이 깼다.

얼마나 더 달렸을까. 달리던 마차가 갑자기 멈추고 마차문이 열렸다.

"여기 제인 에어라는 소녀가 타고 있습니까?"

마차 안으로 하녀 차림의 한 여자가 고개를 디밀고 물었다.

"네!"

나는 얼른 그녀에게로 갔다. 그녀가 팔을 뻗어 나를 안아 내렸다. 이 어 트렁크가 내려지고, 마차는 떠나 버렸다.

우리들이 서 있는 앞으로 담이 보였다. 그것은 어두운 중에도 매우 을씨년스럽게 보일 정도로 메마른 나뭇가지 사이에 서 있었다. 그녀는 내 트렁크를 들고 그쪽으로 갔다. 그리곤 담 사이에 난 문을 열고 안으 로 들어갔다.

희미한 불빛 사이로 몇 동의 건물과 널따란 운동장이 보였다. 우리는 불빛을 받아 반짝거리는 자갈길을 걸어 어느 건물로 들어갔다. 그녀는 긴 복도를 지나 불이 피워진 어느 방으로 나를 안내했다. 그리곤 그대로 사라져 버렸다. 나는 그곳에서 멀거니 서 있을 수밖에 없었다.

얼마 후 복도를 울리는 발자국 소리가 나더니 곧 문이 열렸다. 나는 고개를 돌려 문 쪽을 보았다. 두 여자가 방 안으로 들어섰다. 한 여자는 39세 정도의 나이에 검은 머리와 검은 눈에 키가 크고 위엄스러운 모습이었으며, 그 옆의 다른 여자는 좀 젊어 보였다.

"이렇게 어린 것을 이 먼 곳에 혼자 보내다니!"

키 큰 여자가 나를 보자마자 그렇게 말했다. 나는 자세를 바르게 하고 그녀를 보았다. 그녀는 곧장 내게로 다가와 어깨에 손을 얹었다. 그리곤 몇 살이냐, 이름은 무엇이냐, 글은 쓸 줄 아느냐, 바느질은 할 줄 아느냐는 둥 이것저것 묻기 시작했다. 나는 바른 대로 대답했다.

"부모님과는 처음으로 헤어진 거니?"

그녀의 질문은 계속되었다.

"부모님은 안 계십니다."

"저런, 안됐구나!"

그녀는 안쓰러운 표정을 짓더니 내 뺨을 부드럽게 쓰다듬었다.

"밀러 선생, 피곤해 보이는데 얼른 데려다 재우세요. 재우기 전에 저녁을 좀 먹이고요."

그녀는 옆의 여자에게 지시했다.

나는 밀러 선생과 함께 방에서 나왔다. 나오면서 고개를 돌려 다시 한번 그녀를 보았다. 첫인상이 퍽 자애롭고 따뜻했기 때문이었다.

밀러 선생은 수많은 방과 복도를 지나 넓고 길다란 방으로 들어갔다. 방에는 굉장히 큰 테이블들이 있었으며, 각 테이블의 네 귀퉁이에는 촛대가 하나씩 놓여 있었다. 테이블 주위에는 열 살에서 스무 살 쯤 되는 여자아이들이 빙 둘러 앉아 있었다. 아이들은 이상하게 생긴 갈색의 프록에 네덜란드 식 앞치마를 두른 채 내일 배울 과목을 외우고 있었다.

밀러 선생은 내게 문 쪽에 있는 의자에 가서 앉도록 했다. 그리고 자신은 테이블의 위쪽에 가서 섰다.

"반장들, 교과서를 치우고 저녁식사를 날라와요!"

밀러 선생이 큰 소리로 말했다. 그 말이 떨어짐과 동시에 각 테이블에서 키 큰 소녀 네 명이 일어나 책을 거두어 갔다. 그러더니 곧 큰 쟁

반에 음식을 날라왔다. 음식은 귀리로 만든 케이크였다. 그러나 나는 입맛이 없어서 음식에는 손도 대지 않았다. 다만 목이 말라 물을 조금 마셨을 뿐이었다.

식사시간이 끝나자 밀러 선생이 기도를 했고, 기도가 끝나자 학생들은 두 사람씩 짝지어 이층으로 올라갔다. 침대는 두 사람이 하나씩 사용하도록 되어 있었다. 그날 밤, 나는 밀러 선생과 한 침대에서 잤다. 너무 피곤해서 잠자리가 설은지도 모르고 바로 잠에 빠져 들었다. 그리곤 꿈도 꾸지 않고 아침까지 내리잤다. 밤새도록 비가 억수같이 퍼붓는 줄도 몰랐다.

요란한 종소리에 잠이 깨어 일어나보니 동이 트기도 전이었다. 그러나 다른 아이들은 벌써 일어나 옷을 입고 있었다. 나는 그들을 보며 무거운 몸을 일으켰다. 굉장히 추운 날씨였다.

하루 일과는 밀러 선생의 기도로 시작되었다. 학생들은 두꺼운 책을 한 권씩 들고 있었다. 나는 문 쪽에 있는 테이블에 자리가 정해졌다. 그 테이블은 가장 어린 학생들의 자리였던 것이다. 나는 그 중에서도 가장 끝자리에 앉았다.

수업이 시작되자 짧은 기도문이 암송되고, 성경 강독이 이어졌다. 그런 다음에는 성경 구절이 낭독되었는데, 그때까지 걸린 시간은 대략 한 시간 정도였다. 수업이 끝났을 때는 이미 날이 훤하게 밝아 있었다.

우리는 다시 줄지어 식당으로 갔다. 나는 그 전날 꼬박 굶은 탓에 몹시 허기져 있었다. 그러나 막상 식당에 들어서자 고약한 냄새에 속이 뒤집어질 지경이었다.

"또 스프를 태웠어!"

상급반 학생들이 낮은 소리로 속삭였다. 그러자 한 선생이 일어나 버럭 소리를 질렀다. 나는 그 소리에 놀라 고개를 들어 보았다. 소리를 질렀던 선생이 학생들 쪽을 돌아보고 있었다.

그녀는 아주 다부진 체격과 검은 피부에 멋진 옷차림을 하고 있었으나 다소 무뚝뚝한 인상이었다. 그 옆의 테이블에는 빨간 머리에 좀 더 뚱뚱한 선생이 앉아 있었고, 또 다른 테이블에는 나이 지긋한 프랑스 어 선생이 앉아 있었다.

나는 그 중에서 마음에 드는 선생이 하나도 없었다. 피부가 검은 선생은 거칠게 보였으며, 뚱뚱한 선생은 조금 야비하게 보였다. 또한 외국인 선생은 냉정하게 보였다. 가장 마음에 들었던 어제의 그 선생은 아무리 둘러봐도 눈에 띄지 않았다.

학생들 대부분은 음식을 먹는 둥 마는 둥하였다. 시꺼멓게 탄 스프에서 썩은 냄새가 진동했기 때문이었다. 그러나 나는 워낙 배가 고파 있던 터라 억지로라도 몇 숟가락 넘기지 않을 수 없었다.

식사 시간이 끝나고 학생들이 나가자 한 선생님이 우리가 먹던 음식을 맛보는 것이 보였다.

"이건 너무 지나친데요. 학생들한테 정말 미안하군요."

그 선생은 오만상을 찌푸리며 말했다. 그러나 다른 선생들은 애써 고개를 돌리고 있었다.

학생들은 15분간의 휴식 시간 내내 브로클허스트 씨에 대한 불평을 늘어 놓았었다. 그의 이름이 튀어나올 때마다 밀러 선생이 눈짓을 했지만 나무라는 것은 아니었다. 단지 조심하라는 뜻이었다.

정확하게 15분 뒤에 수업이 시작되었을 때, 나는 어제의 그 키 큰 선생을 다시 볼 수 있었다. 낮에 보니 그녀는 더욱 아름다웠다. 깊은 갈색 눈은 보석처럼 빛났으며, 눈썹은 붓으로 그린 것처럼 매끄러웠고, 피부는 유리 구슬처럼 투명했다. 머리는 유행에 맞춰 굽실굽실하게 지져서 말아 올렸고, 옷 또한 검은 비로드로 지은 최신 유행의 것이었다.

나는 너무도 황홀하여 그녀에게서 눈을 뗄 수가 없었다. 그녀가 바로 로우드 학원의 원장이었으며 이름은 마리아 템플이었다. 템플 선생은 상급반 학생들에게 지리와 음악을 가르쳤다. 하급반은 다른 선생에게 한 시간 동안 역사와 문법 등을 배웠다. 그동안 나는 아무에게도 말을 걸지 않았고, 또 아무도 내게 말을 걸지 않았다.

12시에 수업이 끝나자 갑자기 템플 선생이 할말이 있다며 학생들을 조용히 시켰다. 그녀의 표정은 매우 힘든 결심이라도 한 듯 굳어 있었다.

"여러분, 오늘 간식 땐 치즈 바른 빵을 주도록 하겠어요. 아침을 굶어 다들 몹시 배가 고프지요?"

그녀의 말에 다른 선생들이 모두 놀란 표정으로 그녀를 보았다.

"이건 내가 책임지고 하는 것입니다."

그러나 그녀는 아랑곳 않고 말했다.

설명을 마친 그녀는 빠른 걸음으로 교실을 나갔다. 그녀가 나가자 곧 버터 바른 빵이 날라져 왔다. 학생들의 얼굴에 기쁨과 생기가 돌고 있었다.

간식을 마친 후 우리는 모두 운동장으로 나갔다. 운동장에는 여러 개로 나뉘어진 작은 화단이 있었다. 그 화단은 학생들이 가꾸도록 되어 있었는데, 그때는 1월 하순으로 모든 것이 누렇게 시들고 말라 있었다.

나는 화단 옆에서 오돌오돌 떨며 수녀원 같은 교정을 둘러보았다. 그곳에서 가장 큰 교사는 낡았지만 나머지 건물들은 아주 새것 같았다. 새 건물들은 격자창으로 채광이 되어 교회같이 보이기도 했다.

나는 그 중 한 건물 앞으로 갔다. 그곳의 출입문 위에 있는 돌에는 '로우드 학원'이라는 글자와 그 밑에 이 학원의 연혁과 마태복음 5장 16절이 새겨져 있었다.

'로우드 학원—— 이 건물은 서기 ××××년 이 지역에 사는 브로클허스트 가문의 네이오미 브로클허스트가 재건하다.

너희도 이같이 너희 빛을 사람들 앞에 비추어 그들이 너희의 착한 행실을 보고 하늘에 계신 아버지께 영광을 돌리게 하라.'

나는 그것을 몇 번이나 되풀이해서 읽었지만 무슨 뜻인지 알 수가 없었다. 그때 바로 등 뒤에서 기침 소리가 들려왔다. 돌아보니 한 소녀가 벤치에 앉아 책을 읽고 있었다. 책의 제목은 《라셀라스》였다. 흥미가 가는 제목이었다.

"그 책 재미있니?"

나는 책을 빌려 볼 생각에 슬그머니 다가가 먼저 말을 걸었다.

"응, 재미있어."

"어떤 얘긴데?"

"직접 읽어 봐."

그녀는 책을 내밀며 말했다. 나는 얼른 책을 받아 뒤적거려 보았다. 그러나 내용은 제목만큼 시원치가 않은 듯했다.

"저 돌에 적힌 뜻 좀 설명해 줄래? 왜 로우드 학교라고 하지 않고 학원이라고 한 거지?"

"자선 학교이기 때문이야. 여기 있는 애들은 모두 고아거든. 너도 고아거나 아버지 어머니 중에 어느 한 분이 돌아가셨을 테지?"

"그럼 여기서 무료로 우릴 길러 주는 거야?"

"그렇진 않아. 우리를 맡긴 사람이 일 년에 15파운드씩 내기로 되어 있어."

"그런데 왜 자선 학교라는 거야?"

"그건 다른 사람들에게도 기부금을 받기 때문이야. 일 년에 15파운드로는 수업료와 기숙사비를 충당하기에 턱도 없대."

"아까 그 키 큰 선생님은 누구야? 이 학교 주인이니?"

"템플 선생님 말이니? 그랬으면 오죽이나 좋겠니. 템플 선생님은 단지 고용인일 뿐이야. 직책은 원장이지만 모든 것을 브로클허스트 씨한테 보고해야 되거든. 브로클허스트 씨는 이 학교를 세운 부인의 아들인데, 학교에서 일어나는 모든 일을 지시하고 감독하고 있어."

"넌 템플 선생님을 좋아하는 모양이구나?"

"그럼, 그분은 아주 좋은 분이야. 아는 것도 많으시고."

"여기 오래 살았니?"

"2년."

"여기 생활은 어떻니?"

"참 여러 가지도 묻는군. 이제 그만 좀 하자."

그때 마침 점심시간을 알리는 종소리가 울렸다. 우리는 모두 교사로 들어갔다. 그러나 점심식사 역시 아침과 크게 다를 바 없었다. 점심식사가 담긴 커다란 양은 그릇에서는 모락모락 김이 오르며 시큼한 냄새가 풍기고 있었다. 상한 고기와 쉰 감자가 뒤섞여져 나는 냄새였다. 나는 점심을 받아들자 혹시 매일 그런 음식을 먹어야 하는 것이 아닐까 은근히 걱정되었다.

점심식사 후에는 바로 수업이 시작되었다. 그런데 나는 수업 도중에 화단에서 이야기를 했던 그 소녀가 벌을 서는 것을 보았다. 그녀는 영국 역사 시간에 피부가 검고 다부지게 생긴 스케처드 선생에게 불려져 교실 한복판에 서 있었다.

나는 그녀가 얼마나 부끄럽고 괴로울까 생각해 보았다. 그러나 전혀 뜻밖에도 그녀는 울지도 않고 낯도 붉히지 않았다. 오히려 당당하고 침착하게 서 있을 뿐이었다. 나는 그녀의 표정에서 말못할 감동을 받았다. 그녀는 마치 자신의 입장이나 주위의 시선을 초월한 듯했다.

오후 5시에 수업이 끝나자 우리는 조그만 잔으로 커피 한 잔과 검은 빵을 먹었다. 그리고 30분간의 휴식이 있었고, 그 다음에는 다시 공부로 이어졌다. 그런 다음 다시 물 한 잔과 귀리 과자 한 조각, 기도, 취침 순이었다. 이것이 로우드에서 보낸 첫날의 일과였다.

6

다음날도 전날과 같았다. 내가 제4반에 편입되어 정식 수업을 받게 되었다는 것뿐 달라진 것은 아무것도 없었다.

재봉 시간, 나는 수업을 받으며 이따금씩 화단에서 사귄 친구를 보았다. 그녀는 영국 역사를 공부하고 있었다. 수업 도중, 무엇을 잘못 읽었는지 맨 윗자리에서 밀려나 맨 아랫자리로 갔다.

교실 안은 워낙 조용해 선생들이나 학생들이 하는 한마디 한마디가 구석까지 그대로 들려왔다. 특히 스케처드 선생의 목소리는 끊임없이 이어졌는데 그녀는 줄곧 그애만 보고 있는지 야단치는 소리가 그치지 않았다. 다리를 펴라느니, 턱을 내밀지 말라느니, 머리를 쳐들라느니 등등. 나는 스케처드 선생에 의해 그녀의 성이 번즈라는 것을 알았다. 그 학교의 선생들은 학생들의 이름을 부르지 않고 그렇게 성을 불렀다.

스케처드 선생은 시험을 보기도 하였다. 그날의 문제는 찰스 1세 시대의 톤세(稅)와 파운드세와 조선세에 대한 문제였다. 그러나 문제가 어려워 아무도 대답하는 학생이 없었다. 번즈만 빼고 말이다. 나는 스케처드 선생이 그녀를 칭찬하리라 생각했다. 그러나 내 상상은 전혀 빗나가고 말았다.

"더러운 계집애 같으니! 오늘 아침엔 손도 닦지 않았구나!"

스케처드 선생은 엉뚱한 트집을 잡아 다시 소리쳤다. 아침에 주전자의 물이 얼어 아무도 세수를 못한 것인데 그녀는 유독 번즈만을 나무랐다. 그런데도 번즈는 아무런 변명도 하지 않았다.

내가 잠깐 빨간 머리의 스미스 선생의 질문에 대답한 후, 다시 돌아보았을 때 번즈는 나뭇가지 한 묶음을 들고 들어왔다. 그녀는 그것을 스캐처드 선생에게 바쳤다. 그러자 선생은 두말없이 그녀의 목덜미를 그 나뭇가지로 치기 시작하는 것이었다. 나는 그 광경에 손이 떨려 바느질을 할 수가 없었다. 하지만 그녀는 눈물 한 방울 흘리지 않았다.

"건방진 계집애, 회초리 갖다 둬!"

스캐처드 선생은 회초리를 던지며 다시 한번 큰 소리를 냈다. 그녀는 즉시 그 지시에 따랐다. 돌아서는 그녀의 뺨에서 한 줄기 눈물이 흘러내렸다.

저녁 휴식 시간에 나는 걸상을 타고 그녀 뒤로 갔다. 그녀는 주위의 소란에도 아랑곳 않고 독서에 열중해 있었다.

"아직도 《라셀라스》 읽고 있니?"

나는 그녀 옆에 앉으며 물었다.

"응, 이제 막 마지막 페이지를 읽었어."

그녀는 책을 덮으며 말했다.

"이름이 뭐지? 성이 번즈라는 건 아는데."

"헬렌."

"어디서 왔니?"

"아주 먼 북쪽. 스코틀랜드 국경이 있는 곳이야. 그곳에서 난 공부하려고 이곳까지 온 거야."

"하지만 스캐처드 선생님이 그렇게 못되게 구는데 공부할 맛이 나니?"

"못되다니? 그렇지 않아. 좀 엄격하긴 하지만 말야."

"내가 너라면 난 그렇게 순순히 당하지만은 않을 거야. 회초리로 때리면 그 회초리를 빼앗아 눈앞에서 꺾어 버릴 테야."

"설마? 만약 그렇다면 브로클허스트 씨가 널 내쫓고 말 거야. 그러면 너를 여기 보낸 사람이 무척 곤란해질 텐데? 그러니까 너 한 사람이 참는 게 나아. 성경에도 악을 선으로 갚으라고 했잖아."

"하지만 매를 맞는다는 건 부끄러운 일이야. 더구나 많은 사람이 있는 곳에선 말야. 그런데 넌 이미 처녀나 다름없는데 어떻게 그럴 수가 있니?"

헬렌은 나보다 서너 살쯤 많은 것 같았다.

"그런 걸 피할 수 없을 때는 참아야 한단다. 그게 바로 자기 운명이거든."

그러나 나는 헬렌의 말에 수긍할 수가 없었다. 그저 막연히 나와는 다른 각도로 사물을 본다고 느꼈을 뿐이었다.

"사실 난 스케처드 선생 말대로 야무지지가 못해. 물건을 잘 정리하지도 못하고 조심성도 없거든. 또 교칙을 잊어버리거나 공부 시간에 다른 책을 읽기 일쑤고. 나도 너처럼 복종이나 규율 따위를 대수롭지 않게 여기거든. 그래서 스케처드 선생님 비위에 거슬리는 거야. 그 선생님은 매우 깔끔하고 꼼꼼하시거든."

"그리고 못됐지."

내가 얼른 덧붙였다.

"템플 선생님은 어떠시니? 그분도 네게 그렇게 엄하시니?"

그러나 템플 선생의 이야기가 나오자 헬렌의 얼굴에 부드러운 미소가 스쳤다.

"템플 선생님은 아무리 나쁜 아이라도 야단치시는 법이 없어. 부드럽게 타이르실 뿐이지. 그러나 그 선생님도 내 결점은 못 고치셨지. 난 조심성이 없거든."

"조심하는 건 쉬운 일인데."

"너 같으면 그럴지 모르지. 넌 공부시간에도 참 열심이더라. 하지만 난 수업시간에 자꾸 딴 생각이 나거든. 그래서 선생님의 설명을 놓치는 때가 많아."

"오늘 오후엔 대답을 아주 잘하던데?"

"그건 예외였을 뿐이야. 역사는 내가 좋아하는 과목이거든. 난 찰스 1
세가 정직하다고는 인정하지만 결국 시대의 한계에서 벗어나지 못한 데
는 안타까움을 금할 수 없어. 하지만 난 그가 가엾어. 살해당했거든. 아,
어떻게 임금을 함부로 죽일 수가 있을까."

헬렌은 혼잣말로 지껄이고 있었다. 그애는 내 존재도 잊은 듯했다.

"템플 선생님 시간에도 다른 생각을 하니?"

그러나 나는 다시 헬렌에게 내 존재를 확인시켰다.

"아니, 그 선생님은 항상 내가 알고 싶은 것을 가르쳐 주시거든. 하지
만 다른 선생님들 앞에서는 자꾸 마음대로 행동하게 돼."

"난 나쁜 사람에게까지 고분고분할 필요는 없다고 생각해. 잔인하고
못된 사람에게까지 고분고분하게 굴면 그 사람들은 평생 못된 버릇을
고치지 못할 거야. 그러니까 못된 사람한테는 못된 방법으로 대항해야
한다고."

"나이가 들면 너도 생각이 달라질 거야. 증오를 이겨내는 방법은 결
코 폭력이 아니야. 내 말뜻을 잘 모르겠거든 신약 성서를 읽어 봐."

"거기에 뭐라고 나오는데?"

"원수를 사랑하라고. 그리고 자신을 저주하는 사람들을 위해 기도하
라고."

"그럼 난 리드 부인을 사랑해야겠군. 또 존도 사랑해야겠군. 하지만
난 도저히 그럴 수 없어."

나는 내가 게이츠헤드에서 당한 일들을 이야기하였다. 말하는 도중
나는 몹시 흥분하였지만 헬렌은 아무 말없이 내 말이 끝날 때까지 참을
성 있게 들어 주었다.

"그런데 너는 어쩌면 리드 부인이 한 말을 그렇게 고스란히 다 기억
할 수가 있니? 가슴에 맺혔나 보지? 하지만 남을 원망하는 것으로 세월
을 보내기엔 인생이 너무 짧다고 생각하지 않니? 누군가 원망을 하고

있는 한 그 자신도 결코 행복해질 수가 없어. 그러니까 우리는 주위 사람들의 모든 과오를 용서하고 좀더 높은 존재와 통하도록 노력해야 한다고 생각해."

말을 마치더니 헬렌은 고개를 깊이 숙였다. 깊은 사색을 하는 것이 틀림없었다. 그러나 불행하게도 헬렌은 명상에 오래 잠겨 있을 수가 없었다. 몸집이 크고 거칠게 생긴 반장이 다가와 그녀에게 서랍과 일감을 정리하라고 했기 때문이었다. 반장은 그렇지 않으면 스캐처드 선생에게 이르겠다고 했다.

헬렌은 깊은 한숨을 쉬고 조용히 일어났다. 그리고는 군말없이 반장의 지시에 따라 움직이기 시작했다.

7

지금 생각하면 로우드에서의 생활은 어른들이 순진한 아이들을 상대로 협박하는 지옥 바로 그 자체였다. 극기 훈련이라고 해서 우리는 3월까지 녹지 않은 눈구덩이 위에서 허술한 옷에 장갑도 없이 한 시간씩 바람을 쐬어야 했으며, 한창 자랄 시기에 겨우 목숨만 부지할 수 있을 정도로 음식을 지급 받았다. 따라서 대부분의 학생들은 동상으로 밤마다 가려움증에 시달렸으며 아침이면 벌겋게 부풀어 오르고 껍질이 벗겨진 발을 신발에 끼워야 했다. 또한 식사 때마다 상급생들은 하급생들의 몫을 빼앗아 허기진 배를 채우기 일쑤였다. 게다가 일요일에는 2마일이나 떨어진 교회까지 걸어가야 했다. 교회에 도착하는 동안 우리 몸은 꽁꽁 얼었으며 예배를 보는 동안에는 모든 신경이 거의 마비되었다.

그 지옥을 관장하던 브로클허스트 씨는 내가 그곳에 간 지 한 달 만에 모습을 보였다. 그가 학교에 없다는 것은 학생들과 선생들에게는 곧

천당을 뜻하는 것이었다. 그러던 어느 날, 내가 그곳에서 3주 정도 보냈을 쯤이었다. 갑자기 선생들과 학생들이 분주히 일어서는 동시에 그는 게이츠헤드에서 보았을 때보다 좀더 엄격한 표정으로 교실로 들어섰다.

"내가 로우튼에서 사온 실 어때요? 옥양목 속옷을 만드는 데 좋을 것 같던데. 거기에 맞는 바늘도 사 왔소. 하지만 학생들에게 한 개 이상은 절대로 주지 말라고 하시오. 그 이상을 갖고 있으면 학생들이 물품 귀한 줄 모르고 함부로 굴리다 잃어버리기 십상이니 말이오. 그리고 템플 선생, 학생들의 양말에 좀더 신경을 써야겠더군요. 지난 번에 빨래줄에 널린 것을 보니 구멍이 뚫린 것이 많던데 아마 학생들이 손질을 잘 안 하나 봅니다. 그리고 세탁부 말을 들으니 어떤 학생들은 일 주일에 깨끗한 깃을 두 개씩이나 사용한다고 하던데 맞나요?"

그는 정렬해 있는 선생들 중 맨 앞에 선 템플 선생에게 물었다.

"그건 애그니스와 패더린이 지난 목요일 오후에 친구에게 초대받고 나가길래 제가 새 깃을 달도록 내 준 것입니다."

"아무리 그래도 자꾸 그러다 보면 버릇되니 조심하도록 해 주십시오. 그보다 더욱 깜짝 놀랄 일이 있던데, 치즈를 넣은 빵이 지난 두 주일 동안에 두 번이나 점심으로 지급되었던데, 어떻게 된 것입니까? 교칙이라도 고친 것입니까? 도대체 누가, 무슨 권리로?"

"그건 제가 한 일입니다. 그날 아침식사가 잘못되어서 도저히 학생들에게 먹일 수가 없었습니다. 그래서 제가 그렇게 하라고 지시한 것입니다."

"선생, 하지만 우리 학교 교육 방침은 건전함과 인내심을 길러 주자는 데 있습니다. 결코 사치와 방종에 물들게 하자는 게 아닙니다. 예수님께서 뭐라고 하셨습니까? 빵만으로 살지 말고 하느님의 말씀으로 살라고 하지 않으셨습니까? 그러니까 선생, 선생이 아이들에게 탄 스프 대신 치즈 바른 빵을 주었을 때 선생은 애들의 사악한 육신을 살찌게 만든 것입니다."

브로클허스트 씨는 잠깐 말을 멈추었다. 감정을 가라앉히고자 하는 모양이었다. 그 사이에 템플 선생의 얼굴은 마치 대리석처럼 굳어져 있었다.

브로클허스트 씨는 뒷짐을 지고 난로 앞에 서서 학생들을 둘러 보았다. 그러다 갑자기 눈을 깜박거리며 몸을 부들부들 떠는 것이었다.

"템플 선생, 저 머리를 지진 애가 누구요? 빨간 머리를 온통 지진 애 말이오?"

그는 단장으로 한 학생을 가리키며 물었다.

"줄리아 세번입니다."

"줄리아 세번이라고! 아니 어떻게 저애는 머리를 지졌소? 본교의 교칙을 무시하면서 저렇게 세상 흉내를 낼 수 있는 거요?"

"줄리아는 원래 곱슬머리랍니다."

"원래 곱슬머리라고? 하지만 우리는 타고난 것이라 하여 꼭 그대로 따를 필요는 없어요. 그러니 템플 선생, 당장 이발사에게 말해서 저애의 머리를 몽땅 깎아버리라고 하시오. 그리고 머리가 긴 저기 저 몇몇 학생들의 머리도 잘라버리시오. 내 사명은 학생들의 물질적인 욕망을 억제시키는 것이지 결코 머리나 사치스러운 옷으로 단장하는 법을 가르치는 게 아닙니다."

브로클허스트 씨의 말은 그 부분에서 중단되었다. 마침 비로드와 비단, 모피 등으로 장식한 그의 부인과 딸들이 학교를 방문하였기 때문이었다. 그들은 템플 선생의 안내에 따라 교실의 가장 웃자리로 안내되었다.

그때까지 나는 브로클허스트 씨와 템플 선생의 대화를 들으면서 나의 안전에 대해서도 경계를 게을리 하지 않았다. 리드 부인이 나에 대해 나쁘게 말한 것을 브로클허스트 씨가 다른 선생들과 학생들에게 알리겠다고 한 말을 똑똑히 기억하고 있었기 때문이었다.

그러나 나는 너무 긴장한 탓으로 얼굴을 가리고 있던 석판을 바닥에 떨어뜨리는 실수를 저지르고 만 것이었다. 그 순간, 나는 모든 노력이 허사로 끝났음을 알 수 있었다. 석판은 바닥에 떨어지며 두 동강이가 났으며, 동시에 모든 사람들의 시선이 내게로 집중되었다.

"석판을 깨뜨린 학생을 이리 나오게 하시오."

브로클허스트 씨가 큰 소리로 말했다. 하지만 나는 몸이 굳어져 꼼짝도 할 수가 없었다. 그러자 내 양 옆에 있던 상급생들이 나를 앞으로 떠밀어 냈다.

"그 걸상을 이리 가져 와라."

브로클허스트 씨는 반장 앞에 있는 높은 걸상을 가리켰다.

그의 지시에 따라 걸상은 곧 앞으로 날라졌으며 나는 누군가의 손에 의해 그곳에 올려졌다.

"여러분!"

그는 먼저 자기 가족과 선생들을 보며 말했다.

"보시는 바와 같이 하느님께서는 우리에게 주신 것과 똑같은 모습을 이 아이에게도 주셨습니다. 그러니 누가 이 아이의 영혼에 악마가 깃들었다는 것을 믿겠습니까. 하지만 슬프게도 이것은 사실입니다. 나는 이 아이가 하느님의 참된 양에서 버림받았다는 사실을 분명하게 여러분에게 경고하겠습니다. 여러분은 앞으로 이 아이를 경계해야 하며 이야기도 나누지 마십시오. 그리고 선생님들은 항상 가차없는 벌을 이 아이에게 내려 주십시오. 그렇게 해야만 이 아이의 영혼을 구할 수 있습니다. 왜냐하면 이 아이는 저 이교도보다도 나쁜 거짓말쟁이이기 때문입니다."

브로클허스트 씨가 말을 하는 동안 그 부인은 고개를 저었고, 딸들은 나를 향해 눈을 흘기며 입을 비죽거렸다.

"내가 지금 한 말은 이 아이의 은인인 자비심 많은 부인에게서 들은 겁니다. 그 부인은 자신의 은혜에 배은망덕으로 보답하는 이 아이에게 행여라도 다른 아이들이 물들까봐 부득이 이곳에 보냈습니다. 옛날 유태인들이 환자를 베데스타의 연못으로 보낸 것처럼 이 아이를 여기에 보낸 것입니다."

그는 말을 마치고 의기양양한 표정으로 외투의 윗단추를 채웠다. 그리곤 가족들과 함께 당당한 걸음으로 교실을 떠났다. 그러나 문을 나서다말고 뒤돌아서서 마지막으로 이렇게 말했다. 나를 걸상 위에 반 시간 동안 세워 놓으라고. 그리고 그날 하룻동안 아무도 말을 걸지 말라고.

8

30분도 못 되어 수업이 끝나고 모두 식당으로 가 버리자, 나는 대담하게 책상에서 내려왔다. 그리곤 마루 한구석에 털썩 주저앉으며 엉엉 울기 시작했다.

그동안 로우드에 와서 노력한 것이 모두 허사가 되었다고 생각하니 너무 억울했던 것이다. 사실 그때 나는 반에서 일등을 할 정도로 공부도 열심히 했으며 학생들에게 인기도 좋았다. 그런데 브로클허스트 씨 때문에, 아니 리드 부인 때문에 그동안의 노력이 모두 끝장난 것이었다. 나는 울면서 이제 모든 것이 다 끝장났다고 뇌이고 있었다. 그때 헬렌이 빵과 커피를 들고 왔다.

"제인, 너무 상심하지 마. 이곳에서 브로클허스트 씨를 좋아하는 사람은 아무도 없어. 만약 그가 너를 칭찬했다면 다른 모든 사람들이 너를 미워하게 될 거야. 그러니까 그렇게 슬퍼하지 마. 하루 이틀은 선생님들이나 학생들이 차갑게 대할지 모르겠지만 아마 그들도 마음 속으로는 너를 가엾게 여기고 있을 거야."

헬렌은 내 손등을 가볍게 문지르며 말했.

"하지만 난 잠시라도 미움받는 건 참을 수 없어. 하지만 너나 템플 선생님처럼 내가 진정으로 사랑하는 사람들한테 사랑을 받을 수만 있다면 내 팔이 부러져도 좋고 황소 뿔에 받쳐도 좋아."

"제인, 넌 어쩌면 그렇게 극단적이니? 네 육신은 하느님이 만드신 거야. 그분은 이 지구 밖의 다른 세계에서 우리를 지켜보면서 우리가 오해를 받거나 멸시당할 때도 우리의 결백을 믿어주신단 말야."

헬렌은 나를 위로하기 위해 한참 동안 애썼다. 그러나 나는 그녀의 말을 들을수록 오히려 더 슬퍼졌다. 왜 그런지는 알 수가 없었다. 나는 헬렌의 어깨에 머리를 얹고 두 팔로는 허리를 감았다. 그러자 헬렌은 나를 끌어당겨 깊이 안았다. 그 사이에 창문 밖으로 보이는 하늘에서는 구름이 걷히고 달이 환한 얼굴을 드러내고 있었다. 얼마나 그렇게 앉아 있었을까. 우리는 누군가의 발걸음 소리를 듣고 비로소 떨어져 앉았다. 템플 선생이었다. 그녀는 우리를 원장실로 데리고 갔다.

템플 선생은 헬렌을 의자에 앉히고 나를 곁에 서게 하였다.

"다 울었니? 어때, 실컷 울고 나니까 시원해?"

"아녜요, 억울하게 꾸지람을 들어서 그렇지 않아요. 이제 선생님이나 모두가 절 나쁜 아이라고 생각하시겠죠?"

"그렇지 않아. 앞으로 네가 계속 착하게만 군다면."

템플 선생은 한 팔로 나를 껴안으며 말했다.

"그런데 브로클허스트 씨가 말한 네 은인이란 부인은 누구지?"

"리드 부인이요. 제 외숙모예요. 외삼촌이 돌아가실 때 절 맡기신 거예요."

"그럼 리드 부인이 자청해서 널 맡은 게 아니니?"

"부인은 절 맡게 된 걸 아주 못마땅해 하셨어요. 하지만 하인들이 그러는데 리드 부인은 저를 어른이 될 때까지 보살피겠다고 외삼촌께 약속하셨대요."

"그렇다면 제인, 네가 거짓말쟁이라는 것도 사실이 아닐 수가 있겠구나. 원 세상에! 제인, 혹시 알고 있을지 모르겠지만 아무리 흉악한 범죄자라도 기소되면 자기 죄에 대한 변호를 할 수 있단다. 그러니 너도 할 수 있는 데까지 너를 변명해 봐. 조금도 숨기거나 과장없이 말야."

템플 선생은 내 눈을 똑바로 들여다 보며 말했다. 나도 그녀의 눈을 보며 그 어느 순간보다 정직하려고 애썼다. 그리고 꼭 해야 할 말들이 무엇인지 잠시 생각했다. 템플 선생은 내 말을 진실로 받아들이고 있었다. 나는 그녀의 눈을 보고 그것을 알았다. 그것은 마구잡이로 남을 원망하지 말라는 헬렌의 경고를 깊이 새기며 이야기한 덕분인지도 몰랐다.

이야기 도중, 지난 날 나를 치료해 준 적이 있는 로이드 씨 이야기도 나왔다. 영영 잊어버릴 수 없는 그 끔찍했던 붉은 방 사건에 대해 말하던 중이었다.

"로이드 씨는 나도 아는 분이야. 그럼 우리 그분에게 편지를 내도록 하자. 만약 그분의 답장이 네 말과 같다면 넌 누명을 벗는 거야. 하지만 제인, 나는 너를 믿는다."

템플 선생은 내게 키스를 했다. 나는 그녀의 흰 이마와 윤기 있는 머리를 보며 그동안 전혀 경험하지 못했던 행복이라는 것을 맛보았다.

"헬렌, 오늘도 기침이 심했니?"

템플 선생은 그제사 헬렌에게 눈길을 돌리며 물었다.

"오늘은 심하지 않았어요."

"가슴 아픈 건?"

"그것도 좀 나았어요."

헬렌의 대답에도 템플 선생은 미심쩍은 듯 그애의 손목을 끌어당겨 맥을 짚어 보았다. 그러더니 나지막하게 한숨을 쉬었다. 그러나 곧 어두운 표정을 거두고 몸을 일으켜 하녀를 불렀다.

템플 선생은 하녀에게 차와 토스트를 내오게 했다. 그러나 하녀가 가

저온 토스트의 양은 아주 적었다. 가정부인 하든 부인이 아무리 손님이 있더라도 그 이상은 내 줄 수가 없다고 했다는 것이었다. 할 수 없이 템플 선생은 서랍을 열어 큼직한 케이크를 내놓았다.

"이건 너희들이 갈 때 들려 보내려고 했던 건데. 하지만 토스트가 너무 적으니 그냥 여기서 먹어라."

템플 선생은 케이크를 잘라 우리 앞에 놓았다. 나는 모처럼 만에 대하는 성찬에 넋이 나가는 듯싶었다. 그러나 그보다 더 즐거웠던 것은 따뜻한 난롯가에 앉아 헬렌과 템플 선생이 나누는 이야기를 들은 것이었다.

헬렌, 그녀는 참으로 놀랍고도 경이로운 아이였다. 고대 민족들과 그 시대에 관한 이야기를 비롯하여 머나먼 나라에 관한 이야기, 자연의 신비에 대한 이야기, 그리고 여러 가지 책들에 관한 이야기를 템플 선생을 상대로 거침없이 쏟아 놓는 것이 아닌가! 도대체 얼마나 많은 책을 읽었길래 저런 이야기들을 알고 있을까! 얼마나 많은 지식이 저장되어 있길래 저런 이야기를 할 수 있을까! 나는 놀라지 않을 수 없었다.

이야기를 하고 있는 동안 그녀의 눈은 밝게 빛나고 있었다. 그 눈은 그토록 아름답게 보이던 템플 선생의 눈보다 더욱 깊게 보였으며, 신비한 감동까지 주는 것이었다. 그 빛이 절정에 다다른 것은 템플 선생이 꺼내 준 로마 시인인 버질의 시집을 읽을 때였다. 그 시집은 라틴 어로 되어 있었는데, 헬렌은 아버지에게서 라틴 어를 배웠다고 했다.

헬렌이 한줄 한줄 시를 읽는 동안 그녀에 대한 내 존경심은 극에 달해 있었다. 그러나 애석하게도 그때 취침 종이 울리는 것이었다. 우리는 그만 일어서지 않을 수 없었다.

우리가 방을 나서기 전에 템플 선생은 헬렌을 꼭 끌어안았다.

"주여, 이 어린 것에게 축복을 내리소서!"

템플 선생은 헬렌을 오래도록 안고 있었다. 그리고 우리가 방을 나서자 헬렌을 보며 다시 나지막하게 한숨을 내쉬었다. 헬렌을 위해 두 번째로 내쉰 한숨이었다.

그 후 일 주일쯤 지난 어느 날이었다. 로이드 씨가 답장을 보내왔다. 내 말이 진심이었다는 것을 증언하는 내용이었다. 템플 선생은 전교생이 모인 자리에서 로이드 씨의 편지 내용을 알려 주었다. 그로써 나는 누명을 벗은 셈이었다. 그러자 다른 선생들이 다가와 내게 키스를 해 주었다. 학생들도 박수로 축하해 주었다. 그 순간 나는 새로운 사람이 되고자 결심했다. 어떠한 어려움도 극복해 내리라 다짐했다. 그 다짐에 따라 나는 열심히 공부했다. 결과는 금방 나타났다. 나는 몇 주 만에 상급반으로 진급했고, 프랑스 어와 그림도 배울 수 있게 되었다. 비로소 나는 로우드에 잘 왔다는 생각이 들었다. 사랑이 있는 곳에서 풀을 먹고 사는 것이 미움이 있는 곳에서 고기를 먹고 사는 것보다 낫다는 솔로몬의 말을 깨달은 것이다.

9

맑고 화창한 5월이었다. 하늘은 푸르렀고 햇빛은 따사로웠다. 물을 머금은 신록은 하루하루 푸르름을 더해 갔고, 로우드의 교정도 옷을 갈아입었다. 교정 주위는 온통 꽃과 초록빛으로 뒤덮였으며 담장 너머로 보이는 삼림 지대에는 야생 앵초가 담뿍 들어앉아 있었다. 그 사이로 언뜻언뜻 보이는 흙은 푸근한 빛깔을 띠었다.

그러나 그런 자연 현상과는 상반되게 로우드에는 전염병이 창궐하였다. 바로 티푸스라는 병이었다. 그것은 봄과 함께 되살아나 5월이 되자 학교를 병원으로 바꾸어 놓기에 이르렀다. 더구나 로우드에서 배를 곯다시피 하는 학생들은 그 병을 이겨낼 힘이 없었다. 따라서 그즈음 질병은 로우드의 한식구가 되어 있었고, 죽음은 잦은 방문객이 되어 있었다. 그 중 돌봐 줄 친지가 있는 학생들은 짐을 꾸려 학교를 떠나기도 했다. 그러나 그들은 다시는 돌아오지 않았다. 죽기 위해 고향으로 돌아간 것이었다. 더러 학교에서 죽은 학생들은 조용히, 그리고 재빠르게 매장되었다.

그 사이에서 그래도 모질게 살아남은 학생들은 아침부터 저녁까지 숲 속을 헤매다녔다. 의료원이 학생들의 건강을 위해서는 운동이 필요하다고 충고했기 때문이었다. 또한 모든 선생들이 환자들에게 매달려 있는 통에 학생들을 규제하거나 감시할 여유도 없었다. 80명 중에 45명이 앓아 누웠으니 그럴만도 하지 않겠는가.

그 와중에 브로클허스트 씨를 비롯한 그 가족은 로우드에 얼씬도 하지 않았다. 따라서 재정 문제에도 일일이 따지고 들 수 없었다. 학생들에게 번번이 썩은 음식을 내 주던 고약한 가정부는 병에 전염될까 도망쳐 버렸다.

당시 나는 모질게 살아남은 측에 끼었는데, 음지가 있으면 양지가 있는 식으로 우리는 병들어 앓는 친구들 덕분에 호화로운 생활을 하고 있었다. 그래, 그것은 이전까지의 생활에 비해 분명히 호화로운 생활이었다. 우리는 한결 너그러워진 살림살이 덕분에 식사 분량이 많아졌으며 식구가 줄어든 덕분에 가끔씩일망정 커다란 파이 덩어리와 치즈 바른 두꺼운 빵을 먹을 수 있었다. 우리는 그것을 숲 속으로 가지고 가서 가장 마음에 드는 장소에서 성찬처럼 먹었다.

나는 주로 시냇물 한가운데 솟아난 하얗고 매끄러운 바위 위에서 새로 사귄 메어리 앤 윌슨이라는 친구와 식사를 했다. 그녀는 총명하고 눈치빠르고 개성이 강했다. 나이는 나보다 서너 살 위였지만 나이가 많은 만큼 아는 것도 많았다. 특히 그녀는 묻기를 좋아하는 나에 비해 들려주기를 좋아했다.

그렇다고 그동안 결코 헬렌을 잊은 것은 아니었다. 어떻게 내가 헬렌을 잊을 수 있겠는가. 그토록 따뜻하고 존경스러운 친구를 말이다. 헬렌은 당시 몹시 앓고 있었다. 그래서 내가 모르는 이층방에 옮겨져 있었던 것이다. 단순한 감기가 아닌 폐병이었기 때문이다. 그러나 나는 폐병도 충분한 치료를 받으면 고칠 수 있는 병이려니 생각했다. 어느 따뜻한 날에 헬렌이 템플 선생의 부축을 받으며 교정으로 나온 것을 보고 그렇게 생각했던 것이었다.

그러던 6월 초순의 어느 날이었다. 메어리 앤과 숲 속에서 돌아와 보니 의사 베이츠 씨가 와 있었다. 베이츠 씨가 왔다는 것은 필경 누군가 위독하다는 뜻이었다. 나는 이제까지 전혀 느끼지 못했던 불길한 예감에 베이츠 씨가 나올 때까지 기다렸다. 그리곤 그가 나오자 곧장 뒤따라 나온 간호사에게 달려갔다.

"헬렌 번즈를 진찰하러 오신 건가요?"

나는 다짜고짜로 그렇게 물었다.

"그래."

"어떻대요?"

"여기 오래 있지 못할 거라고 하셨어."

나는 간호사의 말을 단박에 알아들었다. 헬렌이 곧 죽는다는 말이었다. 나는 한동안 어찌할 바를 몰랐다. 강한 전류가 순간적으로 몸을 통과한 느낌이었다. 무섭고 슬픈 일이었다.

"헬렌을 만날 수 있나요?"

"안 돼! 절대 안 돼!"

간호사는 현관문을 닫았다.

그러나 나는 11시쯤에 헬렌에게로 갔다. 그날 만나지 못하면 영원히 못 만날지도 모른다는 생각에서였다.

헬렌은 템플 선생의 방에 누워 있었다. 그녀의 침대는 템플 선생의 침대 바로 옆에 있었으며 커튼으로 가려져 있었다. 헬렌을 만나면 안 된다고 하던 간호사는 팔걸이 의자에 앉아 자고 있었다. 나는 커튼 안으로 들어갔다.

"헬렌!"

나는 침대 휘장 안으로 팔을 뻗으며 조용하게 불러 보았다.

"어머, 너 제인 아니니?"

휘장을 밀치고 얼굴을 내민 헬렌은 나를 보자 무척 반가운 표정을 지었다.

"어떻게 왔어?"

"널 보러 왔어. 네가 많이 아프다는 말을 듣고는 잠을 잘 수가 없었어."

"그럼 작별인사를 하러 온 거구나. 참 알맞은 때 왔네."

"너 어디 가니? 집으로 가는 거야?"

"응, 집으로 가는 거야. 머나먼 집으로. 영원토록 머물 수 있는 집으로 말야."

"안 돼! 헬렌, 안 돼!"

나는 가슴이 아파 그 이상은 아무 말도 할 수 없었다. 눈물이 쏟아졌지만 간호사를 깨우지 않기 위해 억지로 삼켰다.

"제인, 너 맨발이구나. 얼른 이리 와서 이불을 덮어."

헬렌의 말에 따라 나는 침대로 올라가 그녀 곁에 누웠다.

"난 정말 행복해. 그러니 내가 죽어도 절대 울지 마. 슬퍼할 것도 없어. 누구나 죽는 거니까. 내 병은 천천히 진행되는 거라 고통스럽지도 않아."

"그래도 무섭지 않니?"

"응, 안 무서워. 하느님께로 가는 거니까. 하느님께서는 당신이 만드신 것을 결코 멸망시키지 않으셔. 나는 그걸 믿어."

"언젠가 내가 죽으면 널 다시 만날 수 있을까?"

"그럼, 너도 틀림없이 하느님의 영접을 받게 될 거야."

'하느님의 나라는 정말 있을까. 있다면 어디 있을까.'

나는 마음 속으로 물으며 헬렌을 꼭 껴안았다. 어느 때보다 그녀가 소중하게 느껴졌다. 그때의 기분으로는 아무 데도 보낼 수 없을 것 같았다.

"아, 어쩌면 이렇게 기분이 좋을까? 이대로 푹 잠이 들었으면. 하지만 제인, 날 두고 가지 마. 내 곁에 있어줘야 해."

"그래, 네 곁에 있을게."

"따뜻하니 제인?"

"응, 아주 따뜻해."

나는 헬렌의 가슴에 더욱 깊이 파고들며 말했다. 우리는 서로에게 키스를 하였다. 그리고 곧 잠이 들었다.

내가 눈을 떴을 때는 이미 날이 밝아 있었다. 나는 간호사의 팔에 안겨 있었다. 간호사는 나를 기숙사에 데려다 주었다. 그날 아무도 내가 침대를 비웠다고 야단치지 않았다.

이틀 후, 템플 선생은 그날 내가 헬렌의 목에 팔을 두른 채 잠들어 있었다고 했다. 그리고 헬렌은 죽어 있었다고 했다.

10

독자여, 이상으로써 나는 어린 시절에 대한 이야기를 끝맺고자 한다. 그 이후 8년 동안에 대해서는 앞뒤 관계를 잇기 위해 필요한 몇 가지 사실만 적겠다.

티푸스는 수많은 학생들의 목숨을 앗아간 대가로 브로클허스트 씨에게 치명적인 타격을 가했다. 상상 외로 많은 사망자가 사회 각계각층의 주목을 끈 것이다. 로우드에 곧 감독 기관의 감독이 파견되어 조사가 시작되었고 그 결과는 만천하에 공개되었다. 이후 브로클허스트 씨는 실무에서 쫓겨나 이름뿐인 회계 감독의 자리로 물러났다. 학교 기금은 관리위원에게 위탁되었으며 새로운 교칙이 제정되었다.

나는 그곳에서 다시 8년을 보냈다. 학생으로서 6년, 교사로서 2년을 보낸 것이다. 그 8년의 세월은 단조로웠으나 결코 불행하지는 않았다. 열심히 공부한 덕분에 상급반을 수석으로 졸업했으며 교사의 직책을 맡을 수도 있었기 때문이었다.

그때까지도 학교 원장은 템플 선생이 맡고 있었다. 그녀는 항상 나의 후원자가 되어 나를 지켜보았다. 지금 생각해 보니 그녀는 나의 스승인 동시에 나의 어머니였으며 친구이기도 했던 것이다. 그런데 그러한 우리 사이를 갈라놓은 사람이 있었다. 다름아닌 스미스 목사였다. 스미스 목사가 템플 선생에게 청혼하여 허락을 받아낸 것이었다.

템플 선생이 스미스 목사와 로우드를 떠나는 날, 나는 높은 곳에 올라가 마차가 언덕 너머로 사라질 때까지 하염없이 지켜보았다. 그리고 마차가 시야에서 완전히 사라진 후에는 내 방으로 돌아와 하루 종일 외로움에 서성댔다. 그동안 나는 템플 선생의 성품에 동화되었으며 언행까지 비슷해져 있었다. 항상 사유하는 표정과 절제된 감정으로 누구에게나, 아니 나 자신에게조차 교양 있고 지적인 사람으로 보였다.

하지만 템플 선생이 떠난 이상 모든 것이 끝났다고 생각되었다. 가슴이 뻥 뚫려 바람이 통하는 느낌이었다. 그때 나는 문득 생각했다. 로우드를 떠나야겠다고. 그것은 다분히 감정적이고 즉흥적으로 내린 결론이었으나 생각하면 생각할수록 괜찮을 것이라는 쪽으로 결론이 지어졌다. 그동안 내가 경험한 것이라고는 고작 학교 규칙과 제도에 관한 것뿐이었다. 그러나 현실 세계란 얼마나 넓은 것이며 그곳에서 얻을 지식은 또 얼마나 큰 것일까. 결코 흥분이라고까지 표현할 수는 없으나 나는 분명히 새로운 세상에 대해 설레임을 느꼈다.

다음 날, 나는 로우드에서 2마일이나 떨어진 로우튼에 가서 구직 광고를 냈다. 광고문은 다음과 같이 썼다.

'2년간의 교원 경력이 있는 여성임. 14세 미만의 어린이의 가정교사 자리를 구함. 영국 교육 방침에 따른 모든 학과와 프랑스 어, 미술, 음악을 가르칠 수 있음.'

광고에 대한 회답은 1주일 후에나 받아볼 수 있었다. 나는 퍽 큰 기대를 갖고 다시 로우튼으로 가서 내 앞으로 온 우편물을 찾았다. 그러나 수신란에 제인 에어라는 이름이 적힌 우편물은 단 한 통뿐이었다.

우편물의 내용은 아주 간단했다. 신원증명서와 학력증명서를 제출하면 10세 미만의 학생이 한 명뿐인 집안에 일자리를 제공하겠다는 것이었다. 수신인란에는 밀코트 부근의 소온필드라는 곳의 페어팩스 부인이라고 적혀 있었다.

지도를 살펴보니 소온필드라는 곳은 로우드보다 런던 쪽으로 70마일 정도 더 가까운 거리에 있었다. 나는 그것이 마음에 들었다. 또한 편지의 필체로 보아 페어팩스 부인이 꽤 나이 많은 사람이라고 여겨졌다. 머리 속에는 존경할만한 영국의 노부인이 그려졌다.

나는 보증인으로 브로클허스트 씨를 내세울 생각이었지만 그의 말에 의하면 내 보호자는 리드 부인이므로 그녀에게 먼저 편지를 써야 한다고 했다. 나는 그의 말에 따라 리드 부인에게 사정을 알리는 편지를 썼다. 그러나 리드 부인은 내 문제에 대해서는 일체 간섭하고 싶지 않으니 마음대로 하라는 답장을 보내왔다. 그리고 그 답장은 학교의 관계자들에게 회람되었다. 그에 따라 나는 내 문제에 관한 한 무엇이든 할 수 있는 권한을 부여받았다. 학력이나 인물에 대한 증명은 로우드 학원의 감독 위원회에서 준비해 주었다.

나는 그것을 페어팩스 부인에게 보냈다. 그리고 이 주일 후부터 일하러 오라는 답장을 받았다. 나는 답장을 받은 즉시 로우드에서 생활을 정리하기 시작했다.

그런데 로우드를 떠나기 전날, 나는 뜻밖의 손님의 맞게 되었다. 하녀의 연락에 따라 아래층으로 내려간 순간 나는 거의 정신을 잃을 지경이었다. 손님이란 바로 베시였던 것이다.

"누군지 알아 보겠어요? 설마 영 잊은 건 아니겠죠?"

베시는 밝고 명랑한 목소리로 물었다.

"베시! 베시!"

나는 다른 말은 할 수가 없었다. 그저 부둥켜안고 정신없이 키스를 퍼부으며 그녀의 이름만 부를 뿐이었다. 베시는 눈물을 흘리면서도 환하게 웃음을 짓고 있었다.

"이 꼬마가 제 아들이에요. 이름은 보비예요. 애 말고도 딸이 또 있어요. 이름은 제인이랍니다. 5년 전에 마부로 있던 로버트 리븐과 결혼해서 벌써 이렇게 됐어요."

"그럼 지금도 게이츠헤드에 살아요?"

"그럼요. 문지기 집에서 살죠. 문지기 영감이 나가 버렸거든요. 그런데 아가씬 별로 키가 안 컸네요. 살도 안 찌고. 이라이자와 조지아나 아가씨는 얼마나 크고 뚱뚱한데요."

"조지아나는 여전히 예뻐?"

"그럼요, 지난 번에 마님과 런던에 갔을 때 모두들 넋을 잃고 아가씨만 쳐다보더래요. 어떤 귀족은 아가씨한테 흠뻑 빠져서 청혼을 하기도 했는데, 글쎄 그 집안에서 반대를 했다지 뭐겠어요. 그래서 조지아나 아가씨가 그 귀족하고 도망을 쳤는데 이라이자 아가씨가 그들을 찾아냈죠. 질투를 했나 봐요. 그래서 지금은 두 아가씨가 아주 원수처럼 지낸답니다."

"존은 어떻게 됐어요?"

"존 도련님은 대학에서 낙제를 해서 마님이 아주 속을 끓이신답니다. 삼촌들이 법률 공부를 시키려고 했지만 워낙 방탕한 사람이라 그만 손을 든 모양이에요"

"리드 부인이 베시를 보낸 거예요?"

"천만에요. 난 오래 전부터 아가씨가 보고 싶었다우. 그런데 마침 편지가 왔다는 소식과 아가씨가 멀리 떠난다는 소식을 듣고 그전에 한번 만나봐야겠다는 생각이 들어 찾아온 거예요."

"날 보고 실망했죠?"

"웬걸요. 퍽 고상한 귀부인같이 자랐는데. 아가씬 어릴 때부터 미인은 아니었잖아요."

나는 베시의 솔직한 말에 웃음이 나왔다.

"하지만 아가씬 총명해서 외모 따윈 극복해 냈을 거라고 생각했어요. 혹시 피아노 칠 줄 아세요?"

내가 고개를 끄덕이자 베시는 피아노 뚜껑을 열며 한 곡 쳐 달라고 했다. 나는 그녀의 부탁에 따라 왈츠를 쳤다.

"어머, 이라이자 아가씨나 조지아나 아가씨도 이렇게 잘 치지는 못해요. 혹시 그림도 그릴 줄 아세요?"

그녀는 몹시 흥분한 표정으로 다시 물었다.

"조금. 저게 내가 그린 그림이야."

나는 벽난로 위에 있는 그림을 가리키며 말했다.

"참 훌륭하네요! 저건 리드 댁 그림 선생님 솜씨보다 나아요. 아가씨들은 감히 근처에도 따라오지 못할 거고요. 프랑스 어도 배웠어요?"

"그래요. 읽는 것도 쓰는 것도 말하는 것도."

"모슬린 천이나 캔버스에 수도 놓을 수 있어요?"

내가 고개를 끄덕이자 베시는 벌린 입을 다물지 못했다.

"내가 이럴 줄 알았다니까. 아가씬 이제 정말 숙녀가 되셨군요! 그런

데 아가씨, 혹시 아버님 친척인 에어 씨 댁에서 무슨 소식 못 들었어
요?"

"전혀."

내가 고개를 젓자 베시는 7년 전에 리드 가문에 찾아왔던 에어 가의
한 신사에 대해 설명하기 시작했다. 그 사람은 리드 부인에게 와서 나를
찾았다는 것이다. 그러나 내가 50마일이나 떨어진 학교에 있다고 하자
무척 실망한 얼굴로 돌아갔다는 것이다. 외국으로 가야하는데 배가 곧
출발하기로 되어 있다면서.

"아마 수천 마일 떨어진 섬인데 포도주를 만드는 곳이래요."

"마데이라?"

"네, 맞아요. 바로 거기예요. 마님은 그분이 돌아가시자 천해빠진 장사
꾼이라고 하셨어요. 제 남편 말로는 포도주업자라고 하던데."

"포도주업자의 사무원이나 대리상일지도 모르지."

나는 혼잣소리로 말했다.

베시와 나는 한 시간 이상 이야기를 나누었으며, 그 다음 날에도 로
우튼에서 역마차를 기다리는 동안 잠깐 만났다. 그리고 우리는 브로클
허스트 암즈에서 헤어져 각자의 길을 향해 갔다.

11

밀코트의 한 여관에서 나는 소온필드라는 곳을 찾았다. 밀코트 시에
도착하면 누군가 마중나와 있으려니 생각했는데 나를 찾는 사람은 한
명도 없었다. 나는 할 수 없이 여관방을 잡고 누군가 나를 찾아 올 때까
지 혼자 있어야 했다. 여관방에서 30분 정도 기다리자 여관 급사가 나를
찾는 손님이 있다고 했다. 밑으로 내려가 보니 한 남자가 문 앞에 서 있

었다.

"이게 댁의 짐이오?"

그는 나를 보자마자 다소 퉁명스럽게 복도에 놓인 내 트렁크를 가리키며 물었다. 내가 그렇다고 하자 그는 대뜸 트렁크를 들고 뒤돌아서 나가는 것이었다. 나는 무엇 하나 확인해 볼 사이도 없이 그를 따라 나설 수밖에 없었다.

마차에 올라서서야 소온필드가 어디에 있는지 물어 보았다.

"6마일쯤 됩니다."

"시간은 얼마나 걸리나요?"

"한 시간 반쯤 걸립니다."

그는 필요한 대답만 하곤 입을 다물었다. 나는 더 이상 캐물을 생각을 버리고 밖을 내다보았다. 밖에는 밤안개가 끼어 있었다. 나는 밤안개를 보며 페어팩스 부인과 어린 소녀에 대해 생각했다. 마차가 허름한 것으로 보아 틀림없이 소박한 부인일 것이라고 생각했다. 하지만 만일의 경우 페어팩스 부인이 또 다른 리드 부인이 아니기를 하느님께 빌었다.

마차는 어느 저택의 커다란 건물 앞에서 멈춰섰다. 내가 마차에서 내려서는 동안 현관문이 열리며 어린 하녀가 나왔다. 나는 하녀의 안내를 받으며 응접실로 안내되었다.

응접실은 자그마했지만 아늑해 보였다. 난롯가에는 둥근 테이블이 있었고 그 옆에는 구식 팔걸이 의자가 한 개 있었다. 부인은 그 의자에 앉아 뜨개질을 하고 있었다. 그녀의 발 아래에는 커다란 고양이 한 마리가 얌전히 앉아 있었다. 그야말로 그림같은 광경이었다.

"어서 오세요. 오시느라 고생하셨습니다. 추우시죠? 이쪽으로 오세요."

부인은 내가 들어가자 재빠르게 일어나 앞으로 다가왔다.

"페어팩스 부인이십니까?"

"네, 그래요. 앉으세요."

부인은 나를 난롯가로 이끌더니 목도리를 벗기고 모자의 끈을 풀어 주는 것이었다. 나는 너무 송구스러워서 어쩔 줄을 몰랐다. 그러나 부인은 당연한 일을 하고 있다는 듯한 태도였다.

"페어팩스 양을 만나 볼 수 있을까요?"

외투를 벗고 의자에 앉으며 내가 물었다. 그러나 부인은 가는 귀가 먹은 듯 잘 알아듣지를 못하였다.

"페어팩스 양 말이에요. 오늘 만나 볼 수 있을까요?"

나는 조금 소리를 높여 말했다.

"아, 바란스 양 말이군요. 선생님의 제자가 될 아이 이름은 아델 바란스랍니다. 저는 가족이 없답니다."

부인은 내 맞은편 의자에 앉으며 말했다. 그녀는 내가 와서 무척 기쁘다고 했다. 그동안 무척 외로웠다는 것이다. 하녀인 리아와 마부인 존 부부가 있지만 그들은 하인이기 때문에 마음놓고 어울릴 수가 없었다는 것이다. 그런데 지난 가을에 아델 바란스와 보모가 왔다는 것이다.

"어린애는 집 안에 활기를 불어넣지요. 나는 그애가 온 후로 참으로 오랜만에 외로움을 덜었답니다. 더구나 이제는 선생님까지 오셨으니 더 바랄 나위가 없지요."

그녀의 말을 들으며 나는 참으로 훌륭한 부인도 다 있구나 하고 생각했다. 나는 부인에게 좋은 식구가 되도록 노력하겠다는 마음을 알렸다. 부인은 부드럽게 미소를 지으며 고개를 끄덕였다.

시계가 12시를 치자 부인은 직접 침실로 나를 안내했다. 침실은 자그마했지만 무척 아늑했다. 나는 하느님께 감사 기도를 올렸다. 그리곤 곧바로 침대에 몸을 눕혔다. 하루종일 여행에 시달린 탓에 무척 피곤했던 것이었다.

다음 날, 찬란한 햇살을 받으며 눈을 떴을 때 나는 화사한 주위 환경에 아주 만족했다. 로우드의 더러운 벽이나 마루 바닥과는 비교할 수가 없을 정도였다. 나는 그것이 앞으로 펼쳐질 내 인생의 좋은 징조라고 생각했다. 나는 옷을 입고 방을 나섰다. 저택 내부는 참으로 장엄해 보였다. 벽에 걸린 그림이나 청동으로 만든 등, 큰 시계 등 장식품도 모두 품격이 있어 보였다.

밖에서 본 느낌은 그와는 또 달랐다. 저택의 지음새는 훌륭했지만 방대하지 않았으며, 지붕을 둘러싼 벽은 그림과 같은 인상을 주었다. 그것은 전체적으로 숲을 배경으로 잘 어울렸다. 땅까마귀들이 숲에서 나와 목장에 내려앉으려고 잔디밭 위에서 날고 있었다. 나는 오랜 만에 진정한 평화로움을 느낄 수 있었다.

"벌써 일어나셨군요."

페어팩스 부인이 나오며 인사를 했다.

"아주 일찍 일어나시는 모양이군요. 이곳이 마음에 드시나요?"

"네, 아주 마음에 들어요."

"하긴 이곳처럼 아름다운 곳도 드물죠. 주인이 없는 집이라 쓸쓸하긴 하지만요."

"주인이 없는 집이라고요? 부인이 이 집 주인이 아니신가요?"

"제가요? 맙소사, 말도 안 돼요. 전 다만 관리인에 불과해요. 이 집 주인은 로체스터 씨랍니다. 로체스터 씨의 어머니가 제 남편의 육촌 동생이죠. 하지만 저는 그런 친척 관계를 내세우자는 게 아닙니다. 그저 여느 관리인과 다름없다고 생각할 뿐입니다"

"그럼 그애는요? 아델 바란스 양 말입니다."

"그애는 로체스터 씨 양녀랍니다. 아, 마침 저기 오는군요."

부인이 나를 맞은 태도에 대한 의문과 부인과 바란스 양의 사이에 대한 의문이 이렇게 해서 풀렸다.

그애는 어린애였다. 나이는 7, 8세쯤 되어 보였는데 홀쭉하고 창백한 피부로 인해 더욱 어려 보였다.

"아델, 잘 잤니? 이리 와서 인사드려라. 너를 가르쳐 주실 분이시다."
페어팩스 부인이 말했다.
"이분이 내 가정교사래."
그애는 프랑스 어로 보모에게 나를 소개했다. 그러자 보모 역시 프랑스 어로 인사를 했다.
"외국인인가요?"
나는 프랑스 어로 말하는 것을 듣고 놀라 물었다.
"보모는 외국인이고, 아델은 대륙에서 났어요. 처음에 여기 왔을 땐 한 마디도 못 알아듣겠더니 요즘은 조금 나아졌어요."
부인의 설명에 나는 조금도 당황하지 않았다. 로우드에 있는 동안 프랑스 인에게 직접 프랑스 어를 배운 덕분으로 웬만한 의사소통이 되기 때문이었다. 더구나 7년 동안 매일 프랑스 어를 암송했으므로 쓰는 것이나 읽는 것에도 큰 어려움이 없었다.
아델은 내가 프랑스 어로 말하는 것을 듣더니 무척 반가워했다. 보모인 소피와도 이야기할 수 있다는 이유 때문이었다.
"그런데 성함이 어떻게 되세요?"
"제인 에어!"
"에이르? 발음이 잘 안 돼요."
아델은 내 이름을 몇 번 발음해 보곤 이내 고개를 저었다. 그러더니 자신이 어떻게 이곳까지 왔는지 신나게 설명하기 시작했다. 그애는 아름답고 깨끗한 고장에서 배를 타고 로체스터 씨, 그리고 보모와 함께 이곳으로 왔다고 했다. 연기가 많이 나는 배를 타고 오느라 기침을 많이 했다고도 했다.
"저렇게 빨리 말하는 걸 다 알아들으시나 보죠? 그렇다면 저애의 양친에 관해 한두 가지만 물어 봐 주세요. 양친을 다 기억하고 있는지 어떤지."

아델이 말하는 중간에 페어팩스 부인이 끼어들었다. 나는 부인이 부탁한 대로 아델에게 물어보았다.

"우리 엄마는 성모 마리아님한테 가셨어요. 엄마가 그곳에 가시기 전에는 귀부인들과 신사가 엄마를 보러 많이 오셨어요. 그러면 저는 그분들 무릎에 앉아 노래를 부르거나 춤을 추기도 했어요. 한번 보여드릴까요?"

아델이 눈을 크게 뜨고 물었다. 내가 고개를 끄덕이자 그애는 대뜸 내게로 다가와 무릎에 올라 앉았다. 그리곤 조그만 손을 앞으로 가지런히 하고 머리를 살랑살랑 저으며 오페라 중의 한 곡을 부르기 시작했다. 그런데 놀랍게도 그 내용은 버림받은 여자의 노래였다. 애인에게 배신당한 여자가 가장 좋은 보석과 아름다운 옷으로 치장하고 무도회에서 그 애인을 다시 만난다는 내용이었다. 그리고 그 애인 앞에서 일부러 활달한 모습을 보임으로써 버림받은 것이 아무렇지도 않다는 것을 과시한다는 것이다.

노래를 듣는 동안 나는 아델의 엄마라는 사람을 이해할 수가 없었다. 어떻게 자신의 딸에게 그런 노래를 부르게 할 수가 있었을까. 아마도 사랑과 질투에 관한 내용을 어린 목소리로 들려주어 손님들에게 색다른 재미를 느끼게 할 심산인 모양이었다. 하지만 그것은 절대로 옳은 일이라고 할 수가 없었다.

"엄마가 성모 마리아님한테 가신 다음에는 누구하고 살았니?"

그애가 무릎에서 내려서자 내가 다시 물었다.

"프레드릭 씨하고 그 부인이오. 하지만 그분들은 제 친척은 아니예요. 집도 가난했고요. 그래서 로체스터 아저씨가 같이 살자고 하셨나 봐요. 하지만 저만 놔두고 아저씨는 다시 가버리셨어요."

아델은 로체스터 씨를 탓하는 투로 말했다.

나는 아델을 데리고 서재로 갔다. 서재에는 아델을 가르칠 수 있는 모든 도구가 마련되어 있었다. 수많은 책이 있었고, 피아노에 회화용 캔버스, 지구의까지 있었다. 그러나 아델은 공부에는 그다지 흥미가 없었다. 특히 규칙적인 일에 익숙하지 못했다. 대신 무척 고분고분하기는 했다. 나는 그런 그애의 특성에 맞게 가르치려고 노력했다.

아침 수업을 마치고 이층으로 올라갔을 때 페어팩스 부인이 부르는 소리가 들렸다. 부인은 문이 두 짝으로 된 방에 있었다. 나는 부인이 있는 방으로 들어갔다. 그 순간, 나는 방의 아름다움에 놀라움을 금치 못했다. 붉은 의자와 커튼, 터키 융단, 호도나무 패널을 끼운 벽, 아름다운 색유리를 끼운 창문, 고상하게 조각된 천장 등, 내가 이제껏 본 그 어떠한 방도 그 방의 반도 따라오지 못했다.

"정말 아름다운 방이군요."

"여긴 식당이에요. 환기 좀 시키려고 창문을 열어놓는 참이에요. 사람이 살지 않으니까 물건들이 자꾸 눅눅해져요. 저쪽 응접실은 마치 지하실 같아요."

부인은 넓은 아치를 가리키며 말했다. 부인이 가리키는 곳을 보는 순간 나는 내가 동화 속의 나라에 와 있다는 느낌을 받았다. 그 속에는 귀부인실이 있었는데, 바닥에는 흰 융단이 깔려 있었으며 천장에는 하얀 포도와 잎으로 된 조각이 새겨져 있었다. 또한 그 밑에는 진홍빛 침대와 긴 의자가 멋진 조화를 이루고 있었다. 하얀 벽난로 위에 놓인 장식들은 보헤미아의 유리 제품들이었다.

"이 방들은 정돈이 잘 돼 있군요. 마치 사람이 살고 있는 것 같아요!"

나는 방 안을 둘러보며 감탄하듯 말했다.

"로체스터 씨는 잘 오시지는 않지만 별안간 오시는 경우가 많답니다. 그런데 그분이 오신 다음에 청소를 한다 정리를 한다 법석을 떨면 화를 내시기 때문에 미리미리 정리해 두는 거랍니다."

"까다로운 분인가요?"

"별로 그렇지는 않아요. 다만 신사답게 행동하실 뿐이죠. 로체스터 집안은 대대로 이 지방에서 존경을 받아왔거든요. 이 근방에 있는 영토는 거의 그분의 소유랍니다. 하지만 소작인들한테는 늘 공정하고 관대하게 대하시는 편이죠."

"특이한 점은 없으신가요?"

"잘 모르겠어요. 꼬집어 이렇다고 설명할 수가 없군요. 그분의 말씀만 듣고는 농담을 하시는 건지 진담을 하시는 건지, 불쾌하신 건지 유쾌하신 건지 통 모르겠거든요."

이것이 내가 나의 고용주에 대해 들은 내용의 전부였다.

그날 부인은 소온필드 저택의 모든 곳을 구경시켜 주었다. 나는 그녀가 이끄는 대로 위아래로 따라다녔다. 그리고 오직 감탄할 뿐이었다.

"하인들은 이 방에서 자나요?"

나는 그 중 삼층의 낮은 침실들을 둘러보며 물었다. 그곳에는 오랜 세월 동안 아래층을 장식하다 유행에 밀려난 가구들이 들어차 있었다. 말하자면 과거의 집합소였다.

"아니라우. 하인들은 뒤채에 있는 조그만 방들에서 잔다우. 여기서는 아무도 자지 않아요. 아마 소온필드 저택에서 유령이 나온다면 이 방에서 나올 거요."

그러면서 부인은 빙긋이 웃었다.

마지막으로 우리는 함석 지붕으로 올라갔다. 지붕은 까마귀 둥지와 같은 높이에 있었다. 그곳에서 내려다 보니 저택의 영지가 지도처럼 펼쳐져 보였다. 공원처럼 드넓는 들판은 고목들로 꽉 차 있었으며 보이는 곳마다 아름답고 평화로워 보였다.

나는 잠시 그곳에 머물러 있었다. 그리곤 페어팩스 부인이 지붕 들창을 잠그고 있을 때 우리가 올라왔던 사다리를 통해 밑으로 내려갔다. 그런데 지붕 밑 방에서 나와 복도를 걷고 있을 때였다. 느닷없이 들려오는 웃음 소리에 나는 저절로 걸음이 멈춰졌다. 기괴하면서도 애절한 웃음 소리는 머리카락을 곤두서게 할 정도였다. 웃음 소리는 점점 높아졌다.

"페어팩스 부인! 저 웃음 소리 들으셨어요?"

나는 마침 계단을 내려오는 부인에게 물었다.

"하인 중에 누구겠죠. 아마 그레이스 풀일 거예요. 저쪽 방에서 바느질을 한답니다. 가끔 리아와 함께 있기도 하죠. 그레이스!"

부인은 웃음 소리가 들려오는 방 쪽에 대고 소리를 질렀다. 하지만 대답 대신 야릇하게 중얼거리는 소리가 들려왔다. 나는 공포에 질려 꼼짝도 하지 못했다. 그런데 조금 후에 내 옆의 방문을 열고 나온 하녀를 보고 나는 그만 어이가 없었다. 그녀는 40세 정도 나이에 어깨가 넓은 아주 못생긴 여자였다. 기괴함과는 거리가 먼 생김새였던 것이다.

"그레이스, 그렇게 떠들지 말라고 몇 번이나 얘기했어요!"

부인이 꾸중을 하자 그레이스는 말없이 고개를 끄덕이더니 가 버렸다.

"저 여자는 바느질 담당인데 가끔 리아를 거들어 주기도 하지요. 그건 그렇고 선생님의 제자는 어땠어요?"

페어팩스 부인은 화제를 돌렸다. 그때 마침 아래층에서 아델이 식사하라며 프랑스 어로 외쳤다.

12

소온필드 저택 사람들은 모두 온순하고 선량했다. 나는 그들을 보며 내 앞날이 순탄하리라 생각했다. 페어팩스 부인은 친절했고 아델은 순진하며 명랑했다. 특히 아델은 나를 기쁘게 하려고 노력하는 것이 기특할 정도였다. 따라서 소온필드에서의 생활은 하루하루가 편하고 안락했다. 나는 아델이 보모와 함께 놀고 있거나 정원을 거닐고 있을 때면 삼층의 지붕 밑 방에 올라가 저 멀리 보이는 들판이나 언덕을 보았다. 그 럴 때 페어팩스 부인은 대개 주방에서 젤리를 만들었다.

그렇게 혼자 있는 동안 나는 그레이스 풀의 웃음 소리를 자주 들었 다. 그 높고도 느린 소리를 들을 때면 나는 소름이 끼쳤다. 더 괴상망측 한 것은 혼자 무어라고 중얼거리는 것이었다. 그녀가 방에서 나와 바로 부엌으로 갔다가 되돌아 올 때 가끔씩 그녀를 만나기도 했다. 그녀의 외 모는 항상 내 호기심을 감소시키는 역할을 했다. 뚱뚱하고 거칠은 모습 어디에도 흥미를 끌만한 요소는 없었다.

그러던 1월 어느 오후였다. 날씨는 추웠으나 하늘은 맑고 투명했다. 그날 아델이 감기에 걸려 나는 모처럼 마을 구경을 가기로 하였다. 페어 팩스 부인이 편지를 부치러 간다기에 내가 자청하여 나선 길이었다.

마을까지는 2마일 정도 되었다. 나는 오랜만의 산책에 마음이 들떠 있었다. 내가 걸었던 그 길은 여름에는 들장미로, 가을에는 호도와 검은 딸기로 유명한 곳이었다. 이 계절에도 들장미와 아가위는 산호 같은 열 매를 달고 있었다. 그러나 겨울철의 참맛은 아무래도 고독과 적막에 있 었다.

내가 가는 헤이 마을은 야산이 많은 곳이었다. 그 산들 사이에는 많 은 시내들이 흐르고 있었다. 겨울 저녁의 적막 속에서 나는 그곳에서 흐 르는 시냇물 소리를 들을 수 있었다. 가던 길을 멈추고 가만히 귀를 기 울여 그 소리를 듣기도 하였다.

그러던 중 나는 갑자기 멀리서 들려오는 말발굽 소리에 고개를 들었 다. 말발굽 소리는 물 흐르는 소리를 지워 버리고 있었다. 그 소리는 둑 길에서 났다. 나는 고개를 돌려 둑길을 보았다. 말 한 필이 달려 오고 있었다. 말은 큰 준마로 위에 한 사나이가 타고 있었으며 그 뒤로는 개 가 따라오고 있었다.

그런데 그 말이 거의 내 앞에까지 다달았을 때 그만 얼음판 위에서 미끄러지고 마는 것이었다. 나는 놀라서 얼른 말이 있는 쪽으로 달려갔다. 말은 나뒹굴어진 채 신음 소리를 내고 있었고 사나이는 말에서 벗어나려고 안간힘을 쓰고 있었다. 개가 사나이와 말 주위를 돌며 우렁찬 소리로 짖고 있었다.

"도와 드릴까요?"

겉으로 보기에는 아무렇지 않은 것 같았지만 나는 혹시나 해서 물어보았다.

"한쪽으로 비켜 서시오. 조용히 해, 파일럿!"

그는 손을 내저으며 무릎을 세운 다음 발을 디디며 힘겹게 일어섰다. 그리고 자신의 발과 다리가 온전한지 살펴보았다. 남자는 젊지는 않았지만 그렇다고 중년에 이른 것 같지도 않았다. 키는 보통에 얼굴은 가무잡잡했고 어깨가 떡 벌어져 가슴이 넓었다.

"도움이 필요하시다면 소온필드 저택이나 헤이에 연락할게요."

나는 호의를 베풀고 싶은 심정에 그렇게 말했다.

"고맙소. 하지만 약간 삐었을 뿐이오."

그는 다시 일어나 발을 움직여 보았다. 그러나 이내 비명을 지르며 털썩 주저앉고 마는 것이었다. 개가 나와 주인 사이를 오락가락했다.

"원하신다면 헤이까지 달려갔다 올게요. 실은 편지 부치러 가는 길이거든요."

"어디서 오시는 길이오?"

"저 아래요."

나는 소온필드 저택을 가리키며 말했다.

"저 아래라면 흥벽이 있는 저택 말입니까?"

"네, 로체스터 씨 저택인데 저는 그 댁의 가정교사로 있답니다."

"아, 가정교사요! 그럼 로체스터 씨를 잘 아시겠군요."

"아뇨, 전 그분을 한번도 뵙지 못했답니다. 여기에 안 계시거든요."

　이야기를 하는 동안에도 그는 몸을 움직여 보려고 부단히 노력하고 있었다. 그러나 그의 얼굴은 다시 고통스럽게 일그러졌다. 그제사 그는 좀 부축해 달라고 하였다.

　그는 내 어깨를 짚었다. 그리곤 말 쪽으로 절뚝거리며 걸어갔다. 말에 다가가서는 단숨에 고삐를 잡더니 그대로 말 위로 뛰어올랐다. 동시에 삔 다리가 아팠던지 콩 신음 소리를 내며 얼굴을 찌푸렸다.

　나는 생울타리 쪽에 떨어져 있는 채찍을 집어 그에게 주었다.

　"고맙소. 당신도 더 늦기 전에 편지를 갖고 헤이로 가시오."

　그는 말에 박차를 가하며 말했다. 말은 뒤로 뻣뻣이 선 다음 힘차게 달리기 시작했다. 개가 그 뒤를 따랐다.

　그런데 나는 그 개를 소온필드에서 다시 볼 수 있었다. 편지를 부치고 늦게사 돌아와 보니 페어팩스 부인 방 난롯가에 앉아 있는 것이었다.

　"파일럿!"

　나는 사나이가 부르던 개의 이름을 생각해 내곤 혹시나 하는 마음에 불러 보았다. 그러자 그 개가 벌떡 일어나 내 곁으로 다가오는 것이었다.

　"이 개는 어떻게 된 거야?"

　나는 마침 방 안에 들어서는 리아에게 물어 보았다.

　"주인님 개예요. 로체스터 주인님이오. 방금 오셨어요. 그런데 오시다가 사고가 생겨서 지금 존이 의사를 부르러 갔어요."

　리아의 설명에 나는 더 물어 볼 것도 없었다. 나는 조용히 내 방으로 올라가 옷을 갈아입었다.

13

　다음 날, 소온필드는 완전히 달라졌다. 교회와 같이 조용하던 저택에 시간마다 문을 두드리는 소리와 벨을 누르는 소리가 났다. 소작인들과 로체스터 씨의 대리인들의 발소리도 들려 왔다.

나는 로체스터 씨가 사무를 볼 수 있도록 서재를 비워 주었다. 대신 이층 방에 난로를 피우고 책들을 옮겼다. 그러나 그날은 아델을 제대로 가르칠 수가 없었다. 로체스터 씨의 선물에 신경을 쓰느라 아델이 계속 딴청을 부렸기 때문이었다. 하지만 아델은 해가 지고 나서야 로체스터 씨를 만날 수 있었다. 나 역시 저녁때가 되어서야 겨우 그를 볼 수가 있었다. 페어팩스 부인을 통해 그가 차를 마시자고 연락해 온 것이었다.

페어팩스 부인은 내게 옷을 갈아입으라고 했다. 로체스터 씨가 있는 한 저녁에는 늘 옷을 갈아입어야 한다는 것이었다. 조금 거창한 느낌이 들었지만 처음 인사하는 자리인지라 시키는 대로 하기로 했다.

나는 내 방으로 들어가 입고 있던 모직 옷을 벗고 검은 비단 옷으로 갈아 입었다. 그리고 템플 선생이 작별 선물로 주고 간 조그만 진주를 박은 브로치를 달았다. 그 정도 차림새라면 로우드 기준에 의하면 최상급에 속했다.

나는 페어팩스 부인의 뒤에 숨어 로체스터 씨가 기다리고 있는 방으로 들어갔다. 그는 긴 의자에 몸을 반쯤 눕힌 채로 아델과 개를 바라보고 있었다. 난롯불이 그의 얼굴을 환하게 비추고 있었다. 굵고 검은 눈썹, 네모진 이마, 완강하게 생긴 입과 턱이 그의 단호한 성격을 나타내고 있었다.

"에어 선생님 오셨습니다."

페어팩스 부인이 조용하게 말했다. 그러나 그는 고개도 돌리지 않은 채 가볍게 목례를 할 뿐이었다. 그러나 그러한 태도는 오히려 나를 편하게 하였다. 나는 소리없이 의자에 앉아 그가 하는 것을 지켜보기 시작했다.

"아주머니, 차를 좀 마시고 싶은데요."

얼마 후에 그가 입을 떼자 부인은 얼른 벨을 눌러 차를 준비시켰다. 나와 아델은 테이블 곁으로 갔다. 그러나 그는 여전히 꼼짝도 하지 않았다.

"로체스터 씨의 찻잔을 날라다 주시겠어요? 아델은 아직 위험해서요."

페어팩스 부인이 나를 향해 말했다. 나는 시키는 대로 했다.

"아저씨, 조그만 상자 안에 에어 선생님 선물도 있어요?"

로체스터 씨가 내 손에서 찻잔을 받아들자 아델이 얼른 나서며 말했다. 그러자 그의 얼굴이 대번에 험상궂게 일그러졌다.

"누가 선물 얘기를 하라고 했지? 에어 양이 그랬소? 선물을 좋아하시오?"

그는 노기에 찬 음성으로 나를 쏘아보며 물었다.

"글쎄요, 받은 경험이 별로 없어서. 하지만 흔히들 선물을 받는 건 기쁜 일이라고 하더군요."

"흔히들 그렇다니, 난 당신의 생각을 묻고 있는 거요."

"만족하실 대답을 드리자면 시간이 좀 걸리겠군요. 선물에도 여러 가지 종류가 있으니까요."

"당신은 아델과는 다르군. 저애는 나를 보자마자 선물을 달라고 난리던데, 당신은 먼저 남의 속을 떠보니 말이오."

"아델은 그럴 만한 자격이 있으니까요. 당신은 그전에도 아델에게 장난감을 많이 사 주셨더군요. 하지만 저는 선물을 받게 된다면 우선 놀랄 거예요. 당신을 처음 뵙는 데다가 그럴 만한 일도 하지 못했으니까요."

"겸손이 지나치시군. 하지만 난 이번에 아델을 보고 참으로 놀랐소. 별로 총명하지도 않고 재능도 없는 아이를 그 정도로 발전시켰다니."

"그거야 말로 훌륭한 선물이군요. 감사합니다. 선생들이 가장 바라는 상은 자기 제자의 향상에 대한 평가이지요."

"그래요!"

그는 잠시 말을 멈추고 방 안을 오락가락했다.

"어디 출신이오? 또 내 집에는 언제 왔소?"

"로우드 학원 출신입니다. 여기 온 지는 석 달이 되었고요."

"로우드라! 당신이 그런 표정을 하고 있는 게 이제사 이해가 되는군. 나는 어젯밤에 당신이 일부러 그런 표정으로 내 말을 홀리게 하여 넘어뜨린 것이 아닌가 의심을 했었소. 양친은?"

"안 계십니다. 어릴 적에 돌아가셔서 얼굴도 기억하지 못합니다."

"어젯밤에 울타리에 앉아서 친구를 기다렸던가요? 옛날 이야기에 나오는 초록빛 옷을 입은 요정 말이오. 어제는 정말 요정이 나타나기에 꼭 알맞은 밤이 아니었소."

"녹색의 요정은 백 년 전에 영국을 떠났습니다. 그래서 헤이 마을이나 이 근처의 들판에서는 그들을 찾아볼 수가 없을 겁니다."

"양친이 안 계신다면 친척은 있소? 형제 자매라도."

"아무도 없습니다."

"그럼 여기엔 누구 추천을 받고 온 거요?"

"제가 광고를 냈더니 페어팩스 부인이 답장을 주신 겁니다."

"그렇답니다. 저는 에어 선생님을 선택하게 된 데 하느님께 감사드리고 있답니다. 선생님은 제겐 말할 수 없이 소중한 친구이고 아델에게는 친절한 선생님이랍니다."

페어팩스 부인이 끼어들었다.

"이 사람의 인품에 대해 설명할 필요는 없어요. 난 내 나름대로 판단하니까. 이 여잔 내 말을 거꾸러뜨리는 것부터 시작했지만."

로체스터 씨의 말에 부인은 매우 당황한 듯했다.

"로우드는 브로클허스트라는 목사가 지배한다고 들었는데, 당신도 그 자를 떠받들었겠군."

"아닙니다. 전 브로클허스트 씨를 싫어했어요. 저뿐 아니라 모든 사람이 그를 싫어했습니다. 걸핏하면 심술을 부리고 간섭이 심했으니까요. 그는 또 위원회가 구성되기 전에는 거의 학생들을 굶기다시피 했어요. 또 자기가 쓴 책에 나오는 죽음과 심판이란 대목을 읽게 하여 우리를 위협했고요."

"로우드에 갈 때 몇 살이었소?"

"10살이요. 그곳에서 8년을 있었습니다."

"그럼, 지금 18살이겠군. 혹시 피아노 칠 줄 아시오?"

"조금요."

"제법 자신만만한 대답이군. 그렇다면 한번 쳐 보시오."

나는 그의 지시에 따라 피아노를 치기 시작했다. 그러나 그는 2, 3분쯤 후에 그만 치라고 소리쳤다.

"정말 조금 치는군. 그런데 아델이 보여 준 당신 그림은 어느 전문가가 조금 도와준 것 같던데."

"천만에요!"

나는 더 이상 참지 못하고 소리쳤다.

"아하, 자존심이 상하신 모양이군. 그렇다면 내 앞에서 직접 그려볼 수 있겠소? 나도 어느 정도는 그림을 볼 줄 아는데."

나는 그의 말이 떨어지기가 무섭게 화판을 가져왔다. 화판에는 내가 로우드에서 그린 스케치와 수채화가 몇 장 있었다. 나는 그것을 긴 의자 쪽에 밀었다. 그러자 그는 한장 한장 그림을 넘기기 시작했다.

"이 그림들이 한 사람의 손에 의해 그려졌다는 건 인정하겠는데, 정말 당신 손으로 그렸소?"

"그렇습니다!"

나는 분명하게 대답했다.

"원화는 어디서 구했소?"

“내 머리 속에서요.”

“오호라, 당신 어깨 위에 있는 그 머리에서 말이오?”

그러면서 그는 다시 한번 그림을 살펴보는 것이었다.

“이 그림을 그릴 때 행복했소?”

그가 다시 물었다.

“말할 수 없어요. 하지만 상상했던 것과 실제 작업상의 차이로 많은 고통도 받았답니다.”

“하지만 여학생의 솜씨치곤 대단하오. 표현이 아주 특별해. 그런데 에어 선생, 왜 이제까지 아델을 재우지 않는 거요?”

그는 그림에 대해 이야기하다가 느닷없는 질문을 했다. 그러나 나는 그와 이야기하느라 벌써 아홉시가 지났다는 사실을 까맣게 모르고 있었다.

“로체스터 씨는 괴팍하지 않다고 하더니 아주 변덕스럽고 무뚝뚝한 분이로군요.”

나는 페어팩스 부인과 함께 아델을 데리고 나오며 말했다.

“그분을 처음 뵙는 사람들은 다들 그렇게 말하죠. 하지만 전 익숙해져서 그런지 아무렇지도 않은걸요. 말씀드리자면 그분도 가여운 분이에요.”

“왜요?”

“가정적으로 불화가 있었답니다. 2, 3년 전에 형님이 돌아가셨거든요. 그 이후로 마음을 잡지 못하고 저렇게 괴로워 하시는 거예요.”

“형님을 무척 사랑하셨나 봐요?”

“그런 게 아니라 두 분 사이에 무슨 오해가 있었나 봐요. 에드워드 씨를 미워하도록 부친이 형님인 로우랜드 씨를 조장하셨나 봐요. 그 노인은 재산을 가족 공동으로 소유하도록 하셨는데, 에드워드 씨가 거기에 반발하셨거든요. 그러자 부친과 로우랜드 씨는 에드워드 씨가 받아들이기 어려운 조건을 제시하곤 그것을 받아들이면 재산을 주겠다고 했답니다. 그 조건이 뭔지는 모르겠지만 에드워드 씨는 그 후 여러 해 동안 가족과 인연을 끊으셨답니다. 그런데 로우랜드 씨가 아무 유언도 없이 돌아가시자 에드워드 씨는 비로소 이곳에 돌아오신 겁니다. 그러나 그후에도 이곳에는 2주일 이상 머무는 적이 없답니다."

"이 저택을 싫어하시나요?"

"예, 아마 음침해서 그러시는 모양이에요."

부인은 더 이상의 설명은 피했다. 그리고 그때까지 말한 것도 자신의 추측일 뿐이라고 못박았다.

14

어느 날 저녁, 로체스터 씨가 나와 아델을 찾는다며 리아가 공부방으로 연락을 해왔다. 그날은 소온필드에 많은 손님이 초대되었던 날이었다. 그러나 우리가 아래층에 내려갔을 때는 대부분의 손님들은 이미 저택에서 떠난 후였다. 아델은 리아의 연락에 그제사 선물이 도착한 것 같다며 몹시 흥분했다.

아델의 말대로 식당 테이블에는 작은 상자가 놓여 있었다.

"그래, 마침내 상자가 도착했다. 자, 이걸 구석에 가지고 가서 혼자 놀아라. 대신 조용히 굴어야 해."

로체스터 씨는 안락의자에 앉은 채 굵직한 목소리로 말했다. 그러더니 페어팩스 부인을 불러 아델을 상대하도록 했다. 아델은 고맙다는 인사도 잊은 채 페어팩스 부인과 함께 선물을 푸느라 여념이 없었다.

"아주머닌 지금 나에 대해 자선사업을 하는 셈이오. 난 어린애들을 상대하는 것을 아주 싫어하거든."

그는 의자에서 조금도 움직이지 않은 채 말했다.

"이리 가까이 오도록 하시오. 난 쓸데없는 예절 따위는 딱 질색이라 오."

그는 난롯불을 보며 말했다. 나는 조금 더 구석진 곳에 있고 싶었으나 그가 시키는 대로 할 수밖에 없었다.

"당신은 내가 미남이라고 생각하오?"

그는 갑자기 고개를 돌리며 물었다.

"아뇨."

나는 느닷없는 그의 질문에 나도 모르게 솔직하게 대답하고 말았다.

"그래요? 참으로 놀라운 일이군! 당신은 아무래도 수녀 같은 데가 있어. 조용하고 엄숙하고 순진하단 말야. 당신은 순간적으로 질문을 받으면 늘 그렇게 솔직하게 대답하오?"

"제가 너무 솔직했다면 용서하세요. 사람에 따라 보는 눈이 다르니까요. 외모는 중요하지 않다고 그런 식으로 말씀드려야 했는데."

"외모가 중요하지 않다고? 빰치고 어르는 꼴이군. 자, 말해 봐요. 내 외모에 무슨 결점이 있는지. 난 다른 사람들과 같이 사지육신이 멀쩡하다고 생각하는데."

"죄송해요. 조금 전에 드린 말씀은 취소하겠어요."

"그러지 말고 자신이 한 말에 책임을 져야지. 자 내 이마는 어떻소? 잘 생기지 않았소?"

그는 머리칼을 쓸어올리며 물었다. 그러자 꽤 지능이 뛰어나 보이는 이마가 드러났다. 그러나 부드럽거나 자애로운 면은 없었다.

"왜, 지능이 낮아 보이오?"

"그렇지 않아요. 하지만 썩 인정이 있어 보이지는 않는군요."

"한술 더 뜨는군! 이봐요, 난 흔히 말하는 박애주의자는 아니지만 그래도 최소한의 인정은 베풀 줄 아는 사람이오. 모진 운명이 날 이꼴로 만들어버렸지만 말이오. 덕분에 고무공처럼 단단하고 질겨지기는 했지. 한두 군데 구멍이 뚫려 문제지만 말이오. 그런데 에어 양, 고무공이 인간으로 다시 돌아갈 수 있을까?"

그의 말에 나는 뭐라고 대답해야 할지를 몰랐다.

"왜 내 말이 너무 황당하오? 하지만 그렇게 당황하는 모습이 몹시 보기 좋군. 당신답다는 말이오. 사실 난 오늘 몹시 외로워 당신을 부른 것이오. 어떻소, 당신과 밤새도록 이야기가 하고 싶은데?"

"힘 닿은 데까지 위로해 드리겠어요. 기꺼이 말예요. 하지만 제가 대화의 주제는 정할 수 없으니 질문을 해 주세요. 최선을 다해 대답해 드리겠어요."

나는 약간의 미소를 띠운 채 말했다.

"그럼 우선 하나 물어보겠소. 난 당신보다 훨씬 나이도 많고 경험도 많이 했소. 그런 이유로 때로는 다소 주인티를 내고 명령한다거나 딱딱하게 구는 걸 이해하겠소?"

"저보다 나이가 많다거나 세상 구경을 많이 한 것만으로 제게 명령하실 권리는 없다고 생각해요. 그보다는 그 많은 시간과 경험을 얼마나 효과적으로 사용했나 하는 것이 중요한 거죠."

"그건 내 경우와 너무 달라 받아들일 수가 없소. 난 두 가지 모두를 무관심하게 지나쳐 버렸으니까. 그러니 내가 다소 화를 내거나 명령을 한다고 해서 기분이 상하지 않기를 바라오."

"봉급을 주고 고용한 사람이 명령에 화를 낼까봐 걱정하는 주인은 아마 없을 겁니다."

"봉급을 주고 고용한 사람이라! 그렇다면 내가 조금 못살게 굴어도 좋다는 말이오?"

"봉급 문제 따위는 잊고 아랫사람이 얼마나 편하게 지내는지 마음 써 주신다면 더욱 좋겠죠."

"좋소, 당신 대답이 마음에 들었소. 가정 교사 3천 명 중에 당신같이 대답할 수 있는 사람은 아마 거의 없을 거요. 하지만 내가 아는 것보다 당신이 잘나지도 못했고, 그 두서너 가지 장점 못지않게 결점도 있을 테니 선입견은 버리기로 하겠소."

그때 그의 눈이 나의 눈과 마주쳤다. 나는 속으로, 그건 당신도 마찬가지라고 말하고 있었다.

"물론 나도 결점이 없는 건 아니오. 때론 스스로 나도 내가 비난받을 짓을 많이 했다고 생각하니까. 나는 스물한 살 때부터 세상을 알았소. 그전까지는 나도 당신처럼 순수하고 깨끗한 사람이었소. 어떠한 더러움도 내게는 근접을 하지 못했소. 아마 당시 조물주는 나를 선량하고 당당한 사람으로 만드시려고 했던 것 같소. 그러니까 난 애초부터 악한은 아니었단 말이오. 하지만 난 결국 환경을 극복하지 못했소. 쾌락만 좇다가 방탕에 물든 시시한 죄인이 됐단 말이오."

"지금이라도 속죄하면 구원받을 수 있어요."

"그럴지도 모르지. 하지만 난 이미 행복해지길 포기한 몸이오. 아니, 나를 이토록 타락시킨 그 쾌락이란 놈을 끝까지 찾아낼 생각이오. 그래서 누가 이기나 겨뤄볼 생각이오. 어떠한 대가를 치르더라도 말이오."

"쾌락이란 언뜻 신선하고 달콤하게 느껴질지 모르지만 종말엔 독하고 쓴 맛이 나는 것이라 알고 있어요."

"직접 먹어보지도 않고 어떻게 아시오? 그러니 당신은 마치 이 '케미오'의 머리와 같군. 당신은 내게 인생을 설교하기엔 너무 어리오. 한낱 풋나기란 말이오."

그는 벽난로 위에 있던 장식 조각의 머리 부분을 가리키면서 말했다.

"그럼 방탕에 물든 건 과오가 아니었나요?"

"과오가 아니라 그건 오히려 영감이었소. 아주 따사롭고 행복하게 살 수 있는 미래에 대한 영감! 설혹 그것이 천사의 옷을 입고 있는 악마일지라도 나는 그것을 받아들일 것이오."

"그건 스스로도 원하는 바가 아닐 거예요. 왜냐하면 말씀은 그렇게 하셨지만 착잡한 심정이 표정에 그대로 나타나고 있으니까요."

사실 나는 그의 표정의 변화를 놓치지 않고 보고 있었다.

"천만에! 그건 세상에서 가장 자비로운 영감이오. 자아, 이리로 오라! 아름다운 방랑객이여!"

그는 반쯤 벌렸던 두 팔을 가슴 위에 얹으며 누군가를 껴안는 자세를 취하며 말했다.

"솔직히 말해서 저는 로체스터 씨를 이해할 수가 없군요. 당신은 더럽혀진 추억에 대해 고민하시면서 무엇 때문에 그 고민을 계속 쌓는 거죠? 만약 당신이 오늘부터라도 새로운 마음으로 모든 걸 고쳐 나간다면 아마 2, 3년 후에는 즐겁고 깨끗한 추억들을 회상하실 수 있을 텐데요."

"바로 그거요, 내가 원했던 대답이! 당신 말대로 나는 이 순간까지 지옥으로 가는 길을 닦고 있었소. 하지만 당신의 대답을 들은 이상 이제부터는 그렇지 않을 거요."

"전보다 나아지겠다는 뜻인가요?"

"그렇소. 믿어지지 않겠지만 두고 보시오. 우리 집 수호신을 두고 맹세하리다. 이제부터 내 생활은 완전히 바뀔 것이오. 만나는 사람이나 취미 생활까지도."

그는 자신있게 말했지만 나는 믿어지지가 않았다. 도무지 그가 어떤 사람인지 알 수가 없었다. 그래서 그런지 오히려 막연하게 불안한 생각이 들었다. 나는 그의 말이 끝나기를 기다렸다가 조용히 일어섰다. 아델을 재울 시간이 지났기 때문이었다.

"어디 가는 거요?"

"아델을 재우려고요. 벌써 시간이 지났어요."

"아델은 지금 자기 방에서 옷을 갈아입고 있을 거요. 조금 전에 선물

상자에서 분홍색 비단옷을 갖고 올라가는 것을 보았소. 그애의 피 속엔 남자를 홀리는 무언가가 흐르고 있소. 그것은 머리 속과 골수까지 스며 들었소. 두고 보시오. 조금 후면 다시 돌아올 테니. 난 그애가 무엇을 보여줄지 잘 알고 있소. 셀린느 바렌이 막이 오르면 언제나 무대에서 보여 주던 그 모습을."

로체스터 씨의 말대로 아델은 얼마 후에 다시 나타났다. 잔뜩 주름을 잡은 장밋빛 공단 드레스를 입고, 장미꽃 화관을 머리에 두르고 흰 공단 신을 신은 채.

"어때요? 저 예쁘죠?"

아델은 옷을 활짝 펴보이며 방 안을 빙그르 돌았다. 그러더니 로체스터 씨 앞으로 가더니 그의 발 밑에 한쪽 무릎을 꿇었다.

"아저씨, 선물 감사합니다."

"바로 그대로야!"

로체스터 씨가 소리쳤다.

"그녀는 저런 식으로 내 바지 호주머니에서 금화를 빼냈던 것이오. 에어 양, 나도 그때는 세상물정 모르는 젊은이였다오. 하지만 지금은 조그만 프랑스 꽃 한 송이가 남았을 뿐 청춘은 가 버리고 말았지. 난 이 꽃송이마저 없애 버리고 싶을 때가 있소. 금가루도 아니면서 비료도 되지 못하는 사실을 확인한 지금 이 마당에는 더욱 그렇소. 하지만 수많은 죄도 한 가지 선행으로 씻을 수 있다는 카톨릭 교리에 따라 나는 저앨 키우고 있는 것이오. 언젠가는 모든 걸 말해 주겠소."

15

얼마 후 로체스터 씨는 그 일에 대해 자세하게 말해 주었다. 그때 우

리는 오후의 햇살을 받으며 정원에서 너도밤나무 숲을 향해 걷고 있었
다.

아델은 프랑스의 오페라 무용가인 셀린느 바렌의 딸이라고 했다. 로
체스터 씨는 그녀를 사랑했으며, 그녀도 자신을 사랑한다고 굳게 믿었
다고 했다. 그는 그녀를 호텔에 살게 했으며 하녀를 딸려 주고 마차와
캐시미어 옷이며, 값진 보석을 사 주었다고 했다. 여느 방탕아와 똑같은
길을 걸었던 것이었다. 그러던 어느 날, 그는 호텔 방 발코니에 앉아 그
녀를 기다리다가 참으로 우연히 그녀의 또 다른 애인을 보았다는 것이
었다. 그 애인은 그녀와 함께 호텔 입구에서 말에서 내렸다고 했다.

"에어 양, 당신은 질투해 본 적이 없겠지? 사랑을 해 본 적이 없으니
까. 당신의 넋은 잠자고 있소. 그걸 깨워줄 충격이 아직 닥쳐오지 않은
것 뿐이요. 하지만 언젠가 당신도 사랑과 질투라는 홍역을 치를 날이 있
을 거요. 그때 당신의 인생은 온통 소용돌이와 격동, 포효, 소란으로 화
할 것이오. 그러면 당신은 바위 끝에 부딪쳐 산산조각나거나 커다란 파
도에 실려 잔잔한 물길로 나서게 되던가 하겠지."

그는 잠시 말을 멈추고 서서 저택을 바라보았다.

"나는 손온필드가 좋아. 저 고풍스러움과 아늑함, 까마귀들의 안식처
인 숲, 잿빛 하늘. 하지만 나는 참으로 오랫동안 이 집을 싫어했소. 아예
생각하는 것조차 꺼릴 정도였다오."

그렇게 말하는 그의 눈빛은 고통과 수치, 분노로 이글거리고 있었다.
그는 꼼짝도 하지 않고 있었지만 내부적으로는 그 어떤 것에 대해 심한
갈등을 겪고 있는 듯했다.

"에어 양, 나는 지금 내 운명과 결판을 냈소. 운명의 여신이 나타나
이렇게 묻더군. 저 저택을 사랑할 용기가 있냐고. 그래서 내가 대답했소.
사랑할 용기를 내겠다고 말이오. 에어 양, 난 내가 한 약속을 지킬 것이
오. 나의 행복을 위해서 말이오. 그리고 선을 위해서."

그때 아델이 다가왔다. 그러나 그는 거칠게 그애를 쫓는 것이었다.

"저리 가! 저만큼 가란 말야!"

그러더니 그는 말없이 걷기 시작했다. 나는 그의 뒤를 쫓으며 그 후의 이야기를 물었다. 그러자 그는 오랫동안 잊고 있던 이야기라도 생각해 내려는 듯 한동안 멍하니 서 있었다.

"그런데 내가 왜 그 얘길 당신한테 했지? 당신같이 순진한 소녀에게. 하지만 당신이 워낙 잘 들어주니까 나로서도 부담이 없군. 아무튼 우리는 서로 좋은 관계가 될지도 모르겠소. 난 추호도 당신에게 해를 끼칠 마음이 없고 당신은 내게 새로운 기운을 북돋아 주니까 말이오."

그는 애써 변명을 하곤 말을 이었다.

"나는 발코니에서 그들이 들어오길 기다렸소. 그들은 들어와 외투를 벗더니 여러 가지 이야기를 하였소. 남자는 사교계에서 가끔 마주친 적이 있는 아주 멍청한 자작이었소. 그를 본 순간, 난 그만 질투심이 완전히 사라지고 말았소. 처음 그들은 돈에 대해 이야기를 하더니 테이블에 놓여 있던 내 명함을 보더니 나에 대해서도 말하기 시작했소. 그들은 시시한 소리로 나를 모욕하더군. 특히 셀린느는 내 외모에 대해 흉을 보았소. 평소 열렬하게 내 남성미에 대해 찬양했던 그 입으로 말이오. 더구나 내가 해준 비단 옷을 입고 보석을 두르고 말이오. 당신과는 완전히 반대였소. 지난번 당신은 내게 분명히 말했지 않소. 내가 미남이 아니라고. 그때 내가 얼마나 감동했는 줄 아시오?"

그 말을 하는 순간 그는 나를 향해 빙긋이 웃어보였다.

"나는 그들의 이야기를 듣다 말고 문을 열고 방 안으로 들어갔소. 그리곤 애원하며 몸부림치는 그녀를 호텔 밖으로 내쫓은 것이오. 상대 남자는 그 다음 날 블로뉴 숲에서 만나 팔에 총을 한 방 먹였고. 그 후 셀린느는 저애를 남겨놓고 가수인지 음악가인지 하고 이탈리아로 떠났소. 그녀 말로는 내가 저애의 아버지라는 거요. 하지만 난 결코 그걸 인정하지 않소. 저애를 데려온 건 다만 파리라는 진창 속에 빠져 있는 새싹을 영국 시골에 옮겨심겠다는 생각에서였소. 어떻소? 이제 저애가 사생아라는 걸 알았으니 어디 다른 일자리를 알아봐야 되지 않겠소?"

"아니오. 아델은 아무 잘못이 없어요. 모든 것은 어른들의 잘못이에요. 전 오히려 저애를 더 사랑해야 할 것 같군요. 어머니에겐 버림받고 아버지에겐 자식이 아니라는 소릴 들었으니 말예요. 그리고 가정교사를 믿고 의지하는 고아보다 가정교사를 귀찮아 하는 부잣집 자식을 좋아할 수는 없겠지요."

"그야말로 당신다운 소리군!"

거기까지가 그날 그와 나눈 이야기의 전부였다. 그는 곧 대리인이 왔다는 연락을 받고 안으로 들어갔다.

내가 그의 이야기를 되새겨 본 것은 내 방으로 돌아온 후였다. 그의 이야기는 사교계에서는 다반사로 있는 일로 대수로울 것은 없었다. 그러나 내 머리 속에서 오래도록 지워지지 않는 것은 로체스터 씨가 소온필드에 대해 애정을 갖기 시작했다는 것이다. 그때 너도밤나무 숲에서 그를 사로잡았던 감정은 무엇이었을까. 분명히 심상치 않은 일이었지만 당시 나로서는 쉽게 판단할 수 있는 일이 아니었다.

그 후 로체스터 씨는 이전보다는 한결 너그러운 모습을 보여 주었다. 예의 그 거만스럽고 차가운 모습은 자취를 감추고 먼저 웃음을 띠우거나 말을 걸어오기도 했다. 특히 그는 말하는 것을 좋아하고 나는 듣는 것을 좋아하여 우리는 종종 이야기 동무가 되었다. 나는 점점 그와 같이 있는 것이 즐겁고 편해졌다. 그의 너그러운 태도는 나를 모든 구속에서 벗어나게 하였다. 나는 점점 그의 솔직한 마음에 이끌리고 있었던 것이다.

어느 날, 나는 침대에 누워 생각해 보았다. 그는 왜 소온필드를 그렇게 오랫동안 떠나 있었을까. 이번에도 곧 떠날까? 페어팩스 부인의 말로는 한번 오시면 두 주일 이상 머물지 않는다는데 그래도 이번에는 여덟 주일째 머물고 있다. 그러나 만일 그가 떠난다면? 그렇다면 소온필드의 모든 것은 슬픔으로 변해 버릴 것이다. 봄, 여름, 가을의 햇살도 차갑게 보일 것이다. 나는 그런 생각을 하며 깜박 잠이 들었다.

꿈결에 나는 애잔하게 중얼거리는 소리를 들었다. 그 소리와 함께 서서히 잠이 깨어갔다. 그러다 다시 잠에 빠져드는 순간 누군가 내 방문을 두드렸다. 나는 놀라 벌떡 일어났다.

"누구세요?"

나는 등골이 오싹해 겨우 물었다. 그러나 아무 대꾸가 없었다. 혹시 내가 잘못 들었나 싶어 다시 침대에 누웠으나 이미 잠은 멀리 달아나 있었다. 나는 이불을 머리 위까지 끌어올린 채 가만히 누워 있었다.

그러나 이어지는 악마 같은 웃음 소리에 나는 다시 이불을 걷어차고 일어났다. 굵직하고 짓눌린 듯한 웃음 소리는 바로 내 방 열쇠 구멍을 통해 들려왔다. 나는 얼른 일어나 방문을 잠갔다. 그리곤 다시 소리쳤다.

"누구세요!"

그러자 꾸르륵꾸르륵 하는 신음소리가 났다. 그러더니 복도를 지나 삼층으로 통하는 복도로 오르는 발소리가 나기 시작했다. 이어 삼층으로 통하는 문이 열렸다 닫혔다 하는 소리도 들렸다.

'그레이스 풀이었나? 그렇다면 저 여자한테 귀신이라도 들렸다는 말인가?'

나는 페어팩스 부인에게 사실을 알리려고 숄을 걸쳤다. 그러나 방문을 여는 순간 복도에는 온통 연기로 꽉 차 있는 것을 발견했다. 무엇인가 타는 냄새가 코를 찔렀다. 나는 그 연기와 냄새의 정체를 알아보려고 사방을 두리번거렸다.

그때 로체스터 씨 방에서 삐걱거리는 소리가 났다. 돌아보니 반쯤 열린 문에서 뭉게뭉게 연기가 피어오르고 있었다. 나는 곧장 로체스터 씨의 방으로 달려갔다. 이미 내 염두에는 페어팩스 부인도 그레이스 풀도 없었다. 로체스터 씨는 불길과 연기가 가득한 곳에서 깊이 잠들어 있었다.

"일어나세요! 일어나세요!"

나는 그를 흔들며 미친듯이 소리쳤다. 그러나 그는 신음 소리를 내며 돌아누웠다. 연기에 질식되었던 것이었다. 불길은 한순간도 지체하지 않고 시트를 태우고 있었다.

나는 침실 한쪽에 놓여 있는 대야와 물통을 들고와 침대에 끼얹었다. 마침 물이 가득 들어 있었던 것이다. 내 침실에 있는 물주전자도 갖고 갔다. 그리고 그것으로 조금 남아 있던 불마저 꺼버렸다.

그는 물에 흠뻑 젖은 채 무어라 불평을 하며 일어났다.

"홍수가 났나?"

"아니오, 불이 났어요. 어서 일어나세요."

"어찌된 영문이오? 제인이오? 누가 날 어떻게 만든 거지?"

"촛불을 갖다 드릴게요. 누군가 무슨 흉계를 꾸민 것 같아요. 하지만 누가 그랬는지 알아내지는 못했어요."

나는 복도에서 촛불을 가져왔다. 그리고 조금 전의 일들을 대충 설명했다. 그는 내가 말하는 동안 심각한 표정을 짓고 있었다. 그것은 놀라움보다는 근심을 나타내는 표정이었다. 그러나 내가 페어팩스 부인이나 다른 하인을 부르려 하자 손을 내저었다.

"아무도 부르지 마시오. 당신은 그저 가만히 있어요. 난 잠시 나갔다 와야겠소."

그가 촛불을 들고 나가자 나는 칠흑 같은 어둠 속에 남게 되었다. 무슨 소리가 나는지 귀를 기울여 보았으나 아무런 소리도 들리지 않았다. 나는 몹시 불안했지만 그대로 있을 수밖에 없었다.

2, 3분쯤 지나자 희미한 불빛이 보이며 그가 돌아왔다. 얼굴이 몹시

창백해진 채였다.

"아까 이상한 소리를 들었다고 한 것 같은데? 전에도 그런 소리를 들은 적이 있소?"

"네, 이 집에서 재봉일을 하는 그레이스 풀의 웃음 소리요. 이상한 여자예요."

"맞아, 그레이스 풀이야. 당신 말대로 그 여잔 좀 이상하지. 그럼 이제 당신 방으로 돌아가시오. 난 서재의 소파에 가서 쉬어야겠소. 벌써 4시가 다 되었군."

"그럼 안녕히 주무세요."

나는 나가면서 인사를 했다. 그러자 그가 놀란 듯 쳐다보았다.

"아니, 벌써 가는 거요? 그리고 그런 식으로?"

"가라고 하셨잖아요?"

"하지만 작별 인사도 없이! 당신은 내 생명을 구해 주었소. 그런데 그렇게 싱겁고 무감동하게 갈 수 있소? 적어도 악수 정도는 해야지."

그는 손을 내밀었다. 나도 손을 내밀었다. 그러자 그는 두 손으로 내 손을 꼭 움켜잡는 것이었다.

"당신은 내 생명을 구해 주었소. 이런 엄청난 빚을 지다니. 하지만 난 몹시 기쁘다오. 생명의 은인이 바로 당신이라는 것이 말이오."

그는 잠시 말을 끊었다. 그의 입술이 떨리고 있었다.

"안녕히 주무세요. 이런 경우엔 빚이니 은혜니 하는 말은 필요없을 것 같군요."

"하지만 난 당신이 언젠가 어떤 방법으로 내게 좋은 일을 하리란 걸 알고 있었소. 처음 만났을 때부터 말이오. 그 표정과 미소가 내 마음 속 깊은 곳까지 기쁨을 느끼게 했소. 그럼 내 생명의 보호자여, 편히 쉬시오!"

그는 한마디 한마디에 힘을 주어 말했다.

"제가 우연히 잠을 깨서 다행이에요."

"왜 가려고?"

"전 추워요."

"춥다고? 그렇겠군. 그럼 가요."

그러나 그는 여전히 내 손을 잡은 채 놓아주지 않았다.

"어머, 페어팩스 부인이 일어나셨나 봐요."

그렇게 말하며 나는 얼른 손을 빼내었다. 그리곤 뛰다시피 하여 내 방으로 돌아갔다. 그러나 이상하게 흥분이 되어 날이 샐 때까지 잠을 이룰 수가 없었다.

<h1 style="text-align:center">16</h1>

그 다음 날 소온필드 저택은 여느 때와 다름없이 평화로웠다. 다만 페어팩스 부인과 리아와 마부 존의 아내인 요리사가 간밤의 화재에 대해 이야기 하느라 조금 시끄러웠을 뿐이다.

"주인님이 무사하신 게 얼마나 다행이야!"

"글쎄 말야. 밤중에 촛불을 끄지 않고 잔다는 게 얼마나 위험한 일이냔 말야!"

그들은 로체스터 씨 침실을 정리하며 웅성거렸다.

나는 그들이 이 사건에 대해 어떻게 알고 있나 싶어서 점심 식사를 하러 가다가 잠깐 들러 보았다. 그 사이에 페어팩스 부인과 요리사는 식사 준비를 하느라 아래층에 내려가 있었고, 리아가 창문턱의 그으름을 닦아내고 있었다. 그런데 놀라운 것은 그레이스 풀이 그 안쪽에 앉아 커튼의 고리를 끼고 있다는 것이었다.

나는 지난 밤의 일들을 생각하고 어떻게 저럴 수가 있을까 싶어 그녀를 똑바로 쳐다보았다. 그러나 그녀는 별로 놀라는 기색도 없이 태연한 표정으로 내게 인사를 했다.

"잘 잤어요? 이 방에서 무슨 일이 있었죠? 조금 전에 모두들 여기 모여 얘기하는 소리가 들리던데?"

나는 일부러 그녀에게 다가가 물었다.

"별일 아녜요. 주인님께서 어젯밤에 책을 읽으시다 촛불을 켜 놓은 채 잠이 드셨대요. 그런데 다행히 불이 커튼을 태우고 있을 때 주인님이 깨셨다는군요."

"로체스터 씨가 아무도 안 깨우셨나요? 아무도 그분이 불끄는 소리를 못 들었대요?"

나는 그녀의 뻔뻔한 대답에 목소리를 높였다.

"아시다시피 하인들은 아주 멀리 떨어져서 자고 있잖아요. 페어팩스 부인이나 선생님은 가깝게 계시지만 부인은 가는 귀가 먹으신 탓에 못 들으셨답니다. 혹시 선생님은 뭐 들으신 거 없으세요?"

"있어요. 웃음 소리를 들었어요."

그렇게 말하며 나는 그녀의 표정을 자세히 살펴보았다.

"그런 경황에 주인님이 웃으실 리 없고, 아마 꿈을 꾸신 모양이군요."

그러나 그녀는 여전히 태연하게 대답하는 것이었다.

"난 꿈을 꾼게 아녜요!"

"그럼 방문을 열고 한번 내다 보시죠?"

그녀는 마치 나를 유도심문이라도 하는 듯했다.

"난 오히려 방문을 잠갔어요."

"그럼 선생님께서는 주무시기 전에 방문도 안 잠그신단 말예요! 물론 이곳에 도둑이 들었다는 소리는 못 들었지만 그래도 주무실 땐 방문을 잠가야죠. 안전이 최고잖아요. 세상 사람들은 모든 일을 하느님에게 맡기고 있지만 하느님이라도 재앙을 막는 방법은 필요하실 거예요."

그녀는 마치 퀘이커 교도와 같이 근엄하게 말했다. 나는 그녀의 그런 침착성을 이해할 수가 없었다.

그 일로 인해 그 후 나는 그레이스 풀에 대해 의문을 품지 않을 수 없었다. 또한 로체스터 씨의 경우도 마찬가지였다. 만약 그레이스 풀이 젊고 아름다운 여자였다면 그녀를 두둔할 수도 있겠으나 그녀의 외모로 보아 도저히 그런 상상은 할 수가 없었다. 하지만 그녀에게도 젊고 고운 날이 있었을 텐데……. 그렇게도 생각해 보았으나 결론은 마찬가지였다.

그날 나는 하루종일 로체스터 씨와 마주치기를 기다렸지만 해가 질 때까지 그의 모습은 보이지 않았다. 여행을 떠났다는 것이었다. 나는 그 소식을 저녁 식사 후에 페어팩스 부인으로부터 들었다.

"로체스터 씨는 아침 식사를 드시자마자 리즈로 떠나셨어요. 밀코트에서 10마일 정도 떨어진 이쉬튼 씨의 저택이지요. 거기에서 굉장한 파티가 열리는 모양이에요. 아마 돌아오시려면 일 주일 이상 걸릴 거예요. 그분은 외모는 특출나지 않지만 워낙 재치있고 학식이 풍부해 숙녀들에게 무척 인기가 있답니다."

페어팩스 부인은 자랑스레 말했다.

"리이즈엔 숙녀들도 있나요?"

"이쉬튼 부인의 따님이 세 분 계신데 무척 아름다운 분들이죠. 그리고 또 브랑쉬 아가씨와 그 동생인 메어리 아가씨도 아주 미인들이에요. 지난 크리스마스 무도회 땐 여기에 오셨었는데, 특히 브랑쉬 아가씨는 그날 밤 파티의 꽃으로 뽑혔답니다."

"어떻게 생겼는데요?"

"키가 크고 가슴이 풍만하죠. 그리고 조그만 어깨에 길고 우아한 목, 맑은 피부, 고상한 콧날, 검은 눈동자가 마치 보석처럼 빛나더군요. 게다가 풍성한 머리에 화관을 하고 눈처럼 흰 옷에 호박빛 목도리를 둘렀는데 마치 여왕 같더군요."

"찬사가 대단했겠군요."

"그럼요. 그분은 노래도 무척 잘 부르시는데 로체스터 씨하고 이중창을 했었죠."

"로체스터 씨요? 그분이 노래를 부르시는 줄은 몰랐어요."

"나이는 스물다섯 살인데 아직 결혼하지 않았대요. 부친의 재산이 몽땅 장남한테 상속되는 바람에 돈은 얼마 없는 것 같던데."

"하지만 돈 많은 귀족이나 신사들이 그 아가씨를 좋아하겠지요. 가령 로체스터 같은 분들이요."

"설마요, 나이 차이가 그렇게 많은데!"

"어째서요? 그보다 더 차이가 많은 사람들도 흔히들 결혼하던데."

말은 그렇게 했지만 그 말은 오히려 비수가 되어 내 가슴에 깊이 꽂히었다.

그날 나는 크레용으로 두 장의 그림을 그렸다. 하나는 내 자화상이었고, 다른 하나는 페어팩스 부인의 설명을 상기하며 상상으로 그린 브랑쉬의 초상화였다. 나는 그 그림을 보면서 다짐했다. 로체스터 씨가 내게 호감을 갖고 있다고 생각이 들 때마다 두 그림을 비교해 보겠다고.

17

로체스터 씨는 일 주일이 지나도록 돌아오지 않았다. 페어팩스 부인의 말로는 그렇게 일 년을 넘길지도 모른다고 했다. 나는 그 없이 일 년을 지낸다는 일을 상상할 수가 없었다. 나는 단지 그의 고용일뿐이라고 스스로 타일러 보기도 했지만 그럴수록 괴로울 뿐이었다.

그렇게 이 주일 정도 지난 어느 아침이었다. 페어팩스 부인 앞으로 편지가 한 통 왔다. 그가 보낸 것이었다. 나는 짐짓 태연한 체했지만 그만 나도 모르게 마시고 있던 커피를 엎지르고 말았다.

"그동안 너무 한가하다고 생각했는데 이제 좀 바빠지게 되겠군요."

페어팩스 부인이 편지를 읽고난 후 말했다.

"로체스터 씨께서 사흘 후에 돌아오신다는군요. 여러 손님들과 함께 요."

부인은 서둘러 식탁을 치우며 말했다. 나는 잠시 멍한 상태가 되었다.

그녀가 말한 대로 사흘 동안은 집안이 눈코 뜰 새 없이 바쁘게 돌아갔다. 집안에 있는 하인들로만은 부족해 이웃에서 임시로 세 명의 아낙네들이 고용되어 왔다. 그들은 집 안을 털고 쓸고 닦았으며, 새롭게 색칠도 했다. 뿐만 아니라 나도 그들을 도와 요리를 하였다.

손님들은 목요일 저녁 6시에 오기로 되어 있었다. 소온필드의 사람들은 모처럼 손님 맞을 준비로 활달하게 움직였다. 나 역시 그들과 어울리다 보니 꽤 명랑해졌다. 그러나 이따금씩 그레이스 풀과 마주칠 때마다 그 기분은 엉망이 되고 불길한 생각마저 들었다. 더구나 더욱 이상한 것은 리아가 임시 고용된 여자에게 하는 이야기를 들은 후였다.

"나도 봉급이 적은 편은 아니지만 그녀는 나보다 다섯 배는 더 받는다우. 아마 지금 당장 여길 그만둬도 평생 먹고 살 수 있을 거예요."

"일을 아주 잘하나 보죠?"

"아무렴요! 아무도 그녀를 따르진 못할 거예요. 대신할 수도 없고요."

"하지만 이상한 건 여기 주인 양반께서……."

"쉿, 저분은 모르는 일이라우."

임시 고용된 여자가 무슨 말을 하려 하자 리아가 그녀를 팔꿈치로 쳐서 말렸다. 나는 그들의 행동에서 필시 소온필드에 무슨 비밀이 있다는 것을 알게 되었다.

드디어 목요일 오후가 되자 소온필드 저택은 더욱 바빠졌다. 가구는 다시 한번 깨끗이 닦여졌고 꽃병에는 꽃들이 꽂혔다. 마침 날씨도 화창하였다. 페어팩스 부인은 까만 공단 옷에 장갑을 끼고 금시계를 찼으며 아델은 장식이 많은 모슬린 옷을 입었다.

손님들은 6시가 조금 지나서 도착했다. 나는 아델과 페어팩스 부인과 함께 내 성소(聖所)가 되어 버린 공부방의 창가에 서서 그들이 말과 무개(無蓋) 마차에서 내리는 것을 지켜보았다. 말은 모두 네 필이었고 마차는 두 대였다.

그 중에서 로체스터 씨는 세 번째 말에 타고 있었다. 그 뒤에는 한 여자가 타고 있었는데, 그녀의 보라색 승마복은 땅에 닿을 정도로 길었고 베일은 바람에 나부끼고 있었다.

"브랑쉬 아가씨예요!"

페어팩스 부인이 소리치며 밖으로 뛰어나갔다. 아델도 나가고 싶어 했으나 특별히 부르기 전에 나가는 것이 아니라고 주의를 주었다. 그러자 그애는 얼마나 섭섭해하는지 눈물까지 흘리는 것이었다.

나는 아델을 위해 음식을 조금 가져오기로 했다. 부엌에서는 불을 피우고 음식을 만드느라 정신이 없었다. 나는 그 북새통으로 겨우 파고 들어가 닭고기와 파이, 빵을 들고 나왔다. 그런데 이층으로 올라가기 전에 부인들이 막 들어오기 시작했다. 나는 복도 한 끝에 서서 그들이 지나가길 기다렸다. 그들은 모두 화사하고 쾌활해 보였다. 말투도 무척 부드럽고 감미로웠다.

내가 가져간 음식은 그날 저녁 우리의 식사가 되었다. 그렇지 않으면 우리는 고스란히 굶을 처지였던 것이다. 나는 그것을 소피에게 조금 나주어 주었다. 그러는 중에도 아델은 계속 아래층으로 내려가고 싶어 안달이었다. 나는 안됐다는 생각이 들어 그애를 데리고 복도로 나왔다.

객실에서는 피아노 소리가 들려왔다. 나는 아델과 함께 층계 맨 위에 앉아 피아노 소리를 들었다. 곧 피아노 반주에 맞춰 한 숙녀가 노래를 부르기 시작했다. 무척 고운 목소리였다. 노랫소리를 들으며 아델이 내 어깨에 머리를 기대왔다. 돌아보니 눈이 감기고 있었다. 나는 그애를 안

아다 침대에 눕혔다. 그새 11시가 넘어 있었던 것이다. 그러나 손님들이 잠자리에 든 것은 1시도 지나서였다.

다음 날, 손님들은 소풍을 가기로 하였다. 몇몇 사람은 말을 타고 나머지는 마차에 올랐다. 브랑쉬 양은 전날과 마찬가지로 로체스터 씨와 함께 말을 탔다. 나는 그들의 출발과 도착을 지켜보았다.

"부인께선 저분들이 결혼할 생각이 없다고 하셨지만 보세요. 로체스터 씨는 저 아가씨를 무척 좋아하시는 것 같아요."

나는 창가에 서서 페어팩스 부인에게 말했다.

"네, 로체스터 씨가 저 아가씨를 좋아하는 건 확실해요."

"그리고 저분도 로체스터 씨를 좋아하는 것 같아요. 보세요. 마치 비밀 얘기라도 하듯이 머리를 로체스터 씨에게 기댔잖아요. 어떻게 생겼는지 얼굴을 좀 봤으면 좋겠어요."

"오늘 저녁에 보실 수 있을 거예요. 로체스터 씨께서 저녁 식사 후에 선생님께서 직접 아델을 데려오도록 하라고 말씀하셨답니다."

"저는 안 가도 되지 않겠어요?"

"아녜요. 로체스터 씨가 특별히 부탁하신 거예요. 정 거북하시다면 로체스터 씨에게 얼굴만 보이고 얼른 나오셔도 돼요."

"손님들은 오래 머무르실까요?"

"2, 3주일 정도 계실 거예요. 그 후엔 조지 린 경이 밀코트 위원으로 선출되어 등원하셔야 되거든요. 아마 로체스터 씨도 함께 가실 거예요."

저녁이 되자 아델은 분홍색 공단 옷에 긴 허리띠와 레이스로 된 장갑을 끼었다. 그리곤 옷을 구기지 말라고 할 필요가 없을 정도로 잔뜩 긴장하여 자기 의자에 얌전히 앉았다. 나는 템플 선생의 결혼식을 위해 산 은회색의 옷을 입었다. 그런 다음에 머리를 빗고 유일한 장식품인 진주 브로치를 달았다.

소온필드 저택에는 다행히도 손님들이 앉아 있는 식탁을 지나지 않고도 객실에 들어갈 수 있는 문이 있었다. 아델과 나는 그 문을 통해 안으로 들어갔다. 나는 아델에게 한쪽 의자에 가서 앉도록 하였다. 그리고 나 자신은 창가에 있는 책장으로 가서 책을 한 권 뽑아 들었다.

아델은 꽃병에서 꽃을 따 자신의 허리띠에 꽂았다. 조그만 아이가 지나칠 정도로 옷에 신경 쓰는 것이었다. 나는 그것을 보고 어쩐지 우스꽝스럽다는 생각이 들었다.

그때 손님들이 일어나는 소리가 들렸다. 그곳에 모였던 손님들은 모두 여자들이었다. 그들은 휘장을 걷어내고 내가 있는 쪽으로 걸어왔다. 나는 그들에게 가볍게 인사를 했다. 모두 여덟 명이었다. 그들은 방의 여기저기에 흩어져 책장을 들여다 보거나 긴 의자에 몸을 눕히거나 난롯가에 모여 앉았다. 그 동작이 가볍고 우아해서 나는 마치 새의 무리를 보는 듯한 착각이 들었다.

그 중에서 단연 돋보이는 것은 역시 잉그램 남작의 미망인과 그의 딸인 브랑시 양과 메어리 양이었다. 세 사람은 모두 키가 컸다. 특히 잉그램 남작의 미망인은 쉰 살의 나이에도 훌륭한 몸매를 간직하고 있었으며 머리카락도 젊은 사람 못지 않았다. 그러나 전체적으로는 거만한 인상에 매서운 표정을 짓고 있었다. 목소리 또한 굵고 억양이 강해 전혀 호감이 가지 않았다.

브랑쉬 양과 메어리 양의 키는 비슷했다. 그러나 미루나무처럼 훌쩍 크기만 한 메어리 양에 비해 브랑쉬 양은 마치 달의 여신인 다이아나와도 같은 몸매였다. 또한 페어팩스 부인의 말대로 우아한 목에 품위 있는 가슴에 매끈하게 처진 어깨로 외모에 있어서는 단연 여왕감이었다. 그러나 얼굴은 어머니인 잉그램 남작의 미망인을 닮아 거만스러워 보였다. 다만 다른 것은 그녀의 어머니가 무뚝뚝하다면 그녀는 비웃는 듯한 인상이었다.

그녀는 얌전한 덴트 대령 부인과 식물학에 관한 이야기를 나누고 있었다. 덴트 부인이 꽃 중에서 특히 야생화를 좋아한다고 하자 그녀는 신이 나서 식물학에 관한 전문 용어를 늘어놓았다. 속된 말로 덴트 부인을 갖고 놀자는 속셈인 것 같았다. 그러나 점잖은 덴트 부인은 조금 얼굴을 붉혔을 뿐 크게 기분나빠 하지는 않았다. 그런 언니에 비해 메어리는 한층 온순하고 너그러워 보였다. 그녀는 몸이 약한지 얼굴이 하얀.게 핏기가 없어 보였다.

나는 창의 커튼으로 반쯤 가려져 그늘진 곳에 앉아 뜨개질을 하면서 그들을 살펴 보았다. 아델은 여기 저기 다니며 인사를 하고 있었다.

"어쩌면 이렇게도 예쁘게 생겼을까?"

덴트 부인이 먼저 아델의 손에 키스를 하며 말했다.

"애가 바로 로체스터 씨의 양녀군요. 프랑스에서 왔다는……."

린 경 부인이 말했다. 그러자 에이미 이쉬튼 양과 루이자 이쉬튼 양도 그애를 보았다. 아델은 그들 틈에 앉아 프랑스 어와 영어를 섞어가며 열심히 이야기했다.

얼마 후 커피가 나오자 남자들이 들어왔다. 나는 그 사이에서 로체스터 씨를 찾았다. 그는 맨 나중에 들어왔다. 나는 하고 있던 뜨개질에 신경을 집중시키려고 애를 썼지만 잘 되지 않았다. 그는 나를 거들떠 보지도 않고 안으로 들어갔다. 나는 어두운 구석에 앉아 그를 보았다. 그러나 언뜻 그와 마주치곤 했다. 그럴 때마다 짜릿한 쾌감이 온몸을 관통하는 느낌이었다.

그는 결코 잘생긴 얼굴은 아니었다. 핏기없고 누르스름한 얼굴에 넓은 이마, 시커멓고 굵은 눈썹, 움푹 들어간 눈이 특히 그랬다. 그러나 당시 내 눈에 비친 그는 더없이 훌륭하게만 보였다. 따라서 덴트 대령의 당당한 모습이나 잉그램 남작의 기품도, 린 형제의 남성미도 눈에 들어오지 않았다.

나는 특히 그가 아가씨들에게 말을 건네는 모습을 유심히 보았다. 그런데 내게는 꿰뚫을 듯이 비치던 그의 시선이 아가씨들에게는 평범하게 비치는 모양이었다. 아가씨들이 특별한 기색없이 그와 말을 주고 받는 것이었다. 나는 그것에서 많은 위안을 받았다.

로체스터 씨가 벽난로 쪽으로 가자 브랑쉬 양이 그에게 다가갔다.

"로체스터 씨, 당신은 애들을 좋아하지 않는다고 들었는데요?"

"그렇소."

"그럼 왜 저렇게 큰 인형을 갖고 계시나요? 저걸 어디서 주워 오셨죠?"

"주워 온 게 아닙니다. 내 손에 들어온 거지."

"학교에 보내 버리지 그러세요."

"그럴 여유가 없군요. 학비가 워낙 비싸서."

"어머, 저앨 위해 가정교사를 두고도 그런 말씀을 하세요? 가정교사한테 주는 봉급이 학비보다 비싸잖아요. 게다가 가정교사는 먹여주기까지 해야 하는데 말예요."

두 사람의 대화 내용에 나는 공연히 위축되어 몸을 웅크렸다.

"한 번쯤 우리 어머니한테 가정교사에 대한 설교를 들으셔야 할 것 같군요. 저나 메어리도 어릴 때부터 가정교사에게 교육을 받았거든요. 그 중에 반은 저희가 싫어했고 나머지는 무식했어요. 그러니 모두 짐만 될 뿐이었죠. 그렇죠, 엄마?"

"뭐라고, 내 아가?"

남작의 미망인은 딸의 소리에 고개를 돌리며 물었다. 그러자 브랑쉬 양은 다시 한번 가정교사에 대한 어머니의 소견을 물었다.

"가정교사 얘긴 꺼내지도 마라. 난 가정교사란 말만 들어도 소름이 끼친단다. 그 사람들의 무능과 변덕에 옛날 순교자만큼이나 고통을 겪었잖니. 이젠 그런 것들과 완전히 인연을 끊게 된 걸 그저 하느님께 감사할 뿐이다."

남작의 미망인이 함부로 지껄여대자 옆에 있던 덴트 대령 부인이 슬쩍 주의를 주었다. 아마 내가 그 자리에 있다는 것을 알려 준 모양이었다. 그러자 그 미망인은 더욱 신나했다.

"나도 알고 있어요. 하지만 저 여자도 그들 계급의 결점을 모두 갖고 있는 관상이더군요."

"어떤 결점을 말하시는 겁니까?"

그때 갑자기 로체스터 씨가 큰 소리로 물으며 끼어들었다.

"브랑쉬에게 물어보세요. 그애가 저보다 더 당신 가까이 있으니까요."

"어머, 어머니는 직접 말하시잖고! 그럼 할 수 없이 제가 그런 부류에 대해 말씀드리겠어요. 가정교사란 모두 하찮은 인간들이에요. 그렇다고 제가 그런 인간들한테 골탕 먹은 건 아녜요. 오히려 골탕을 먹였죠. 윌슨 양은 가엾은 병신이었고 울보여서 골탕 먹일 가치도 없었고, 그레이스 부인은 워낙 신경이 둔해 우리가 아무리 장난을 쳐도 까딱하지 않았어요. 그런데 주베르 부인은 그럴 때마다 노발대발하던 꼴이라니! 우리는 찻잔을 뒤엎고 버터 빵을 부수고 교과서를 천장으로 집어던지기도 했죠. 자막대기나 난로 부젓가락으로 장난을 치기도 하고요. 디어도아, 기억나니?"

"당연하지. 그럼 그 가련한 노파는 '이 장난꾸러기들아!' 하고 소리쳤지. 그럼 우린 무식쟁이 노파가 우리같이 영리한 애들을 가르친다니 어림없는 일이라고 한바탕 설교를 했잖아."

잉그램 남작이 느린 말투로 말했다.

"또 뵈이닝 씨과 윌슨 양이 연애를 해서 우리가 엄마한테 일러바친 것도 생각나니? 그래서 어머니가 그들을 쫓아냈잖아. 풍기문란하다고 말야."

"그렇고 말고. 여자 가정교사와 남자 가정교사가 연애를 하면 점잖은 집에서는 그냥 둘 수가 없지. 그 이유는 첫째……"

"천진난만한 어린애들이 나쁜 본을 본다. 둘째, 연애를 하다보면 의무에 소홀해지기 쉽다. 셋째, 둘이 짜고 상전에게 무례하게 굴 수 있다. 안 그래요, 잉그램 장원의 잉그램 남작 부인?"

"아가, 네 말이 옳다. 전적으로."

브랑쉬 양의 설명에 남작의 미망인은 무릎을 쳤다.

"우리 가정교사는 참 좋은 분들이었는데. 우리가 아무리 장난을 해도 결코 화를 내거나 꾸짖는 일이 없었거든요. 그렇지, 루이자?"

"그래, 우리가 아무리 멋대로 놀아도 욕 한번 안 했지. 참 좋은 사람이었는데."

그때 이쉬튼 자매가 잉그램 가족의 의견에 순진하고 부드럽게 반박을 하고 나섰다. 그러자 브랑쉬 양은 입을 삐죽이더니 화제를 돌리자고 했다. 그러더니 얼른 피아노 앞에 가 앉는 것이었다.

그녀는 풍성하고 긴 옷을 펴고 우아한 몸짓으로 건반 위에 손을 올려놓았다. 마치 여왕과 같은 태도였다.

"난 요즘 청년들이 참 한심하게 여겨져요."

그녀는 피아노를 두드리며 소리쳤다.

"아버지의 장원에서 한 걸음도 내디딜 수 없는 겁쟁이! 어머니 허락 없이 멀리 출입도 못하는 겁쟁이! 예쁘장하게 꾸밀 줄이나 아는 작자들! 남자가 아름다움과 무슨 상관이 있다고! 아름다움이란 여자가 부모한테서 물려받은 재산인데! 그들은 그것이 여자들만의 것이 아니라고 하고 있어! 물론 추하게 생긴 여자들은 아름다운 여자들에 대한 모독이지만! 남자는 다만 힘과 용기만 있으면 되는 거예요! 사냥, 사격, 싸움 밖의 것은 부질 없는 거예요!"

그녀는 아름답게 보이려고 할 뿐 아니라 기발하게도 보이고 싶은 모양이었다. 그러나 아무도 그녀의 말에 동조하는 사람이 없었다. 그러자 그녀는 잠시 쉬었다 말을 이었다.

"제가 결혼한다면 전 제 남편을 경쟁자로 만들지는 않겠어요. 옥좌 곁에 경쟁자가 있으면 곤란해요. 그보다는 완전한 복종을 요구할 거예요. 남편의 마음 중 절반만 제 것이고, 나머지 절반은 거울 속의 자신의 것이 되어서는 안 돼요. 로체스터 씨, 노래하세요."

"기꺼이 복종하겠습니다."

로체스터 씨가 대답했다.

"해적의 노래를 부르세요. 저는 그 노래를 좋아하거든요."

"당신의 명령이시라면 물 탄 우유도 술로 알고 마시겠습니다."

나는 그때가 바로 빠져나갈 기회라는 것을 알았다. 그러나 문을 나서는 순간, 사방으로 울려 퍼지는 그의 노랫소리에 나도 모르게 발걸음을 멈추고 말았다. 페어팩스 부인의 말대로 그의 목소리는 참으로 훌륭했다. 나는 노래가 끝날 때까지 그대로 서 있었다.

그리고 노래가 끝나고 그들의 대화가 다시 이어질 때 살그머니 복도로 빠져 나왔다. 홀로 통하는 문이 복도에 있었다. 나는 홀로 들어가 그곳을 가로질러 갔다. 그러다 샌들 끈이 풀어진 것을 발견하곤 다리를 굽혔다. 그때 문이 열리는 소리가 들리더니 한 신사가 나왔다. 로체스터 씨였다.

"안녕하시오."

"네, 안녕하세요."

"객실에서 왜 내게 인사하러 오지 않았소?"

"방해가 될 것 같더군요."

"내가 없는 동안 어떻게 지냈소?"

"언제나처럼 아델을 가르쳤어요."

"그런데 이제 보니 안색이 창백하군. 그날 나를 물에 빠뜨려 죽일 뻔하더니 감기라도 든 거 아니오?"

"아닙니다."

"그럼 객실로 돌아가요. 도망가기에는 너무 이른 시간이오."

"피곤해요. 좀 쉬고 싶어요."

"피곤하다고? 어디 고개를 들어봐요. 아니, 울고 있잖아! 왜지? 누가 당신을 울린 거요?"

그는 손으로 내 턱을 들어올리며 얼굴을 들여다보고 있었다.

"당장 대답하기 곤란하다면 더 이상 묻지 않겠소. 하지만 손님들이 머물러 있는 동안 매일 밤 객실로 와 주시오. 이건 명령이 아니라 부탁하는 거요. 그럼 잘 자요. 나의……."

그는 말을 채 마치지 못하고 돌아섰다.

18

손님들이 머무는 동안 소온필드 저택에는 활기가 넘쳐 흘렀다. 화려하게 몸단장을 한 신사 숙녀들 뿐 아니라 하인들까지 모두 멋지고 단정했다. 날씨마저 화창하여 그들의 향락은 더할 수 없이 화려하게 이루어졌다.

향락의 어느 날, 그들은 '샤레이드 게임'을 하기로 했다. 그러한 게임이 있다는 것조차 알지 못했던 나로서는 그저 지켜볼 도리밖에 없었다.

먼저 조명이 색다르게 조절되고 식당의 테이블과 의자들이 날라졌다. 의자는 아치 모양의 휘장 앞에 반원형으로 배치되었다. 귀부인들은 페어팩스 부인이 옷장에서 꺼내온 공단 윗도리와 금실로 짠 드레스, 레이스 모자 등을 살펴보았다.

로체스터 씨는 브랑쉬 양과 이쉬튼 자매, 덴트 대령 부인과 한편이 되었다. 그들은 휘장 뒤로 물러났다. 나머지 사람들은 덴트 대령과 한편이 되었으며 그들은 반원형의 의자에 앉았다.

그때 이쉬튼 씨가 나를 자기 편으로 끼울 것을 사람들에게 제의했다. 그러자 잉그램 남작의 미망인이 대뜸 반대를 하고 나섰다.

"안 돼요, 저런 얼뜨기 같은 것을 어디 이런 놀이에 끼워요?"

그러면서 그녀는 아주 못마땅한 눈초리로 나를 쏘아보았다.

곧 종이 울리자 휘장이 올라갔다. 아치 앞에는 조지 린 경이 흰 이불 깃을 둘러쓰고 있었으며, 그 앞에 있는 테이블에는 커다란 책이 한 권 펼쳐져 있었다. 그리고 그 옆에는 에이미 이쉬튼 양이 로체스터 씨의 외투를 입고 서 있었다.

누군가 종을 울리자 아델이 꽃바구니에서 꽃을 뿌리며 걸어 나왔다. 그리고 그 뒤로 흰 옷에 긴 베일을 쓰고 장미 화관을 두른 브랑쉬 양이 로체스터 씨와 나란히 걸어 나왔다. 그들은 테이블 가까이에 와서 무릎을 꿇었다. 역시 흰 옷을 입은 덴트 대령 부인과 루이자 이쉬튼 양이 그들의 뒤에 섰다. 결혼식 무언극이었다.

"신부!"

덴트 대령이 우렁차게 외치자 로체스터 씨가 절을 했다. 그것으로써 1막이 끝난 것이다.

2막은 온실에서 날라온 대리석 어항을 중심으로 이루어졌다. 머리에 터번을 감은 로체스터 씨와 역시 동양식 옷차림을 한 브랑쉬 양이 그 옆에 서 있었다. 특히 브랑쉬 양은 이스라엘에서 족장 정치가 펼쳐지던 시대의 왕녀를 연상시켰는데 바로 그것이 그녀의 배역이었다.

곧 극이 시작되자 브랑쉬 양은 어항으로 가서 이고 있던 물항아리에 물을 채우는 시늉을 했다. 그때 로체스터 씨가 다가가 무엇인가 청하는 듯했다. 그러다 갑자기 가슴에서 팔찌와 귀걸이를 꺼내 여자의 발 밑에 그것을 놓았다. 바로 창세기 24장에 나오는 아브라함의 종과 리브가였다. 그러나 상대편 사람들은 그 장면이 나타내는 주제를 이해하지 못했다. 덴트 대령이 다시 한번 전체 장면을 보여줄 것을 요청했지만 곧 막이 내려졌다.

3막이 올라가자 테이블과 의자가 보였다. 그 속에서 로체스터 씨가 불끈 쥔 두 주먹을 무릎에 얹고 시선은 땅에 떨어뜨린 채 있었다. 옷은 몹시 남루했으며, 얼굴은 더러웠다. 또한 손목에는 수갑을 차고 있었다.

그가 몸을 움직이자 쇠고랑이 쩔렁댔다.

"브라이드웰!"

덴트 대령이 소리쳤다. 바로 글자 알아 맞히기 게임이었던 것이다. 첫 장면은 신부라는 뜻의 '브라이드', 두 번째 장면은 우물이란 뜻의 '웰', 세 번째 장면은 런던 시에 있는 교도소 이름인 '브라이드웰'이었다.

출연진들이 옷을 갈아 입고 나왔다.

"당신은 악한 분장이 참으로 잘 어울리더군요."

브랑쉬 양이 로체스터 씨와 함께 나오며 말했다.

"당신은 노상 강도를 좋아하시나 보죠?"

"이탈리아 산적 다음으로 좋아하죠. 하지만 더 좋은 건 지중해 해적 이에요."

"그래요? 하지만 내가 어떤 사람이건 당신은 내 아내라는 걸 알아 두 어야 합니다. 이렇게 많은 사람들 앞에서 결혼을 했으니까요."

로체스터 씨의 말에 브랑쉬 양이 깔깔 웃으며 얼굴을 붉혔다. 그러나 나는 그 말을 듣는 순간 말할 수 없이 절망감을 느꼈다. 그들은 곧 배역 을 바꿔 관객이던 덴트 대령 쪽에서 연극을 시작했지만 나는 아무런 흥 미를 느낄 수가 없었다.

사실 로체스터 씨는 신분이나 가문 등의 이유로 잉그램 가문의 브랑 쉬 양을 신부감으로 생각하는 듯했다. 브랑쉬 양 또한 로체스터 씨와 결 혼을 원하는 듯한 행동을 의식적으로나 무의식적으로 나타내곤 했다. 그렇다고 해서 그들이 서로 사랑한다고는 할 수 없었다.

그들은 서로 호감을 나타내는 언행을 하고 있지만 그러한 행동은 어쩐지 자연스럽지 못하고 억지로 꾸민 듯한 인상을 주었다. 특히 브랑쉬 양은 쉴새없이 미소를 짓고 온갖 교태를 다 부렸는데, 정말 사랑하는 사람 앞에서는 그러지 않으리라는 생각이 들었다. 진정으로 상대를 마음속 깊이 사랑한다면 좀 더 조용하고 편안하게 그의 옆을 지킬 것이다.

어쩌면 그녀는 천성적으로 그런 바탕이 마련되어 있지 않은지도 몰랐다. 그녀는 아름다운 용모에 많은 재능이 있었지만 머리는 비고 마음은 메말라 있었다. 입으론 쉴새없이 책에서 뽑아낸 거창한 말들을 주워섬기고 고상함을 얘기했지만 거기에 정작 있어야 할 본인은 빠져 있었다. 그저 앵무새처럼 지껄일 뿐이었다.

그러한 그녀의 성격에 가장 많은 피해를 입은 사람은 아델이었다. 그때 아델은 로체스터 씨의 허락으로 그들 사이에 끼어 있었는데, 브랑쉬 양은 그애에게 노골적으로 반감을 나타냈다. 그애가 가까이 다가가면 떠다밀기 일쑤였으며 심할 경우에는 나가라고 명령하기도 하였다.

그녀의 그런 단점에도 불구하고 단지 신분이 맞다는 이유만으로 결혼하려는 로체스터 씨를 나는 이해할 수가 없었다. 내가 아는 그는 적어도 그런 평범한 조건에 마음을 둘 사람이 아니기 때문이었다. 그러나 한편으로 어릴 적부터 굳어진 그들의 관념이나 주위를 본다면 어쩌면 그것이 당연할지도 모른다는 생각도 들었다.

그 며칠 후, 로체스터 씨는 용무가 있어 밀코트에 갔다가 오후까지 돌아오지 못하고 있었다. 마침 비가 와서 손님들은 실내에서 각자 취미에 맞는 놀이를 하고 있었다. 남자들은 주로 마구간에서 시간을 보냈고 여자들은 당구를 치거나 카드 놀이를 했다. 브랑쉬 양은 다른 사람들과는 어울리지 않고 혼자서 피아노를 치거나 소설을 읽거나 하고 있었다. 로체스터 씨의 부재가 그녀에게도 퍽 지루한 모양이었다.

어둠이 깔리기 시작하고 시계가 저녁 식사시간을 알릴 때였다. 창턱에 걸터앉아 있던 아델이 로체스터 씨가 온다며 소리쳤다. 그러자 브랑쉬 양이 쏜살같이 창가로 달려갔다. 다른 사람들도 하던 일을 멈추고 얼굴을 들었다. 그러나 막상 현관으로 들어선 사람은 전혀 엉뚱한 사람이었다. 아주 키가 크고 풍채가 당당한 멋진 남자였다.

"사람 약올리니!"

브랑쉬 양이 아델을 향해 소리쳤다.

"원숭이 같은 게 거짓말이나 하고 있어!"

그녀는 마치 내가 아델을 잘못 가르쳤다는 식으로 나를 쏘아보기도 했다. 그러는 사이에 낯선 남자는 안으로 들어와 잉그램 남작의 미망인에게 다가갔다. 그 중에서 그녀가 가장 연장자인 때문이었다.

"저는 로체스터와는 오래 전부터 사귀어 온 친구입니다. 그가 부재중인 걸 모르고 긴 여행 끝에 여기 왔습니다. 그가 돌아올 때까지 기다렸으면 좋겠는데요."

그는 공손하게 말했다. 말투로 보아 외국 사람 같지는 않았지만 그렇다고 토박이 영어를 쓰고 있지도 않았다. 풍채나 얼굴은 흠잡을 데 없이 잘생겼지만 어딘지 모르게 불쾌하고 불안한 느낌을 주었다.

그때 왠지 모르게 나는 그와 로체스터 씨를 비교해 보았다. 그들의 생김새는 참으로 대조적이었다. 로체스터 씨가 매서운 독수리라면 그는 잘생긴 거위로 비교할 수 있었다. 또한 로체스터 씨가 거칠고 날카로운 털이 난 사냥개라면 그 사람은 온순한 양과 같았다.

어느새 아가씨들은 잘생긴 남자라느니, 사랑스러운 분이라며 그의 훌륭한 외모를 칭찬하고 있었다. 특히 루이자는 그의 이마가 감미롭게 생겼다고 했고, 메어리는 예쁜 입과 멋진 코를 찬미했다.

나는 그가 사람들에게 자신의 이름을 메이슨이라고 소개하는 것을 들었다. 그는 열대 지방에서 막 돌아오는 길이라고 했다. 자메이카와 킹스턴 등의 서인도 제도에 대한 이야기도 나왔다. 나는 그가 말하는 것을 언뜻 언뜻 들으며 그가 로체스터 씨와 여행 중에 사귄 친구라는 것을 짐작할 수 있었다.

그때 하인인 샘이 이쉬튼 씨에게 다가와 무어라고 속삭였다. 점쟁이가 와서 기다린다는 것이었다. 점쟁이라는 말에 이쉬튼 씨는 펄쩍 뛰었지만 덴트 대령이 여자들의 의견을 물었다.

"설마 그런 천한 사기꾼을 우리에게 상대시키려는 것은 아니겠죠?"

덴트 대령의 말에 먼저 잉그램 남작의 미망인이 소리쳤다.

"하지만 저로선 쫓아 보낼 수가 없습니다. 지금 페어팩스 부인이 제발 돌아가달라고 애원하고 있지만 여기 계신 분들의 점을 치기 전에는 절대로 돌아갈 수 없다며 버티고 있답니다."

샘은 곤란한 듯 말했다.

"어떻게 생겼는데?"

"아주 새까만 말처럼 생긴 늙은입니다."

"그럼 진짜 마법산가 본데! 우리 한번 불러들여 봅시다."

프레드릭 릭이 소리쳤다. 그러자 모두들 호기심이 동하는지 고개를 끄덕였다. 피아노 앞에 앉아 있던 브랑쉬도 가까이 다가왔다.

"난 오래 전부터 내 운명을 점쳐 보고 싶었어요. 그러니 그 노파를 들어오라고 하세요."

그녀는 거만스럽게 샘에게 말했다.

"그래요, 들어오라고 하세요. 아주 멋진 오락이 될 거예요."

다른 젊은이들도 모두 찬성하였다.

샘은 곧 밖으로 나갔다. 그러나 그는 다시 들어왔다. 노파가 속된 무리 속에는 섞일 수 없다며 다른 방에서 한 명씩 상대하겠다고 했다는 것이다. 또한 젊은 여자만을 상대로 점을 치겠다고 했다.

"젠장, 꽤도 가리는군."

헨리 린이 소리쳤다. 제일 먼저 가겠다고 나서던 덴트 대령도 실망한 듯 자리에 앉았다. 그래서 제일 먼저 정해진 순서가 브랑쉬 양이었다.

그녀는 잉그램 남작의 미망인의 만류에도 불구하고 노파가 기다리고 있는 서재로 갔다. 곧 서재의 문이 열렸다 닫히는 소리가 들렸다. 모두들 긴장한 표정으로 서재 쪽을 보고 있었다.

"뭐라고 해, 언니?"

15분쯤 후에 그녀가 다시 돌아왔을 때 메어리가 다가가서 물었다. 그러나 그녀는 아무런 대꾸도 하지 않고 자기 자리로 돌아가 앉아 버렸다.

"뭐래? 진짜 점쟁이야?"

이쉬튼 자매가 다시 물었다. 다른 사람들도 그녀의 입만 쳐다보고 있었다.

"너무 그렇게 다그치지 말아요. 아무것도 아닌 걸 갖고 말예요. 여러분은 이 집에 진짜 마녀가 왔다고 생각하시는 모양인데 저는 단지 떠돌이 집시를 만났을 뿐이에요. 그 뜨내기는 케케묵은 방법으로 제 손금을 보더군요. 하지만 제 호기심은 만족됐어요."

그녀는 일방적으로 말을 끝내곤 다시 책을 집어들었다. 그리곤 의자에 깊이 몸을 뉘었다. 하지만 그녀의 책장은 반 시간이 지나도록 한 장도 넘어가지 않고 있었다.

메어리와 이쉬튼 자매는 한꺼번에 갔다. 혼자서는 무서워서 갈 수 없다는 그녀들의 요청을 노파가 받아들인 것이다. 그들은 20분 정도 지나자 돌아왔다.

"분명히 저 노파는 사람이 아니야!"

그들은 들어서자마자 한꺼번에 소리를 질렀다.

"글쎄, 우리들에 대해 싹 알고 있어!"

그들은 신사들이 갖다 준 의자에 주저앉으며 숨을 헐떡였다. 그들의 설명에 따르면 노파는 그들의 어릴 때의 습성부터 그들의 집에 있는 장식품이나 기념품까지 알고 있다는 것이다. 그리고 그들의 원하는 것과 사랑하는 사람의 이름까지 맞췄다고 했다.

그때 샘이 들어와 방에 독신녀가 한 명 더 남았으니 속히 오란다는 노파의 말을 전했다.

"그 노파가 글쎄 여자들을 모두 볼 때까지 돌아가지 않겠답니다."

"그렇다면 가볼게요."

내가 일어서며 말했다. 사실 나도 무척 호기심이 동해 있던 터였다.

"노파가 무섭게 굴면 당정 절 부르십시오. 홀에서 기다리고 있을 테니까요."

샘은 염려가 되는 모양으로 말했지만 나는 조금도 두렵지 않았다. 오히려 무척 흥미가 당기는 일이었다.

<h1 style="text-align:center">19</h1>

노파는 빨간 외투에 검은 보닛 모자를 쓰고 있었다. 내가 들어서자 그는 읽고 있던 책을 덮었다.

"점을 쳐 보고 싶어?"

"할머니 좋으실 대로 하세요. 하지만 전 점 같은 건 믿지 않는다는 걸 미리 알려드려야겠어요."

"그렇게 나올 줄 알았지. 당신 발소리로 알았어."

"청력이 무척 뛰어나시군요."

"청력뿐 아니라 시력도 좋아. 머리도 좋고. 그런데 왜 떨지 않지?"

"춥지 않으니까요."

"얼굴도 창백해지지 않았는데?"

"아프지 않으니까요."

"그런데 왜 점을 치려는 거야?"

"전 바보가 아녜요."

그러자 노파는 담뱃대에 불을 붙이며 슬쩍 웃음을 띠었다.

"당신은 외톨이야. 몸도 불편하고. 그리고 바보야."

"증명해 보세요."

"당신이 혼자라는 건 당신의 정열을 감당할 상대가 없다는 말이야. 그리고 아프다는 건 당신이 인간의 자연스럽고 즐거운 감정과 멀리 떨어져 있다는 뜻이고. 또 바보라는 건 그런 즐거움을 마다한다는 뜻이야."

"할머니는 누구에게도 그런 식으로 말하겠지요. 특히 저와 같이 이런 저택의 고용인으로 있는 사람에게는요."

"당신은 특별한 처지에 있는 사람이야. 고용인이라고 다 같지는 않다는 말이지. 당신 바로 앞에 행복이 놓여 있어. 다만 당신이 그걸 취하는 방법을 모를 뿐이지. 더 자세히 알고 싶으면 손바닥을 이리 내 봐."

"그럼 돈을 드려야겠군요."

"당연하지."

나는 지갑에서 1실링을 꺼내 노파에게 주었다. 그러나 그녀는 내 손바닥에 얼굴을 바짝 들이대었다.

"기가 막히게 좋군. 점을 칠 수 없을 정도로 말야."

그러더니 그녀는 내 얼굴을 보았다.

"원래 운명선은 얼굴에 있는 법이지. 당신은 남과 다른 희망이 있는 사람이야."

"언젠가 제 힘으로 돈을 벌어 학교를 세우는 게 제 희망이죠."

"영혼이 살아가기엔 빈약한 희망이군. 당신은 항상 저 아래층에서도 창문 밑에 앉아 있곤 하지?"

"맞아요. 어느 하인한테라도 들은 모양이죠?"

"똑똑한 체하는군. 그래, 사실 난 이 집 하인 중에 아는 사람이 하나 있어. 풀 부인이라고 말야."

“풀 부인이라고요?”

나는 그녀의 이름을 듣는 순간 자리에서 벌떡 일어났다.

“그렇게 놀랄 건 없어. 풀 부인은 믿음직스러운 여자야. 그러나 지금은 그녀에 대해 말하려는 게 아냐. 창문 밑의 그 의자에 앉아 당신은 단한 사람만을 생각하지? 경우에 따라서는 두 사람이 되기도 하지만 말야. 그들이 얘기하는 걸 들으면 어때?”

“그분들이 하는 말을 흥미없어요. 제겐 아무 소용이 없으니까요.”

“아무 소용이 없다고? 젊고, 발랄하고, 게다가 지위와 재산까지 있는 아름답고 매력 있는 아가씨가 그 사람 눈앞에서 미소를 짓고 있는데도? 당신에게 호감을 갖고 있을지도 모르는 바로 그 사람 앞에서 말야.”

“전 여기 오신 신사분들을 몰라요. 그분들 중 어느 한 사람과 이야기를 한 적도 없어요. 그런 신사분들이 좋아하는 아가씨한테 미소를 받는다면 좋은 일 아닌가요?”

“당신이 이 집 주인 양반을 모른다고? 그 사람과도 한 마디도 나눈적이 없나?”

“로체스터 씨가 이 이야기와 무슨 관계가 있다고요? 그리고 그는 단지 주인으로서 손님들을 접대하고 있을 뿐이에요.”

“그 사람과 관련되어 결혼 말이 오가는 걸 몰라서 그러는 거야? 로체스터 씨는 몇 시간이고 앉아서 그녀의 애기에 귀를 기울이지. 그는 듣기를 즐기고 그 즐거움에 감사하지.”

“감사한다고요? 전 그분의 얼굴에서 감사하는 기색을 발견한 적이 한번도 없는데요.”

“하지만 그가 곧 결혼하리라고는 생각했겠지. 저 아름다운 브랑쉬 잉그램 양과 말야.”

“곧 하게 되나요?”

“아무래도 그렇게 되겠지. 그녀는 예쁘고 고상하고 재주가 있으니까.

그런 여자를 마다할 남자는 아마 아무도 없을 거야. 하지만 그녀는 그 남자의 재산을 더 사랑하지. 나는 그녀가 로체스터 집안의 재산을 탐내고 있다는 걸 잘 알고 있지. 아까 브랑쉬 잉그램 양에게도 그런 얘길 했더니 기절할 만큼 놀라더군. 하지만 다른 사람이 소작 장부를 갖고 나타난다면 로체스터 씨는 밀려나는 거야."

"전 로체스터 씨의 운세를 점치러 온 게 아녜요."

"당신 운세는 잘 모르겠어. 하지만 하느님께서는 당신이 구하는 게 있으면 손을 뻗으면 된다고 하셨어.

그녀는 다시 나를 불빛 쪽으로 이끌었다.

"눈동자가 참으로 부드럽게 생겼군. 내 횡설수설도 너그럽게 받아들이고 자존심과 겸양이 함께 깃들어 있어. 복받을 만해. 그것도 인간다운 면이 있어. 머리 속으로 생각한 것은 말하려 들지만 가슴 깊이 느낀 것은 얘기하러 들지 않아. 하지만 그것도 괜찮아. 다만 이마가 문제야. 여기서는 자존심과 환경 때문에 혼자 살아가야 한다면 그렇게 하라고 하고 있어. 행복을 위해 결코 영혼을 팔지 않겠다는 거지. 이런 이마 모양의 사람은 절대로 감정적으로 행동하지 않지. 그 이마는 이렇게 말하고 있어. 나는 양심에 귀를 기울일 것이며 조금이라도 수치나 원망이 섞인 행복이라면 원하지 않는다. 그러나 나는 감사하기를 바라며 슬픔을 원하는 건 아니다. 따라서 내가 이루려는 것은 미소와 사랑 속에서 이루어져야 한다. 이렇게 말야. 자, 그럼 이제 연극은 끝났어. 일어나."

노파의 음성은 변해 있었다. 나는 꿈을 꾸다 일어난 사람처럼 잠시 멍한 상태가 되어 있었다. 그때 무심히 노파의 손으로 눈길이 갔다. 그 손은 결코 노파의 손이 아니었다. 어디서 많이 본 듯한 느낌이었다. 특히 새끼 손가락에 낀 반지는 수없이 보아온 것이었다.

"제인, 날 알아 보겠소?"

낯익은 목소리가 물었다.

"로체스터 씨!"

나는 놀라움과 반가움에 소리쳤다.

"정말 고약한 취미를 가지셨군요. 하지만 아가씨들한테는 아주 멋진 연극을 하셨겠군요."

"당신한테는 아니었소?"

"저한텐 점쟁이 역할이 아니셨잖아요. 쓸데 없는 말만 하게 해 놓으시고 또 쓸데 없는 말만 하셨잖아요."

"하지만 용서해 주겠지?"

"제가 바보짓을 하지 않았다고 생각되면요."

말은 그렇게 했지만 나는 썩 유쾌한 경험을 했다고 생각하고 있었다.

"그런데 저 아래층에 있는 사람들이 무슨 얘기를 하고 있었는지 말해 줄 수 있소?"

"집시에 관한 얘기겠죠. 그보다도 오늘 오후에 낯선 신사 한 분이 오셨어요."

"낯선 사람? 누구지? 날 찾을 사람이 없는데."

"메이슨 씨라고 서인도 제도의 자메이카 스페니쉬 타운에서 왔다고 했어요."

"메이슨! 서인도 제도!"

그는 내가 했던 말을 되풀이했다. 그리곤 갑자기 부들부들 떨기 시작했다. 그동안 입가에 번져 있던 장난기 섞인 웃음은 사라지고 얼굴은 잿빛이 되었다.

"세상에 이런 일이!"

그는 큰 충격을 받은 듯 휘청거렸다.

"어디 안 좋으세요?"

나는 그를 부축하여 의자에 앉혔다. 그러자 그는 내 손을 끌어 당기더니 자기 옆에 앉혔다.

"제인, 난 당신과 단 둘이서만 조용한 섬에 가서 살았으면 좋겠소. 괴로움도, 위험도, 지긋지긋한 회상 따위는 모두 잊고 말이오."

"제가 도와 드릴 수 있을까요? 만약 그럴 수만 있다면 제 생명이라도 바치겠어요."

"혹시 도움이 필요하다면 꼭 당신 힘을 빌리겠소. 그러나 먼저 밑으로 내려가 포도주를 좀 갖다 주시오. 그리고 메이슨이 뭘 하고 있는지도 좀 보고 오시오."

로체스터 씨의 말에 따라 나는 아래층으로 내려가 보았다. 메이슨 씨는 덴트 대령 부부와 함께 난롯가에 앉아 유쾌하게 이야기를 하고 있었다. 나는 그를 유심히 보며 얼른 유리잔에 포도주를 따랐다. 브랑쉬 양이 내 태도가 건방지다고 생각했는지 양미간을 찌푸린 채 보았지만 나는 못 본 체하고 서재로 돌아갔다.

"당신의 건강을 위해 건배!"

로체스터 씨는 내가 내민 포도주잔을 들더니 그렇게 말했다. 그리고는 그것을 단숨에 마셨다.

"메이슨 씨는 신사 숙녀들과 함께 이야기를 하고 계세요."

"모두들 심각하거나 이상한 눈치는 안 보이오? 무슨 괴상한 얘기를 들은 듯한 그런 분위기 말이오."

"그런 기색은 없었어요. 그저 농담이나 하시는 것 같았어요."

"만일 저들이 내게 와서 모두 침을 뱉는다면 당신은 어쩌겠소?"

"그들을 모두 쫓아 버리겠어요."

"모든 사람이 떠난다면?"

"전 안 가겠어요. 전 끝까지 당신과 함께 남아 있을 거예요."

"그런다고 사회에서 당신을 따돌린다면?"

"그건 제가 알 바 아녜요. 그리고 설사 그런다고 해도 전 아무렇지도 않아요. 제가 꼭 필요한 친구를 위해서라면 그런 비난쯤은 아무렇지도 않아요."

"그럼, 지금 객실로 돌아가 메이슨 씨에게 말해 줘요. 내가 만나고 싶어한다고. 그리고 그 사람을 이리로 안내해요. 그런 다음 당신은 다시 돌아가도록 해요."

나는 로체스터 씨의 말대로 했다. 그리고 곧바로 이층의 내 방으로 올라갔다. 밤이 꽤 깊어 있었다.

20

한밤중에 나는 잠에서 깨어났다. 나뿐만 아니라 소온필드의 모든 사람이 잠에서 깨어났다. 한밤의 고요함을 깨고 무시무시하고 날카로운 소리가 소온필드의 정적을 깬 것이다.

"사람 살려! 사람 살려! 사람 살려!"

그 소리는 연거푸 세 번이나 되풀이되었다. 그리고는 마구 쿵쿵대는 소리가 들려왔다.

"로체스터! 로체스터! 제발 부탁이야. 이리 좀 와 봐!"

벽을 통해 그런 소리도 들려왔다. 나는 문을 열고 밖으로 나가 보았다.

겁에 질린 신사 숙녀들의 목소리가 복도를 가득 메우고 있었다.

"무슨 일이오? 누가 다쳤소?"

"도둑이 들었어요?"

사람들은 이리 뛰고 저리 뛰었다. 그 와중에 우는 사람, 넘어지는 사람, 소리지르는 사람이 있었다.

"로체스터 씨는 어디 있어?"

덴트 대령이 외쳤다.

"나 여기 있소!"

그때 복도 끝에서 로체스터 씨가 촛대를 손에 들고 나타났다. 그는 삼층에서 내려오는 참이었다. 아가씨들 중에 한 명이 그에게로 달려갔다. 바로 브랑쉬 양이었다.

"무슨 일이죠?"

브랑쉬 양이 그의 팔에 매달리며 물었다. 이쉬튼 자매도 그에게 달려갔고 두 미망인들도 잠옷 바람으로 가려던 참이었다.

"아무 일도 아녜요!"

로체스터 씨는 큰 소리로 말했다.

"하녀 하나가 잠꼬대를 한 겁니다. 꿈에 유령이 나타나 발작을 일으켰답니다. 그러니 여러분들은 각자 방으로 돌아가시오. 주위가 조용해져야 그 여자가 안정할 수 있으니까요."

로체스터 씨의 말에 사람들은 각자 방으로 돌아갔다. 그러나 나는 그 전에 이미 방에 들어와 있었다. 나는 옷을 차려 입기 시작했다. 사람 살리라는 부르짖음 뒤에 들려온 소리를 들었기 때문이었다. 그 소리는 나 혼자만 들었으리라.

한 시간쯤 뒤, 소온필드는 다시 정적에 가라앉았다. 수군거리던 사람들도 잠이 들고 인기척도 더 이상 들리지 않았다. 나는 옷을 입은 채 창가에 앉아 있었다. 그때 아주 조심스러운 손길이 문을 두드렸다. 바로 그였다. 좀 나와 보라는 것이었다.

"당신 방에 솜이나 각성제 있소?"

그는 촛불을 든 채 복도에 서서 물었다.

"그 두 가지를 가지고 좀 따라와요."

나는 시키는 대로 했다. 그는 삼층 복도의 작은 문 앞에 섰다. 그리곤 자물쇠 구멍에 열쇠를 끼웠다.

"피를 봐도 놀라지 않겠지?"

"그럴 거예요. 아직 겪어본 적은 없지만."

대답은 그렇게 했지만 사실 조금 겁이 났다. 그는 내 손을 꼭 잡으며 열쇠를 돌렸다.

그 방은 전에 페어팩스 부인의 안내에 따라 구경한 적이 있었다. 그때는 휘장이 드리워져 있었다. 그러나 그날은 휘장의 한 쪽이 걷혀진 채 그 사이로 달빛이 비치고 있었다.

로체스터 씨가 촛불을 놓자 갑자기 드높은 웃음 소리가 들려왔다. 개가 싸움을 할 때 으르렁거리며 잡아 뜯는 소리도 들려왔다. 로체스터 씨는 안쪽으로 들어가 아무 말 없이 무엇인가를 치우기 시작했다. 그리고 그것을 다 치웠다고 생각될 무렵 다시 나와 방문을 잠궜다.

"이리 와, 제인."

그는 나를 침대 쪽으로 데리고 갔다. 침대에는 휘장이 드리워져 있었는데, 가까이 가서 보니 메이슨 씨가 누워 있는 것이었다. 그는 마치 죽은 사람처럼 창백한 얼굴에 머리를 뒤로 기댄 채 눈을 감고 있었다. 한쪽 팔과 셔츠가 온통 피에 젖어 있었다.

"촛불을 들어요."

그가 내게 말했다. 그리고 자신은 솜을 물에 적셔 얼굴을 닦고 각성제를 그의 콧구멍에 갖다댔다. 그러자 메이슨 씨는 곧 눈을 뜨며 신음을 했다.

"나 많이 다쳤지?"

메이슨 씨가 겁먹은 얼굴로 물었다.

"괜찮아. 살짝 긁혔을 뿐이야. 곧 외과 의사를 불러올 테니 그렇게 겁먹지 말라고."

로체스터 씨가 그를 달랬다.

"제인, 아무래도 한두 시간쯤 이 사람과 좀 같이 있어야 되겠소. 피가 계속 흐르면 내가 했던 것처럼 솜으로 닦아 주고, 정신을 잃으면 물을 마시게 하거나 각성제를 코 끝에 갖다 대 주시오. 그리고 리처드, 자넨 아무 말 말고 조용히 있게. 만약 자네가 이 여자에게 쓸데없는 말을 지껄이게 되면 자네 생명은 보장할 수가 없네."

로체스터 씨 말에 메이슨 씨는 다시 신음을 했다. 그의 얼굴은 공포에 질려 있는 듯했다. 그러나 그것이 죽음에 대한 공포인지 아니면 다른 것에 대한 것인지는 알 수 없었다.

로체스터 씨가 나가고 나는 내게 주어진 일을 하기 시작했다. 그레이스 풀이 문 하나 사이로 있다는 생각이 들 때마다 끔찍했지만 그렇다고 그 자리를 피할 수는 없었다. 나는 계속해서 세면기 속에 손을 넣고 핏물이 배인 솜을 빨고 또 핏덩어리를 닦아냈다.

골방에 있는 야수는 로체스터 씨의 주문에 걸렸는지 꼼짝 못하는 것 같았다. 하지만 나의 눈과 귀는 줄곧 그쪽을 향해 열려 있었다. 곧 그레이스 풀이 달려들지 모른다는 생각을 떨쳐 버릴 수가 없었던 것이다. 나는 도무지 알 수가 없었다. 이 집 주인조차 내쫓을 수도 없고 제압할 수도 없는 그녀의 정체는 무엇일까. 한밤중에 불이 나거나 또 사람이 피투성이가 되는 사건은 그녀와 어떤 관계가 있는 것일까. 또 메이슨 씨는 어째서 그러한 사건에 말려든 것일까. 로체스터 씨는 분명히 메이슨이라는 이름을 듣고 충격을 받은 듯 휘청거렸다. 왜 그랬을까? 그는 마치 메이슨 씨를 어린 아이 다루듯 하지 않는가. 그럼에도 불구하고 도대체 왜 그랬을까?

메이슨 씨는 많은 출혈로 혼절(昏絶) 상태에 빠졌다. 각성제를 갖다 대도 소용없었다. 그대로 죽는 것이 아닌가 싶었다. 마침내 촛불은 다 꺼지고 커튼 사이로 새벽빛이 찾아 들었다. 그때 개짖는 소리가 들려왔다. 그리고 얼마 안 있어 그의 발자국 소리가 들렸다.

"카터, 서둘러 주게."

로체스터 씨는 함께 온 외과의사에게 말했다.

"상처를 치료하고 붕대를 감고 환자를 운반하는 데 30분의 여유를 주겠네."

그는 말하는 동시에 커튼을 걷어 좀더 많은 빛이 들어오게 했다.

"그녀에게 당했어."

메이슨 씨는 정신이 좀 드는지 가느다란 소리로 중얼거렸다.

"도대체 이게 어떻게 된 노릇입니까? 상처가 베인 게 아니라 이빨에 물어뜯긴 모양인데요?"

의사가 그의 어깨를 살펴보며 물었다.

"그게 날 물었어. 로체스터가 칼을 빼앗을 때까지 호랑이처럼 날 물어뜯고 있었어."

"같이 붙었으면 그렇게 당하진 않았을 거야."

로체스터 씨가 말했다.

"그럴 줄 알았나. 처음엔 그렇게 얌전하게 굴더니."

"그러니까 내가 경고했잖아. 함부로 혼자 만나지 말라고 말야."

"난 뭐든 도와 줘야겠다고 생각했어."

"그만둬! 자네 말을 듣고 있자니 못 참겠군. 카터, 서둘러. 해가 뜨기 전에 이 친구를 내보내야 해."

"다 됐습니다."

"그것이 내 심장을 파 먹겠다고 했어!"

메이슨 씨의 말에 로체스터 씨는 몸서리를 쳤다. 혐오와 공포가 뒤섞인 표정이었다.

"그깐 여자 말에 신경쓰지 말게."

"나도 잊어버릴 수만 있다면 좋겠네."

"이 나라를 떠나면 잊혀지겠지. 스페니쉬 타운으로 돌아가면 말일세."

그는 메이슨 씨의 셔츠를 갈아 입히고 그 위에 외투를 걸쳐 주었다. 그리곤 로마에서 사 왔다는 홍분제를 먹였다.

"자 이제 일어서 봐. 혼자 일어날 수 있을 거야."

그는 메이슨 씨의 팔을 잡아주며 말했다. 그의 말대로 환자는 거짓말
처럼 혼자 일어나는 것이었다.

"걸어보게. 옳지, 그래."

"기운이 좀 나는 것 같네."

메이슨 씨는 의사와 그의 부축을 받으며 걷기 시작했다. 그때 나는
로체스터 씨의 지시에 따라 비상구를 통해 뒷마당의 마부에게로 갔다.
그리고 곧 사람들이 내려올 것임을 알렸다.

그때까지도 모든 것은 아침 적막에 묻혀 있는 상태였다. 하인들 방의
커튼은 내려진 채였으며 마구간의 말들도 모두 조용했다. 다만 과수원
나무 위에서 새들이 지저귀고 있을 뿐이었다.

"완전히 회복될 때까지 의원 댁에 있게. 나도 나중에 한번 보러 가겠
네."

메이슨 씨가 마차에 오르며 말했다.

"그녀를 잘 부탁하네. 가능한 한 부드럽게 대해 주고……."

메이슨 씨는 말끝을 맺지 못하고 울음을 터뜨렸다.

"최선을 다하고 있네. 앞으로도 그럴 거야."

그는 마차 문을 닫으며 말했다.

"이걸로 끝났으면 좋겠군."

마차가 떠나자 그는 혼잣소리로 말했다. 나는 할 일이 다 끝났음을
알고 집 안으로 들어가고자 했다. 그러자 그가 불러 세웠다.

"잠깐 신선한 공기 좀 마십시다. 저 집은 마치 감방같이 보이는군."

"그런가요? 전 굉장한 저택으로 보이는데요."

"겪어보지 않은 사람은 모르지."

그는 숲으로 들어서며 말했다. 숲에는 회양나무와 사과나무, 배나무,
앵두나무가 늘어서 있었다. 그 밑에는 대왕풀, 패랭이꽃, 앵초, 해상화 등

이 뒤섞여 피어 있었다. 우리는 그 사이를 거닐었다.

"참으로 이상한 하루였지?"

"그래요."

"무섭지 않았소?"

"구석방에서 누가 나오지 않을까 무서웠어요."

"그 방문은 잠가 두었었소. 귀여운 새끼 양을 늑대 소굴에 그대로 놔 둘 수가 있나."

"그레이스 풀은 앞으로도 여기서 사나요?"

"그야 당연하지! 그 여자에 대한 생각은 잊어버려요."

"하지만 그 여자가 여기 있는 한 당신의 생명이 위험한 것 같아요."

"그런 건 걱정 말아요."

"어젯밤에 걱정하시던 것은 다 해결됐나요?"

"메이슨이 영국에 있는 한 그건 단언할 수 없소. 그 녀석이 무심히 지 껄인 말이 내 행복을 영원히 앗아갈지 모르니까."

"그렇지만 그분은 마음이 약하신 것 같던데요. 하지만 정 걱정되신다 면 조심하라고 이르세요."

"이 바보 아가씨야, 그렇게만 할 수 있다면 이렇게 걱정할 필요가 없 지."

"전 당신을 도와드리고 싶어요. 옳은 일이라면 무엇이든 당신께 복종 하겠어요."

"그래, 당신은 올바른 일이라면 날 기쁘게 해 줄 거야. 하지만 그렇지 않을 경우에는 안 돼요 하고 말하겠지. 그래서 당신은 내게 상처를 줄지 도 몰라. 당신은 성실하고 친절하지만 언젠가 나를 찔러 버릴 수도 있단 말이야."

그는 통나무 벤치에 앉았다. 그 옆에는 담쟁이 덩굴이 아치 형태로 줄기를 뻗고 있었다. 나는 그의 옆에 앉았다.

"해가 이슬을 마시고 있고, 이 고색창연한 뜰 안의 꽃들이 기지개를 켜고, 새가 모이를 찾고 있는 이 순간, 난 당신에게 할 말이 있소. 먼저 내 얼굴을 봐요."

나는 그의 얼굴을 똑바로 보았다.

"자, 지금부터 내가 말하는 대로 한번 상상해 봐요. 당신이 훌륭한 가문에서 태어나지 않고 또 제대로 교육도 받지 못했다고. 또 머나먼 외국에서 크나큰 과오를 범했다고. 그리고 그 과오의 결과가 평생을 따라다니면서 당신의 생활을 어지럽히는 거요. 그 과오는 법률적인 것이 아니지만 당신은 어쨌든 그로 인해 평생 불행하다고 생각하오. 그래서 당신은 정처없는 방황 속에서 안식을 구하고 행복을 원하고 있어. 그러다 20년 만에 마침내 새로운 사람을 발견한 거요. 그 친구는 이제까지의 암흑을 걷어낼 만큼 순수함이 넘치는 사람이오. 따라서 당신은 그와 함께 새로운 시작을 원하지. 여생을 편안하게 보내길 원하는 거요. 그런데 그 목적을 이루기 위해서는 사회적인 이목이라든가 관습 따위를 뛰어넘어야 하오. 당신은 그러한 장애를 뛰어넘을 수 있을까? 양심과는 아무 상관도 없는 이목이라든가 관습 따위를 말이오."

로체스터 씨는 계속 물었다.

"방랑하던 죄인이 아니, 안식을 구하고자 회개하는 사람이 자신의 평화와 생명을 위해 착하고 순수하고 친절한 새 친구를 영원히 자기 곁에 두려고 세상의 여론을 무시해도 괜찮을까?"

"안식이나 회개를 인간을 통해 이루고자 하면 안 돼요. 모든 사람은 죽기 마련이므로 그것은 더욱 높은 데서 찾도록 해야 할 거예요."

나는 확신하는 바를 말했다.

"그렇지만 그 방법은 하느님이 정하시는 거요. 나는 그 방법을 찾았다고 믿소."

그는 말을 끊었다. 그리곤 뚫어질 듯 나를 보았다. 새들은 즐겁게 지저귀고 나뭇잎들은 가볍게 흔들리고 있었다.

"귀여운 친구!"

그러다 갑자기 비웃음을 띠며 말했다.

"당신은 내가 브랑쉬 잉그램 양에게 호의를 품고 있는 줄 알고 있겠지. 만일 그 여자와 결혼하면 그 사람이 나를 부활시키리라 믿고 있겠지."

그는 갑자기 벌떡 일어나 앞으로 나아갔다. 그리곤 다시 돌아왔다.

"밤을 새워서 그러나? 퍽 창백하군."

그는 내 앞에 멈춰서서 말했다.

"설마 날 원망하는 건 아니겠지?"

"당신을 위해서라면 언제라도 그렇게 하겠어요."

"그렇다면 내가 결혼하는 전날 밤에도 나와 같이 밤을 새워 주겠소? 난 분명히 잠을 못 이룰 텐데. 나와 함께 신부에 대해 애기도 하고 말이오. 당신은 이미 그 사람을 보았지 않소."

"약속하겠어요."

"그 사람은 보기드문 사람이야. 그렇지?"

"그래요."

"여장부지. 몸집이 크고 가무잡잡한 데다 풍만하지. 마치 카르타고의 부인들과 같은 머리를 하고 말야."

그는 저택을 향하여 발길을 옮기며 말했다.

21

당시 나는 한 주일 내내 어린애의 꿈을 꾸었다. 어떤 날에는 어린애를 안거나 어떤 날에는 무릎에 놓고 얼러 주거나, 또 어떤 날에는 시냇물 속에서 물장난을 치는 아이를 돌봐 주기도 하였다. 게이츠헤드 시절, 베시는 어린애 꿈을 꾸면 좋지 않은 일이 생긴다고 하였다. 실제로 그녀는 그런 꿈을 꾼 다음날 동생이 죽어 고향으로 불려갔었다.

그러한 관념에서였을까? 나는 되풀이되는 그러한 꿈을 꾸고 나면 짜증이 났다. 그 날도 어린애에 관한 꿈을 꾸다가 누군가가 외치는 소리에 깨어났다. 페어팩스 부인이 들어와 누가 나를 만나고자 아래층에서 기다리고 있다고 했다. 내려가 보니 하인으로 보이는 한 사나이가 상복을 입고 기다리고 있었다.

"혹시 기억하실지 모르겠습니다만 저는 리븐입니다. 8, 9년 전에 아가씨가 게이츠헤드에 계실 때 리드 부인의 마부 노릇을 했습죠."

"아아, 로버트 씨! 안녕하세요? 기억하고 말고요. 저를 조지아나의 작은 말에 태워 주시곤 했잖아요. 베시와 결혼하셨다면서요?"

"그렇습니다. 집사람은 잘 있어요. 두 달 전에 해산을 해서 이젠 아이가 셋이나 되었답니다."

"그런데 누가 돌아가셨나요?"

나는 그가 입은 상복을 보고 물었다.

"존 도련님이 런던의 셋집에서 돌아가신 지 어제로 일 주일쨉니다."

"존이 죽었다고요!"

"그렇답니다. 그분은 생활이 아주 문란했습죠. 지난 3년 동안은 좀 더 심해지시더니 그만 뜻밖의 죽음을 당하신 겁니다."

"행실이 과히 좋지 않다는 소문은 베시한테 들었어요."

"과히 좋지 않다고요! 그 정도가 아니었지요. 아주 술과 계집에 푹 빠져서는 건강을 해치고 그 많던 재산까지 몽땅 없앴답니다. 빚을 갚지 못해 감옥에도 두 번이나 들어갔지요. 그때마다 마님께서 손을 쓰셔서 꺼내 주셨지만 그러면 뭐하겠습니까. 나오자마자 다시 술과 계집에 빠지는 걸요. 삼 주일 전에는 게이츠헤드로 오셔서 그나마 남은 재산까지 몽땅 내놓으라고 한바탕 난리를 쳤답니다. 하지만 마님도 돈이 있어야 내놓죠. 그래서 빈 손으로 돌아갔는데, 그만 바로 사망 소식이 전해지더군요. 사람들 말에 의하면 자살했다고도 합니다만."

너무 충격적인 소식에 나는 아무 말도 할 수가 없었다.

"마님께서는 도련님의 사망 소식을 듣고 그 자리에서 정신을 잃으셨답니다. 그동안에도 도련님 때문에 건강이 안 좋으셨는데, 마침내 사망했다는 소식을 들으시곤 큰 충격을 받아 쓰러지신 겁니다. 그 후 사흘 동안은 아무 말씀도 없으셨는데, 지난 화요일부터는 조금 기력을 되찾으셨습니다. 그리고 그때부터 아가씨를 찾으십니다. 하실 말씀이 있다면서요. 이라이자 아가씨와 조지아나 아가씨는 처음에는 반대하시더니 마님이 계속 아가씨를 찾으시자 할 수 없이 승낙을 하시더군요. 해서 드리는 말씀인데 준비만 되신다면 내일 아침 일찍 모시고 돌아갈까 하는데요."

"알겠어요. 준비할게요."

나는 당장 아래층으로 내려갔다. 먼저 페어팩스 부인과 존과 그 아내에게 사정 이야기를 했다. 그리고 로체스터 씨를 찾았다. 로체스터 씨는 당구장에서 브랑쉬 양과 당구를 치고 있었다. 당구장에는 그들 말고도 이쉬튼 자매와 몇몇 사람들이 게임을 하고 있었다. 한창 무르익은 분위기였다. 그런 분위기를 깬다는 것이 내키지 않았지만 나는 주저없이 그에게 다가갔다.

"당신에게 볼일이 있는 모양이군요."

브랑쉬 양이 아주 못마땅하고 불쾌한 표정을 지으며 말했다. 그러자 그가 묘하게 얼굴을 찡그리며 돌아보았다.

나는 말없이 당구장에서 나왔다. 그가 곧 뒤따라 나왔다.

"두 주일 정도 휴가를 주셨으면 합니다."

서재에 들어서자마자 나는 말했다.

"무슨 일로? 어디 가는데?"

그는 문에 기대서며 물었다.

"게이츠헤드에 중병 중인 부인을 만나러 갑니다."

"거긴 백 마일이나 떨어져 있지 않소! 그렇게 먼 곳에 무엇 때문에 간다는 거요. 중병 중인 부인이란 대체 누구요?"

"리드 부인이에요."

"게이츠헤드의 리드 부인? 게이츠헤드에 리드라는 장관이 있었지."

"바로 그 부인이에요."

"그 미망인과 당신이 무슨 관계가 있다고?"

"리드 씨는 제 외삼촌이셨어요. 어머니의 오빠셨지요."

"아, 그렇소! 그런데 당신은 한 번도 그런 말을 한 적이 없잖소. 늘 친척이 없다고 말했잖아."

"그건 사실이에요. 리드 씨는 세상을 떠나셨고 그 미망인은 절 버리셨으니까요."

"왜?"

"전 가난하고 귀찮은 존재였으니까요."

"리드 씨에겐 자식들이 있었지. 어제 조지 린 경이 게이츠헤드의 리드라는 작자에 대해 말하더군. 그곳에서도 가장 질이 나쁘다고. 그리고 브랑쉬 양은 조지아나 리드라는 여자가 사교계에서 미인으로 평판나 있다고 하더군."

"존은 죽었어요. 자기 자신과 집안을 망치고 자살했답니다. 그로 인해 부인이 큰 충격을 받고 쓰러진 것이고요."

"그런데 당신이 가서 뭐하겠다는 거요? 도착하기도 전에 죽을지도 모르는데. 더구나 그 여잔 당신을 버렸다면서?"

"네, 하지만 그건 옛날 얘기예요. 죽기 전에 가 뵙는 것이 도리라고 생각해요."

"얼마나 머무를 작정이오."

"가능한 한 짧게요."

"일 주일이면 되겠소?"

"약속하지 않는 편이 좋겠군요. 지키지 못할지도 모르니까요."

"그렇다면 무슨 일이 있어도 돌아오겠다는 약속은 할 수 있겠지. 미망인이 같이 살자고 애원해도 말이오."

"그럼요. 꼭 돌아올 거예요."

"언제 떠날 거요?"

"내일 아침 일찍요."

"그럼 돈이 있어야겠군. 당신은 별로 돈이 없을 거야. 그동안 내가 봉급을 준 적이 없으니까. 어디 지갑을 꺼내 봐요."

"5실링 있군요."

나는 지갑을 꺼내 보였다. 그러나 그는 참을 수 없다는 듯이 웃어댔다. 그리고는 자기의 지갑에서 지폐 한 장을 꺼냈다. 50파운드 짜리였다.

"거스름돈이 없는데요."

"거스름돈은 필요없소. 당신의 봉급으로 받아요."

"전 당연히 받아야 할 돈만 받겠어요."

나는 그가 내민 돈을 받지 않았다. 그러자 그는 잠시 얼굴을 찌푸리며 보는 것이었다.

"좋아! 50파운드면 석 달은 머물러 있을 수 있으니 조금만 주는 게 좋겠군. 옳지 여기 10파운드 짜리가 있군."

"이제 당신이 저한테 5파운드를 빚진 셈이군요."

"그럼 그걸 받으러 돌아와요."

"또 한 가지 용건이 있어요. 당신은 머지않아 결혼하신다고 하셨지요?"

"그래, 그게 어떻다는 거요?"

"그렇게 되면 아델은 학교에 가야할 거예요."

"안 그러면 저 사람이 가혹하게 그애를 밟아 버리겠지? 그래, 당신의 말을 듣고 보니 그렇군. 당신 말대로 아델은 학교에 가야 해."

"그래서 전 어디 다른 일자리를 구해야겠어요."

"당연히 그래야겠지!"

그는 익살스럽게 찌푸린 얼굴로 잠시 내 얼굴을 바라보았다.

"그래서 리드 부인이나 그 딸들에게 일자리를 구해 달라고 할 셈인가?"

"아녜요. 광고를 낼 거예요."

"만일 광고 따위를 내면 가만히 안 두겠어! 10파운드가 아니라 1파운드만 주었어야 했는데. 9파운드를 도로 내 놔요."

"안 돼요. 저도 돈이 필요해요."

나는 지갑 든 손을 뒤로 돌렸다.

"그럼 5파운드만 돌려 줘요."

"싫어요. 5실링도 돌려 드릴 수 없어요. 5펜스도요."

"그럼, 잠깐 보여 주기만 해요."

"안 돼요. 당신을 믿을 수가 없어요."

"그럼 한 가지만 약속해 줘요. 광고를 내지 않겠다고 말이오. 일자리는 내가 알아서 구해 주겠소."

"만일 신부가 이 집에 들어오기 전에 저나 아델이 마음놓고 이 집을 떠날 수 있도록만 해 주신다면요."

"약속하겠소. 저녁 식사 후에 객실로 오겠소?"

"아뇨, 여행 준비를 해야 해요."

"그럼 여기서 작별 인사를 해야겠군. 그런데 작별 인사를 어떻게 해야 하지?"

"안녕이라고 말하면 되겠지요."

"그렇게 싱겁게 말이오? 너무 인색하고 메마른 것 같지 않소? 적어도 악수 정도는 해야지. 안 그렇소?"

"그것만으로 충분해요. 진실한 말 한 마디는 거짓말 백 마디보다 훨씬 따뜻한 마음을 전할 수 있으니까요."

"하지만 그건 아무래도 너무 차갑군."

그는 여전히 문에 기대선 채 말했다. 나는 그가 언제나 비켜 주려나 생각했다. 얼른 짐을 챙기러 가야했기 때문이었다.

그때 마침 저녁식사 시간을 알리는 종이 쳤다. 그러자 그는 한 마디 말도 없이 갑자기 돌아서더니 밖으로 나가는 것이었다. 나는 잠깐 멍하니 그의 뒷모습을 바라보았다.

다음날 아침, 나는 그가 일어나기 전에 소온필드를 출발했다. 그리고 오후 5시경에 게이츠헤드 저택의 집 앞에 도착했다. 나는 곧바로 베시를 찾아 문지기 집으로 들어갔다.

그녀는 난롯가에서 아기에게 젖을 먹이고 있었다.

"어머, 이게 누구세요!"

그녀는 반가운 목소리로 소리쳤다. 다른 아이들은 방 한구석에서 얌전하게 놀고 있었다.

"베시, 나야."

나는 그녀에게 키스를 했다.

"부인은 어때? 아직은 괜찮으시겠지?"

"네, 괜찮으세요. 의식도 전보다 또렷하시고요. 하지만 마님은 오후에는 내내 혼수 상태로 계시다가 여섯시나 일곱시가 되어야 눈을 뜨신답니다. 그러니 아가씨, 잠깐 좀 쉬세요."

베시는 로버트에게 아기를 맡기고 차와 과자를 내왔다. 그러자 어릴 적에 그녀와 함께 지내던 일들이 한꺼번에 되살아났다. 베시는 경쾌한 발걸음과 조급한 성질이 옛날 그대로였다.

　베시는 나의 소온필드의 생활에 대해서 물어 보았다. 나는 주인이 조금 못생겼지만 친절하다고 말했다. 그리고 내가 떠나올 때까지 그 저택에 머물고 있던 손님들에 대해서도 이야기해 주었다. 그런 이야기야 말로 베시가 가장 흥미를 느끼는 것이었다.

　리드 부인이 깰 시간이 되자 베시는 나를 아침 식당으로 인도했다. 식당으로 가는 동안 나는 저택을 돌아보았다. 다시는 돌아오지 않겠다고 맹세했던 기억이 새로웠다. 하지만 내게 상처는 이미 다 아물고 없었다.

　아침 식당에는 이라이자와 조지아나가 있었다. 그들은 내가 들어서자 의자에서 일어났다. 그러나 여전히 무뚝뚝하고 거만한 태도였다.

　"미스 에어."

　그들은 모두 이름만 간단하게 부르는 것으로 인사를 대신했다. 다만 조지아나가 간단하게 날씨에 대한 이야기를 덧붙였을 뿐이었다. 나는 그들의 모습을 한 눈에 훑어 보았다.

　이라이자는 키가 몹시 크고 말랐으며 누르스름한 얼굴에는 냉랭한 기운이 감돌았다. 차림새는 마치 청교도 같이 검소하고 우중충했다. 그러나 조지아나는 밀랍인형과 같이 아름답고 활짝 핀 모습이었다. 옷 색깔은 이라이자와 같이 우중충했으나 모양새가 아주 달랐다.

　"리드 부인께선 좀 어때?"

　나는 그들 사이에 당당하게 앉으며 물었다.

　"리드 부인이라고! 엄마 말야? 엄만 많이 편찮으셔."

　조지아나가 내 아래 위를 훑어보며 빈정거리듯 말했다.

　"내가 왔다는 걸 알려 드렸으면 좋겠는데. 각별히 나를 만나고 싶어 하신다던데."

　내 말에 조지아나가 눈을 끄게 뜨고 나를 노려보았다.

　"엄만 저녁때 귀찮게 구는 걸 싫어하셔."

이번에는 이라이자가 대신 대꾸했다. 그들은 내가 무척 건방지게 군다고 생각하는 눈치였다. 그러나 나는 태연하게 모자와 장갑을 벗으며 리드 부인이 나를 만나실 의향이 있는지 확인해야겠다고 했다. 나는 먼저 가정부를 불러 방을 하나 정해 줄 것과 트렁크를 그 방으로 나를 것을 일렀다. 그리곤 그녀를 따라 식당을 나섰다. 마침 이층에서 베시가 내려오고 있었다.

"마님께선 방금 일어나셨어요. 아가씨가 오셨다는 말씀도 드렸고요. 함께 가봅시다."

그녀는 앞장서서 리드 부인의 방으로 갔다. 지난 날에 꾸지람과 매를 맞기 위해 불려 가곤 하던 방이었다. 나는 방에 들어서자마자 먼저 내 손바닥과 뒷덜미를 내리치던 회초리를 찾았다. 그러나 그것은 눈에 띄지 않았다. 부인은 침대에 죽은 듯이 누워 있었다. 나는 그녀에게 다가가 키스를 했다. 전처럼 무자비하고 위압적인 표정이었지만 모든 것을 용서하고자 백 마일을 달려왔기에 나는 망설임없이 그렇게 했던 것이다.

"제인 아니냐?"

그녀는 얼마간 보더니 그렇게 물었다.

"좀 어떠세요, 아주머니?"

다시는 그녀에게 아주머니라 부르지 않겠다고 맹서했건만 당시 나는 그 맹세를 지키지 않아도 되리라는 생각이 들었다. 그리곤 시트 밖으로 나와 있는 그녀의 손을 꼭 움켜 쥐었다. 그러나 그녀는 손을 빼며 고개를 돌렸다. 그리곤 오늘밤은 따뜻하다고 말했다. 나는 비로소 그녀가 여전히 나를 미워한다는 사실을 깨달았다. 사람의 마음은 그렇게 쉽게 변하는 것이 아니었다. 나는 분노가 치밀었다. 그리고 고통스러웠다. 어릴 때처럼 눈물이 솟구쳤다. 그러나 이를 악물고 참았다. 그리고 그 순간 그녀가 어떻게 나오든 나는 나대로 하리란 결심을 했다.

"저를 부르려고 사람을 보내셨죠? 그래서 왔어요. 아주머니가 다 나으실 때까지 여기 머물러 있을 작정이에요."

나는 그녀의 머리맡에 앉으며 말했다.

"아아, 그래야지! 애들은 만나봤니?"

"네."

"그럼 그애들에게 내가 생각하고 있는 걸 말할 수 있을 때까지 머물겠다고 말하거라. 오늘밤은 너무 늦었어. 그리고 무슨 말을 하려고 했는지 생각이 나지 않는구나."

그녀는 돌아누우며 말했다. 그러나 내 팔꿈치가 이불을 누르고 있던 탓에 어깨가 드러나자 그녀는 대뜸 화를 내었다.

"치워라! 왜 이불을 당기는 거냐? 네가 정말 제인 에어냐?"

"네, 제가 제인 에어예요."

"난 그애 때문에 참으로 애를 먹었어. 그런 짐덩어리가 내게 떨어지다니. 이상한 성격에다가 매일 골이나 내고, 그러면서도 눈치나 살피고. 어떤 때는 미친 듯이 대들기도 했어. 정말 그런 앤 처음 봤어. 그래서 난 그앨 집에서 내쫓았지. 난 그애가 죽길 바랬어. 그런데 그앤 로우드의 유행병에서도 살아났어."

"그렇게 미워할 만한 이유라도 있었나요?"

"그애 어머니가 싫었기 때문이지. 그 여잔 남편의 하나밖에 없는 누이동생이었지. 남편은 그 누이동생을 무척 귀여워 했어. 그리고 그 누이동생이 가난뱅이 목사와 결혼했을 때 온 식구들이 인연을 끊겠다고 했지만 남편만은 그러지 않았어. 또 누이동생이 죽자 남편은 바보같이 울더니 그 어린 딸을 데려오겠다는 거야. 그러지 말고 유모를 두고 양육비를 대자고 내가 그렇게 애원을 했는데도 말야. 그래서 난 그애를 보자마자 미워했어. 약골에다 징징거리며 밤새도록 우는데 정말 미워 죽겠더군. 그런 걸 남편은 친 자식처럼 돌봐 주는 거야. 아니 오히려 친 자식보다 더 애지중지했지. 특히 남편은 우리 애들과 그 거지 같은 애하고 어울려 놀도록 애를 썼어. 애들이 싫어하면 야단까지 치면서 말야. 그리고 죽기 직전에는 그애를 계속 키우도록 내게 맹세까지 시켰어. 그런 점에서 존은 제 아버지를 닮지 않았어. 그앤 오히려 우리 깁슨 집안 사람을 닮았어. 난 그것이 너무 기뻐. 하지만 돈 달라는 편지는 그만 보냈으면 좋겠어. 이젠 그녀석한테 줄 돈도 없어. 하인 중에 절반을 내보내고 집도 절반은 폐쇄하든가 세를 줘야 해. 수입의 3분의 2는 이자로 나가는데 그 녀석은 도박에서 손을 떼지 못하고 있어. 사기꾼한테 속아서 말야. 아, 난 그애가 너무 부끄러워."

그녀는 점점 흥분했다. 나는 베시에게 그만 나가는 것이 좋겠다고 했다. 그리곤 조용히 일어났다.

"기다려! 더 하고 싶은 말이 있단 말야."

리드 부인이 소리쳤다.

"존은 죽어 버리겠다고 나를 위협했어. 아니면 나를 죽이겠대. 나는 그애가 목에 부상을 입거나 검게 부풀어 오른 얼굴로 누워 있는 꿈을 자주 꾸어. 아, 어떻게 하면 돈을 구할 수 있을까? 어떻게 하면!"

그때 베시가 그녀에게 진정제를 먹였다. 그러자 그녀는 곧 잠에 빠져들었다.

내가 다시 리드 부인과 말을 할 수 있었던 것은 열흘이 더 지나고였다. 그동안 나는 이라이자와 조지아나 자매와 가능한 한 잘 지내려고 노력했다. 처음에 그들은 무척 냉담하게 굴었지만 차츰 마음을 열기 시작했다. 그동안 무척 외로웠던 모양이었다. 우리가 친하게 지내게 된 계기는 내 그림 솜씨 덕분이었다. 나는 소온필드에서 그림 도구를 챙겨왔는데 무료할 때면 그것을 꺼내 그림을 그리곤 했다.

어느 날 그들은 그림을 그리고 있는 내 뒤로 다가 왔다.

"그거 아는 사람 초상화지?"

먼저 이라이자가 물었다. 그리곤 조이아나가 추남이라고 옆에서 덧붙였다. 나는 얼른 그림을 내려 놓으며 그저 상상으로 그린 그림이라고 변명했다. 그것은 바로 로체스터 씨의 초상화였던 것이다. 그들은 내 그림 솜씨에 탄복을 했다. 그리고 내가 그들을 그리고 싶다고 하자 서슴없이 모델이 되어 주었다. 나는 또 그들에게 수채화를 그려 주겠다고 했다. 그것이 그들의 환심을 산 것이다.

조지아나는 두 계절 전에 런던의 사교계에서 화려하게 지냈던 일들을 이야기해 주었다. 주로 그녀에 대한 사람들의 찬미에 대한 내용이었다. 나는 그녀의 이야기를 듣고 있는 동안 상류 사회에 대한 소설을 읽는 기분이었다.

동생에 비해 이라이자는 거의 말이 없었다. 아니 말할 틈이 없었다. 그만큼 그녀는 바쁘고 부지런했다. 그녀는 하루를 여러 시간으로 쪼개 일을 했다. 먼저 아침에는 영국 국교회의 기도서를 읽었고, 그 다음 세 시간 동안은 융단만한 크기의 진홍색 천의 가장 자리를 금실로 꿰매는 일을 했다. 게이츠헤드 근처에 있는 교회의 성단을 덮는 데 쓸 것이라고 했다. 그리고 두 시간은 일기를 쓰고, 두 시간은 채마밭을 일구고, 나머지 한 시간은 장부를 정리했다.

그녀는 리드 부인이 죽으면 천박한 이 사회를 떠나 자신의 오랜 습관이 방해 받지 않는 은신처로 떠나겠다고 했다. 그리고 조지아나와는 결코 함께 가지 않겠다고 했다. 세상의 모든 사람들이 사라지고 그 둘만 남는다고 해도 자신은 새로운 세계를 향해 떠나겠다는 것이다.

그녀는 조지아나를 두고 쓸모없고 어리석은 동물이라고 했다. 스스로 살아가려 하지 않고 남의 힘에만 의존하려는 동생이 못마땅한 것이었다. 만약 조지아나가 비참해진다면 그것은 순전히 조지아나 자신 때문이라는 것을 명심하라고 충고하는 것도 서슴지 않았다. 그런 이라이자를 조지아나는 언젠가 베시가 말한 에드윈 뷔이지 경의 일로 원망하고 있었다. 그녀는 이라이자가 질투심으로 자신의 장래를 망쳐놓았다고 생각했다.

그들 자매를 보며 나는 세상에는 너그러움이라곤 전혀 없는 사람들이 존재할 수 있다는 것을 알았다. 그러한 사람들의 특징이란 가혹하고 상대를 멸시하는 것이라고 할 수 있었다.

비바람이 몹시 치던 어느날 오후였다. 나는 이층으로 가서 아무도 거들떠보지 않는 리드 부인을 보기로 했다. 마침 이라이자는 교회에 가고 없었고 조지아나는 책을 보다 잠이 들어 있었다.

"누구냐?"

내가 들어서자 침대에서 가냘픈 목소리가 새어 나왔다.

"저예요, 아주머니."

"저라니! 누군데 날 아주머니라고 부르는 거야! 베시, 베시는 어디갔지?"

"아주머니, 저 못 알아보시겠어요?"

나는 다시 다정하게 말했다. 그리곤 베시 남편이 소온필드에서 나를 데려왔다는 말을 자세하게 설명했다. 그러자 그녀는 서서히 의식이 회복되는지 긴장했던 표정을 풀며 길게 한숨을 쉬었다.

"난 건강이 아주 나쁘다. 몸을 조금도 움직일 수가 없어. 이러다 곧 죽겠지. 하지만 죽기 전에 꼭 할 말이 있다. 그래서 널 오라고 한 거야. 다 털어 놓고 마음만이라도 편하게 가려고 말야."

리드 부인은 간호사가 없냐고 물었다. 그렇다고 대답하자 그녀는 말을 이었다.

"나는 네게 나쁜 일을 두 가지 했다. 하나는 너를 끝까지 키우지 않은 것이고, 다른 하나는……. 뭐 대단한 일은 아니다."

그녀는 얼굴을 돌리려 하였으나 마음대로 되지 않았다.

"저애한테 머리를 숙이다니, 절대 그럴 수는 없어!"

그녀는 얼굴색이 변하면서 혼자 중얼거렸다. 그러다 통증이 오는지

심하게 얼굴을 찡그렸다.

"하지만 저 세상이 날 기다리고 있는데, 곧 하느님 앞으로 나갈 텐데! 아아, 아무래도 안 되겠어. 제인, 내 화장대로 가서 그 안에 있는 편지를 꺼내오너라."

나는 시키는 대로 했다. 그녀는 그 편지를 읽어보라고 하였다.

부인

죄송합니다만 제 조카 제인 에어의 거처와 근황을 알려 주셨으면 합니다. 저는 그동안 하늘의 돌보심으로 상당한 재산을 모았습니다만 아직 독신으로서 자식이 없답니다. 그래서 그애를 제 양녀로 삼고 제가 죽은 다음에는 일체의 재산을 물려주고자 합니다.

마데이라에서 존 에어

편지에는 3년 전의 날짜가 적혀 있었다.

"왜 제가 이 소식을 못 들었나요."

"왜냐고? 내가 전하지 않았으니까. 난 네가 훌륭한 신분이 되는 것을 참을 수가 없었다. 언젠가 네가 달려들며 이 세상에서 나를 제일 나쁜 사람으로 생각한다느니, 나를 생각만 해도 소름이 끼친다느니 하는 말을 나는 잊어버릴 수가 없었다. 그처럼 표독스럽던 표정을 잊을 수가 없었단 말이다. 아, 물 좀!"

나는 얼른 물을 가져왔다.

"이젠 모든 것을 잊으세요. 제 잘못을 용서해 주세요. 그때 전 어린애였어요. 벌써 8, 9년 전이잖아요."

나는 그녀의 입술에 물을 축여 주며 용서를 빌었다. 그러나 그녀는 내 얘기에는 귀도 기울이지 않았다.

"어쨌든 난 잊을 수가 없었어. 그래서 복수를 한 거야. 난 네 아저씨에게 편지를 냈다. 네가 로우드에서 전염병으로 죽었다고. 그러니 이제 너 하고 싶은 대로 해 봐라. 편지를 내서 내가 거짓말을 시켰다고 폭로해 보란 말이다. 아, 아무래도 넌 날 괴롭히기 위해서 태어난 것 같구나. 너만 아니었다면 내가 꿈에서조차 하지 못했을 일을 저질러 놓고 이토록 죽는 순간까지 고통을 당하진 않았을 텐데!"

"이젠 모든 것을 잊으세요. 그리고 저를 용서해 주세요."

"난 아직까지 이해할 수가 없어. 9년 동안 죽은 듯이 지내다가 그때 왜 갑자기 그렇게 표독스럽게 나왔는지 말이다."

"지난 일이야 어쨌든 전 아주머니와 화해를 하고 싶어요."

나는 그녀에게 키스를 하고자 고개를 숙였다. 그러나 그녀는 입을 맞추려고 하기는커녕 내가 자신을 누른다고 짜증을 부리는 것이었다. 나는 화가 나지 않을 수 없었다.

"저를 미워하시든가 사랑하시든가 마음대로 하세요. 전 아주머니를 모두 용서하겠어요. 하느님께 용서를 빌고 마음 편히 가세요."

마침내 나는 그렇게 말하고 말았다. 진실로 가엾은 여자였다. 죽는 순간까지 미워하는 마음을 버리지 못하고 그렇게 고통스러워 하다니.

그때 간호사가 들어오고 베시가 뒤따라 들어왔다. 그녀는 점점 의식을 잃어갔다. 그리고 결국 그날 밤에 숨을 거두었다.

"어머니는 걱정으로 명을 단축하셨어."

뒤늦게 돌아와 부인의 시신을 확인하며 이라이자가 담담하게 말했다.

22

게이츠헤드에서 나는 한 달이 넘게 있었다. 장례식을 치르는 대로 곧 떠나려고 했으나 조지아나가 런던으로 출발할 때까지 있어달라고 간청을 했던 것이다. 그녀는 평소에 그토록 원하던 외삼촌인 깁슨 씨의 초청을 받아 런던으로 가게 된 것이다.

조지아나가 떠나자 그 다음에는 이라이자가 잡았다. 그녀는 아무도 모르는 나라로 떠날 것이라고 했다. 그러자면 정리할 일이 많은데 그때까지 집안일을 돌보고 방문객을 맞아 달라고 했다.

모든 것이 정리되었는지 어느 날 아침, 그녀는 이제 떠나도 좋다고 했다. 그동안의 일에 고맙다는 인사치레도 잊지 않았다.

"너 같은 사람과 사는 것은 조지아나 같은 사람과 사는 것과는 퍽 차이가 있을 거야. 너는 맡은 일을 잘 처리하고 남에게 폐를 끼치지 않으니까. 난 내일 유럽 대륙으로 출발할 거야. 리일 근처에 있는 수도원으로 가는 거야. 사람들은 수녀원이라고 하지만 거기서는 아무 간섭도 받지 않고 살 수 있을 거야. 그럼, 안녕. 넌 지각이 있는 사람이야."

"언니도 지각이 없지 않아요. 하지만 언니가 갖고 있는 것은 일 년 안에 프랑스 수녀원의 담 속에 갇혀 버리겠지요. 하지만 언니가 원해서 하는 일이라면 그렇게 해야죠."

우리는 그렇게 헤어졌다.

그 후 이라이자는 정말로 수녀가 되었으며 그녀의 재산은 수녀원에 기부했다는 소식이 들려왔다. 또한 조지아나는 부유한 상류 사회 사람과 결혼했다고 한다.

소온필드로 돌아가는 길은 참으로 지루했다. 하루에 50마일, 여관에서 하룻밤을 묵고, 다음날 또 50마일을 갔다. 여관에서 나는 페어팩스 부인이 보낸 편지를 생각했다. 내가 없는 사이에 손님들은 모두 떠나고, 로체스터 씨는 결혼식에 쓸 새 마차를 사러 삼 주일 전에 런던에 갔는데 이 주일 있으면 돌아올 예정이라는 것이다.

그날 나는 브랑쉬 잉그램 양의 꿈을 꾸었다. 그녀는 나를 밖에 세워

두고 소온필드 저택의 대문을 잠궜다. 그리고 로체스터 씨의 팔짱을 꼈다. 그는 그녀와 함께 비웃음을 띤 채 나를 바라보고 있었다.

나는 페어팩스 부인에게 돌아갈 날짜를 알리지 않았다. 나를 맞으러 밀코트까지 마차를 보내오는 것을 바라지 않았기 때문이었다. 짐은 여관 마부에게 맡겼다. 나는 소온필드를 향해 걸었다. 맑고 온화한 저녁이었다. 길가에서는 사람들이 건초를 만들고 있었다. 나는 한 발자국 한 발자국 걸을 때마다 소온필드와 가까워진다는 생각에 기쁨을 느꼈다.

소온필드 풀밭에서도 건초 작업이 이루어지고 있었다. 울타리에는 장미꽃이 만발해 있었다. 그러나 나는 그런 것들이 눈에 들어오지 않았다. 오직 빨리 집에 들어가고 싶은 생각뿐이었다.

저택에 다다르자 로체스터 씨가 돌로 된 좁은 계단에 앉아 수첩에 무엇인가 적고 있는 것이 보였다. 그를 보는 순간 나는 다리에 힘이 풀리는 것을 느꼈다. 목소리도 나오지 않았다.

"아, 돌아왔군! 어서 이리 와봐요."

나를 발견한 그가 먼저 소리쳤다. 나는 될 수 있는 한 감정을 억제하려 애를 썼다. 마침 베일을 드리우고 있어 표정의 변화를 그가 보지 못하는 것이 다행이었다.

"제인 에어 맞지? 밀코트에서 오는 길인가? 그것도 걸어서? 참으로 당신에게 어울리는 짓이군. 그런데 한 달 동안 뭘 했소?"

"아주머니 댁에 있었어요. 그분은 돌아가셨어요."

"당신다운 대답이군. 천사들이여, 지켜 주소서! 이 사람은 지금 저승에서 왔답니다. 당신이 진짜 인간인지 용기가 있으면 만져 보겠지만 그러느니 차라리 저 늪의 파란 도깨비불을 붙드는 게 낫겠지? 그런데 이 게으름뱅이 아가씨야, 어떻게 한 달 동안이나 나를 잊을 수가 있었어?"

다시 그를 만나면 반가우리란 것은 짐작할 수 있었다. 그러나 로체스터 씨가 그토록 환대를 해 주리라고는 생각지 못했다.

"런던에 다녀오셨다고 들었어요."

"마차를 사왔지. 제인, 한번 감정해 주지 않겠소? 로체스터 부인에게 어울리는지 말이오. 내가 그 여자와 어울리려면 지금보다 세 배는 풍채가 좋아져야겠지?"

'당신은 지금 그대로도 좋아요. 사랑하는 사람 눈에는 말이에요.'

나는 속으로 말했지만 그는 내 마음을 읽기라도 한 듯 입가에 살짝 미소를 띠었다. 그것은 좀처럼 보기 드문 웃음이었다.

"자, 이제 그만 들어가 봐요. 가서 친구 집에서 마음 놓고 쉬도록 해요."

그는 계단에서 비켜 주며 말했다. 나는 아무 말 없이 계단을 올라가 그이 옆을 지나쳤다. 그러다 갑자기 돌아섰다. 아니 나도 모르게 어떤 힘이 나를 돌아서게 했다. 그리고 나는 이렇게 말했다.

"이처럼 친절하게 대해 주셔서 감사합니다. 다시 돌아오게 돼서 전 말할 수 없이 기쁘답니다. 당신이 계신 곳은 어디나 제 집이에요. 저의 유일한 집이지요."

그리곤 빠른 걸음으로 달아났다. 설령 그가 쫓아 오더라도 잡지 못할 정도로.

아델은 나를 보자 열광적으로 기뻐했다. 페어팩스 부인도 따뜻하게 맞아 주었다. 나는 마치 내 집으로 돌아온 듯이 포근했다. 주변 사람들에게 사랑받고 산다는 것이 얼마나 행복한 일인가!

그날 밤, 나는 될 수 있는 한 아무 생각도 하지 않으려고 애를 썼다. 머지않아 다가올 이별의 슬픔을 생각하기 싫어서였다. 페어팩스 부인은 뜨개질을 했고 나는 그 옆에 자리를 잡았다. 또한 아델은 내 옆의 융단 위에 앉아 내게 바싹 달라 붙어 있었다.

우리가 그렇게 있을 때 로체스터 씨가 들어왔다. 그는 우리들의 따뜻하고 정감 넘치는 모습을 흐뭇하게 지켜 보았다.

"부인, 이제 양딸이 돌아와 안심이 되오?"

그는 페어팩스 부인에게 물었다. 그러자 부인은 보기 좋게 얼굴에 주름을 잡으며 환하게 미소를 지었다.

"아델은 영국 엄마가 다시 갈까봐 그러고 있는 거니?"

그는 아델에게도 전에 없이 너그럽게 굴었다. 그러한 모습을 보며 나는 그가 결혼 후에도 우리를 어딘가 그의 보호 아래 둘지 모른다는 희망을 품게 되었다.

그 후 두 주일이 지나도록 나는 그의 결혼에 관해서 아무 말도 들을 수가 없었다. 결혼 행사에 따르는 준비도 눈에 띄지 않았다. 나는 거의 매일 페어팩스 부인에게 어찌된 일이냐고 물었지만 자신도 모른다는 대답뿐이었다. 더욱 놀라운 일은 그가 잉그램 장원에 한 번도 방문하지 않았다는 사실이었다. 물론 그곳은 소온필드에서 20마일이나 떨어져 있지만 사랑하는 사람을 보기 위해서라면 그것은 한나절의 거리에 지나지 않았다.

나는 혹시 두 사람 중의 한 사람이, 아니면 두 사람 모두의 마음이 변해 파혼한 것이 아닐까 하는 생각도 해 보았다. 그러나 로체스터 씨는 그런 일을 겪은 사람치곤 너무 평온한 표정이었다. 오히려 내가 기운이 없어 보일 때면 일부러 명랑한 목소리로 말을 시키기도 하였다.

23

눈부신 날씨가 계속되고 있었다. 건초가 모두 거두어진 소온필드 일대는 녹색으로 푸르렀으며 한길은 하얗게 빛났다.

성 요한제 날, 해가 지기를 기다렸다가 나는 정원으로 나왔다. 한낮의 맹렬한 더위는 한풀 꺾이고 태양은 어느새 수수한 모습으로 돌아와 있었다. 나는 큰길을 따라 걸어갔다. 어디선가 담배 냄새가 풍겨오고 있었다. 돌아보니 서재 창문이 반쯤 열려 있었다. 나는 얼른 그곳을 떠나 과수원으로 갔다.

과수원은 나무가 빽빽하고 꽃이 만발해 있었다. 한쪽에는 높은 담이 있었고 다른 한쪽은 너도밤나무의 가로수가 잔디밭을 막고 있었다. 아래쪽에는 낮은 울타리가 들판과 경계를 이루고 있었다. 길의 막다른 끝에는 거대한 침엽수가 한 그루 있었으며 그 밑에는 앉을 수 있도록 자리가 마련되어 있었다. 그 정도면 아무도 모르게 산책할 수가 있었다.

나는 울 안을 거닐다 문득 걸음을 멈추었다. 찔레와 재스민, 장미의 향이 아닌 새로운 냄새가 코끝에 닿았기 때문이었다. 그 새로운 냄새는 관목의 향기도 아니고 꽃향기도 아닌 바로 로체스터 씨의 엽궐련 냄새였다.

나는 쪽문을 향해 걸어가다가 그가 마주오는 모습을 보았다. 나는 담쟁이덩굴이 무성한 구석진 곳으로 숨었다. 그대로 있으면 나를 발견하지 못하리라는 생각에서였다.

"제인, 이리 와서 이 놈을 좀 봐요."

그는 내 쪽은 돌아보지도 않은 채 조용히 말했다. 나는 가슴이 철렁했다. 그림자에도 감각이 있나 싶었다. 하지만 그에게 가지 않을 수 없었다.

"이 놈 날개 좀 봐요. 이 놈은 꼭 서인도 나방같이 생겼어. 영국에서는 이처럼 크고 화려한 나방은 드물거든. 저런, 날아가 버리는군."

그가 말하는 사이에 나방은 날아가 버렸다. 그 사이에 나도 어물어물 달아나려 했다. 그러나 로체스터 씨가 내 뒤를 바짝 따라오는 것이었다.

"좀 걸읍시다. 이런 밤에 잠자리에 든다면 창피한 일이야. 봐요, 해가 지면서 동시에 달이 떠오르는 모습을."

그는 태평하고 조용히 앞으로 나아갔다. 그런 시간에 그와 단둘이 산책하고 싶은 생각은 전혀 없었지만 따라가지 않을 수가 없었다. 그러면서도 기회만 있으면 빠져나갈 궁리를 하였다.

"천성적으로 자연을 사랑하고 애착심이 강해서 그런가? 당신은 이 집에 정이 들은 모양이더군."

"네, 그래요."

"아둔한 아델과도 그렇고. 또 단순한 페어팩스 부인도 싫지 않은 모양이더군."

"조금 다른 의미에서지만 두 사람 모두를 사랑해요."

"그럼 그들과 헤어지게 되면 섭섭하겠네."

"그래요."

"안됐군. 하지만 살다보면 그럴 수 있는 일이지. 만남이 있으면 반드시 헤어짐이 있는 법이니까."

"이곳을 떠나라는 말씀이신가요?"

"안됐지만 그래야만 될 것 같소."

"결혼하시려는군요."

로체스터 씨의 말은 무척 충격적인 것이었지만 나는 애써 태연한 척했다.

"그렇소. 그래서 당신은 오늘 밤에 당장 떠나야할 것 같소. 난 브랑쉬 잉그램 양과 결혼하오. 내 가슴으로 품기엔 너무 크지만 그런 건 문제가 되지 않소. 그녀는 너무 아름다워 아무리 봐도 싫증이 나지 않으니까 말이오. 하지만 내가 브랑쉬와 결혼하면 당신이나 아델은 이 집에서 나가야 할 거라고 말한 사람은 당신이었소. 그건 어디까지나 내 아내될 사람의 인격을 모독하는 것이지만 그 정도는 용서하겠소. 그럼 이제 당신은 새 일자리를 구해야 되겠군."

"광고를 낼 거예요. 그때까지만……."

그때까지만 머물게 해달라고 말할 작정이었다. 그러나 갑자기 구차한 생각이 들어 그만 입을 다물고 말았다.

"나는 한 달 후쯤에 결혼할 작정이오. 그동안 나는 나대로 당신 일자리와 거처할 곳을 알아보도록 하겠소."

"고맙습니다. 그리고 죄송합니다."

"죄송할 것까지는 없소. 당신처럼 충실한 고용인의 경우엔 그 정도 대가는 받아야 하지 않겠소. 그래서 난 벌써 내 미래의 장모를 통해 일자리를 알아 보았다오. 아일랜드 코노트 주 비터너트 롯쉬 저택의 다이오나이서스 오갈 부인의 다섯 따님을 교육시키는 일이오."

"꽤나 먼 곳이군요. 바다도 가로 놓여 있고요."

"어디에 가로 놓여 있다는 거요?"

"아일랜드와 소온필드 사이에요. 그리고……."

"그리고?"

"당신과 저 사이에."

나는 솔직하게 말했다. 그리고 나도 모르게 눈물이 솟구쳤다. 로체스터 씨와의 사이에 가로 놓여 있는 바닷물과 거품을 생각하니 가슴이 저려왔다.

"정말 먼 곳이군요."

나는 다시 한 번 말했다.

"그렇소. 아마 당신이 그곳에 가면 우린 영영 못 만나게 될 거야. 특히 난 아일랜드를 싫어해서 절대로 그곳에는 가지 않을 거니까. 하지만 우린 좋은 친구였으니 석별의 정은 나누어야지. 자 이리 와요. 우리 여기 앉아서 저 별들을 보면서 오늘밤은 함께 지냅시다."

그는 나를 자신의 옆에 앉혔다.

"당신을 그런 먼 곳까지 보내자니 섭섭하군. 난 가끔 이상한 생각이 들어. 내 왼쪽 갈비뼈에 끈이 하나 달려 있는데 그 끈이 당신의 몸과 연결되어 있다는 생각말야. 그러나 우리가 아일랜드 해협을 사이에 두고 헤어진다면 그 끈은 끊어지고 말 테지? 그렇게 되면 내 가슴에서는 피가 흐르지 않을까. 당신이야 나를 쉽게 잊어버리겠지만 말야."

"절대로 그럴 리 없어요. 잘 아시면서."

"나이팅게일이 우는군. 잘 들어 봐요."

로체스터 씨는 귀를 기울이는 시늉을 하며 말했다. 그러나 그 순간 나는 더 이상 슬픔을 억누르지 못하고 울음을 터뜨리고 말았다.

"전 소온필드를 떠나는 게 슬퍼요. 비록 잠깐 동안이긴 했지만 전 여기서 행복했어요. 특히 존경하고 좋아하는 분과 마주앉아 얘기할 때는 세상의 누구도 부럽지 않았어요. 로체스터 씨, 당신 곁을 영원히 떠나야 한다고 생각하니 너무도 슬프고 안타깝군요. 떠나야 한다는 것은 알지만요."

"뭘 안단 말이지?"

"뭘 아냐고요? 아름다운 당신의 신부 때문이라는 걸 몰라서 물으시나요?"

"그렇군. 하지만 당신은 여기 있어야 해. 아니, 있게 할 거야."

"전 갈 거예요! 쓸데없이 제가 왜 여기 남아 있어야 하나요? 전 아무 감정도 없는 줄 아세요? 입 속에 넣었던 빵조각을 빼앗기고 마시던 음료수를 빼앗기고도 그대로 참고 있을 것 같아요? 제가 가난하고 못생겼다고 자존심마저 없는 줄 아세요? 천만에요! 저도 당신과 똑같은 감정을 가진 인간이라고요! 당신과 똑같은 인간이라고요!"

"그래 제인! 우린 똑같은 인간이야!"

그는 나를 끌어안으며 말했다. 그리고 그의 입술이 내 입술로 다가왔다.

"하지만 꼭 그렇지도 않아요. 당신은 마음에도 없는 여자와 결혼하려 하잖아요. 진정으로 사랑하지 않는 여자와 결혼하려고 하잖아요. 전 당신이 그녀를 멸시하는 것을 여러 번 보고 들었어요. 그런데도 단지 사회적인 조건이나 외모 따위만 보고 결혼하려는 당신을 전 경멸해요. 그러 점에서 본다면 저는 당신보다 월등한 사람이에요. 이제 좀 놓아 주세요!"

"진정해요. 마치 사나운 새가 제 털을 쥐어뜯는 것 같군."

"전 새가 아녜요. 내 의지대로 행동하는 인간이란 말예요."

나는 그에게서 빠져나오며 말했다.

"당신이 내 곁에 있어 준다면 내 마음과 재산을 나눠 주겠어."

"농담도 잘 하시는군요?"

"농담이 아냐. 난 당신이 일생 동안 내 곁에 있어 주기를 바랄 뿐이야. 내 분신으로서 말야."

"당신 분신이라면 이미 정해 놓으셨잖아요."

"당신 너무 흥분했군. 그러지 말고 이리 좀 와 봐요. 우리 서로 모든 것을 털어 놓고 얘기해 봅시다."

"그럴 필요가 없을 것 같군요. 제 마음은 이미 갈기갈기 찢겼어요."

"하지만 제인, 난 당신을 내 아내로서 부르는 거요. 내가 결혼하길 원하는 사람은 오직 당신뿐이오."

그는 안타깝게 부르짖었다. 그러나 나는 그가 나를 놀린다고 생각하였다.

"당신 신부는 어쩌시고요?"

"내 신부는 여기 있어."

그는 나를 끌어 당기며 말했다.

"제인, 나와 결혼해 주겠지? 왜, 날 믿지 못하겠나?"

"그래요."

"정말 내 말을 못 믿겠단 말이오?"

"조금도요."

나는 분명한 어조로 말했다.

"당신 눈에는 내가 거짓말쟁이로 보이는 모양이군. 그렇다면 다 말하지. 당신은 내가 브랑쉬 잉그램 양을 사랑한다고 생각하나? 천만에! 그건 당신도 잘 알다시피 나는 그 여자에게 조금의 애정도 없어. 그 여자 역시 마찬가지이고. 그 여잔 오직 내 재산을 사랑할 뿐이지. 얼마 전에 그녀 집에 방문했더니 그녀와 그 어머니가 나를 몹시 박대하더군. 내 재산이 사람들이 알고 있는 것의 3분의 1밖에 안 된다는 소문을 듣고 그런 거지. 하지만 그 소문은 내가 퍼트린 거거든. 그들이 스스로 내게서 떨어져 나가도록 말야. 제인, 내가 사랑하는 사람은 그녀가 아냐. 바로 당신이야. 가난하고 예쁘지도 않은 당신 말야."

그의 격식을 차리지 않은 진지한 태도에 나는 그의 말을 믿지 않을 수가 없었다.

"난 당신을 내 사람으로 만들고 싶소. 제인, 대답해 봐요. 내 사람이 되어 주겠소?"

"하지만 전 믿을 수가 없어요. 거짓이 아니라면 얼굴을 좀 보여 주세요. 달빛을 향해 얼굴을 돌려 보세요."

반신반의하면서도 나는 억누를 수 없는 환희가 솟구치는 것은 어쩔 수가 없었다.

"자, 얼른요."

"그러지. 당신이 원하다면."

그는 얼굴을 돌리며 말했다. 그의 얼굴은 몹시 흥분되고 상기되어 있었다. 내 눈길이 그의 얼굴을 낱낱이 훑어 나가자 눈 밑의 근육이 경련을 일으켰다.

"이제, 그만! 당신은 참으로 짓궂군. 어쩌면 이렇게까지 날 괴롭힐 수가 있는 거지?"

"이건 괴롭히는 게 아니라 사랑의 확인이에요."

"사랑의 확인이라고? 그렇다면 제인, 나와 결혼하겠다고 말해 봐. 그리고 에드워드라고 불러 봐. 어서!"

"진심이라면. 당신이 진심으로 저를 사랑한다면요."

"맹세하라면 맹세하지!"

"그렇다면 당신과 결혼하겠어요!"

"에드워드라고 불러요. 내 귀여운 아내!"

"사랑하는 에드워드!"

"하느님, 용서하소서!"

그는 내 뺨에 자신의 뺨을 대며 갑자기 부르짖었다.

"아무도 우리들의 사랑을 방해하지 말도록 하소서. 이 여자를 제 사람으로서 영원히 지켜나가도록 도와 주소서."

"방해할 사람은 아무도 없을 거예요. 제겐 친척이라곤 없으니까요."

그때 바람이 우리 머리 위에서 휘몰아쳤다. 그 바람에 월계수 잎사귀가 우수수 떨어져 내렸다.

"당신과 함께 밤을 새우려고 했는데 안 되겠군."

그는 내 손을 잡아끌며 말했다. 순간 구름 사이로 검푸르고 눈부신 섬광이 번쩍이며 비가 퍼붓기 시작했다. 우리는 산책길을 달려 집 안으로 들어갔다. 그러나 문지방을 넘기 전에 둘 다 아주 흠뻑 젖고 말았다. 그가 홀에서 나의 숄을 벗겨 주기도 하고 나의 늘어진 머리카락에서 물방울을 털어 주기도 하였다. 그때 시계는 열두시를 치고 있었다.

"얼른 올라 가서 갈아 입도록 해요. 그럼 잘 자요. 내 사랑!"

그는 몇 번이고 키스를 되풀이하며 말했다. 우리는 페어팩스 부인이 나와 있는 것도 몰랐다.

그날 밤, 밤새도록 천둥이 으르렁대고 번갯불이 쉴새없이 번쩍거렸다. 그러나 나는 두렵지 않았다. 로체스터 씨가 세 번이나 와서 안부를 물었기 때문이었다. 브랑쉬 양에게는 결코 하지 않았던 사랑의 표현이었다.

24

다음날 아침, 나는 전날의 일이 혹시 꿈이었나 생각해 보았다. 그것은 다시 로체스터 씨를 만나 확인할 때까지는 믿을 수 없었다. 나는 당장 홀로 뛰어내려 갔다. 열어 젖힌 창문으로 신선하고 향기로운 바람이 불어왔다. 아침 식사를 하는 동안 페어팩스 부인은 말할 수 없이 냉담했다. 하지만 나는 그녀의 오해를 풀어줄 수가 없었다. 그가 설명할 때까지 기다려야 했다.

식사가 끝난 뒤 이층으로 올라가자 공부방에서 아델이 뛰어 나왔다. 로체스터 씨가 어린이 방으로 가라고 했다는 것이다.

"이리 와서 아침 인사를 해요."

그때 서재 안에서 그의 목소리가 들려왔다. 나는 주저하지 않고 들어 갔다. 그리곤 사랑이 듬뿍 담긴 포옹과 키스를 받았다.

"오늘 아침엔 정말 예쁘군. 이게 그 창백한 내 조그만 요정인가? 이게 내 겨자씨인가?"

"제인 에어예요."

"머잖아 제인 로체스터가 되겠지. 4주 안에 말야. 제인, 더 이상은 하루도 늦출 수가 없어."

"믿어지지가 않아요. 저에게 이런 행운이 찾아오다니! 동화 같은 얘기예요. 그리고 한낮의 꿈이에요."

"내가 그 꿈을 실현시키겠소. 오늘 아침에 난 런던의 은행에 보관하고 있던 보석을 보내 달라고 편지를 냈소. 소온필드의 로체스터 부인들에게 내려온 상속 재산이지. 나는 2, 3일 안에 그 보석들을 당신 치마폭에 쏟아놓고 싶소."

"보석 따윈 관심도 없어요. 그런 건 오히려 없는 편이 나아요."

"아냐, 난 당신 목에 다이아몬드 목걸이를 걸어 줄 거야. 그리고 팔목엔 팔찌를 끼워 주고, 손가락에는 반지를 끼워 줄 거야."

그리고 그는 밀코트로 가서 비단 드레스를 사자고 했다. 또한 결혼식이 끝나면 파리나 로마, 나폴리와 같은 곳으로 여행을 떠나자고 했다. 나는 그의 말투에서 불안을 느끼게 되었다.

"10년 전에 나는 증오심에 불타 그곳을 쏘다녔지. 하지만 이제 마음의 상처도 아물고 죄도 씻었어. 바로 당신이라는 천사가 그렇게 만든 거지. 그래서 나는 그 천사와 더불어 그곳을 다시 방문하려는 거야."

"전 천사가 아녜요. 인간일뿐예요. 당신은 제게서 천국을 기대하시거나 강요하지 마세요. 저도 그런 것은 기대하지 않아요."

"당신은 내게도 기대하는 게 없나?"

"전 당신이 아주 짧은 기간 동안만 절 사랑하실 것이라고 생각해요. 언젠가 남자들이 쓴 책을 보니 남자가 여자를 열렬하게 사랑할 수 있는 기간이 최대한으로 6개월이라고 하더군요. 그 기간만 지나면 어느 남자나 냉정하고 변덕스러워진다고요. 하지만 저는 제가 가장 사랑하는 사람에게 싫은 존재가 되고 싶지는 않아요."

"싫어진다고? 천만에! 오히려 더 좋아지겠지."

"당신은 잘 변하지 않는 성격인가요?"

"외모만으로 나를 사랑한 여자에 대해서는 아주 나쁜 인간이 되기도 하지. 그들이 평범하고 천박하고 화를 잘 내는 성격이라는 것을 알게 되면 말이오. 그렇지만 맑은 눈과 능변과 불 같은 정열의 소유자에게는 언제나 친절하고 부드럽지."

"그런 여자와 사귀어 본 적이 있으세요?"

"아니, 당신이 처음이야. 당신 같은 사람은 한 번도 만나본 적이 없어. 난 당신의 부드러움이 좋아. 당신의 그 부드러운 손길이 내 몸에 닿으면 난 가슴이 저려 어쩔 줄을 모르겠소. 당신은 날 정복한 거야.”

“그렇다면 부탁드리겠어요. 제발 보석 따위에 대해서는 말하지 마세요. 제가 보석을 취한다면 그건 무늬 없는 손수건에 금 레이스로 장식하는 꼴이 될 거예요.”

“순금을 금으로 도금하지 말라는 뜻인가? 그것도 그렇군! 알았소. 보석을 보내라고 했던 편지는 취소시키겠소. 하지만 난 당신에게 뭔가 해 주고 싶소. 내 재산의 절반이라도 달라면 주고 싶단 말이오.”

“전 토지에 투자해서 돈이나 버는 유대인이 아녜요. 고리대금업자는 더더욱 아니고요. 대신 한 가지 궁금한 게 있는데 대답해 주시겠어요?”

“뭐지? 말해 봐요. 당신이 내게 궁금한 게 있다니 대체 뭘까?”

“당신의 청혼을 받고부터 이상하게 생각한 거예요. 어째서 그동안 그렇게 완벽하게 브랑쉬 잉그램 양과 결혼하려는 것처럼 하셨나요? 그것도 조금의 의심도 할 수 없게요.”

“고백해도 좋을지 모르겠지만, 난 당신이 화가 나면 아주 격해진다는 걸 알고 있었소. 그걸 이용한 거요. 그것은 곧 질투심과 같은 것, 내가 브랑쉬 잉그램 양과 결혼하는 척하면 당신은 틀림없이 불 같은 질투심에 휩싸여 점점 나를 사랑하리라 믿었던 것이오.”

“그렇다면 당신은 잉그램 양에 대해서는 조금도 배려하지 않았다는 말씀 아닌가요. 사실을 알게 되면 그녀가 받을 상처가 어떻겠어요?”

“그녀는 너무 거만해서 한풀 꺾일 필요가 있소. 하지만 그녀는 이미 날 버렸다고 소문을 내고 다니는 모양이오. 내가 파산했다는 소문에 그동안의 사랑과 정열이 모두 식은 거지.”

“당신은 참으로 모략이 능통하시군요. 하지만 저는 그녀가 겪을 괴로움을 생각하면 제 행복이 송구스러워요.”

나는 내 어깨 위에 놓인 그의 손에 키스를 하며 말했다. 나는 정말 무엇이라고 말로 표현할 수 없을 정도로 그를 사랑했다.

"그보다는 난 당신의 부탁을 받고 그걸 들어주고 싶어."

"그렇다면 페어팩스 부인에게 우리의 관계를 알려주세요. 어젯밤에 홀에서 우리를 보고 깜짝 놀라신 눈치예요."

"그럼 내가 할멈을 설득할 동안 당신은 외출 준비를 하고 있어요."

"아마 그분은 제가 신분도 잊고 함부로 행동한다고 생각하실 거예요."

"당신 앞에서 신분 따위를 들먹이는 놈이 있다면 그냥 안 놔둘 거요!"

그는 단호하게 말했다.

내가 옷을 갈아 입고 나왔을 때 페어팩스 부인은 염려한 대로 어두운 표정으로 나를 맞았다.

"너무 놀라워서."

그녀는 먼저 무슨 말을 해야할지 모르는 눈치였다.

"사실 난 진작에 로체스터 씨가 선생님을 좋아한다는 사실을 알았다우. 그래서 조심하라고 이르려고 했는데 일이 이렇게 되고 말았구려. 선생님은 아직 젊으셔서 모르겠지만 남자들의 속은 모르는 거라우. 그러니 제발 조심해요. 가능한 한 그분을 멀리하시구요. 그런데 그 양반이 정말로 선생님을 사랑해서 결혼하려고 하는 걸까요?"

부인은 내 머리 끝에서 발 끝까지 유심히 보았다. 그리곤 천천히 고개를 저었다. 아무래도 로체스터 씨가 내게 반할 만한 요인을 찾지 못한 듯싶었다.

그때 아델이 뛰어 들어왔다. 그애는 먼저 정원의 너도밤나무가 지난밤 사이에 벼락을 맞아 불타버렸다는 소식을 전했다. 그 소식에 나는 왠지 불길한 생각이 들었으나 페어팩스 부인의 미심쩍은 표정을 본 터라 아무렇지도 않은 체했다. 아델은 자신도 밀코트에 가고 싶다며 로체스터 씨에게 말해달라고 했다. 나는 부인에게서 벗어날 핑계가 생겼다는 생각이 들었다. 그래서 얼른 그애의 손을 잡고 방에서 나왔다.

로체스터 씨는 아델을 몹시 귀찮아 했지만 내가 워낙 간절하게 부탁을 하자 할 수 없이 데려가기로 하였다. 아델은 당장 마차로 뛰어 올랐다. 동시에 로체스터 씨의 표정이 굳어졌다. 그러나 막상 마차가 달리기 시작하자 로체스터 씨는 아델과 정겹게 이야기를 하기 시작했다. 그는 소온필드를 벗어나 밀코트로 향하는 길에서 들판을 가리켰다.

"두 주일 전에 난 저 들판에서 산책을 하였단다. 그러다 잠깐 계단에 앉아 수첩에 소원을 적었지. 그런데 바로 저 멀리서 뭔가 걸어오는 거야. 자세히 보니 머리에 엷은 거미집 같은 베일을 쓴 조그만 것이더구나. 나는 손짓을 해서 내 곁으로 오라고 했지. 그러니까 그것은 바로 내 무릎 앞에 와서 서더구나. 하지만 우리는 아무 말도 하지 않았단다. 그것은 바로 천사였거든. 그 천사는 나를 행복하게 해 주려고 하늘 나라에서 온 거야. 그 천사가 누군지 알겠니? 바로 에어 선생님이란다."

그는 감격에 찬 목소리로 속삭였다. 나는 얼른 로체스터 씨가 농담하는 것이라고 아델에게 일렀다. 그러나 아델은 대뜸 '왕 거짓말쟁이'라고 그를 놀려댔다. 들판은 간밤의 폭풍우로 먼지가 씻겨 참으로 싱그러웠다. 길 양쪽의 낮은 나무 울타리와 높이 솟은 관목들은 생명수라도 마신 듯 싱싱해 보였으며 멀리 나는 새들은 정겹게만 보였다.

그러나 밀코트에서 보낸 시간은 정말 참을 수가 없을 정도였다. 로체스터 씨는 나를 비단 상점으로 데려가 마음껏 옷감을 고르라고 했지만 그가 그럴수록 나는 굴욕감이 느껴졌다. 그것은 결코 사랑하는 사람에게서 선물을 받는다는 느낌이 아니었다. 문득 삼촌인 존 에어가 리드 부인에게 보낸 편지가 생각났다. 편지대로라면 나는 빈털털이가 아니었다. 어쩌면 로체스터 씨의 재산을 늘려 줄 수도 있을 것이었다. 그러자 조금 전의 굴욕감이 가시며 그에게 옷을 얻어 입는 것이 조금은 떳떳하게 느껴졌다.

소온필드로 돌아오는 내내 그는 웃음을 잔뜩 머금은 얼굴로 나를 보았다. 나는 화가 나서 잡고 있던 그의 손을 세게 눌러 버렸다.

"그런 식으로 보실 필요 없어요. 회교도의 군주가 황금과 보석으로 치장한 노예나 후궁을 보듯 말예요. 전 결코 당신의 영국인 셀린느 바렌이 되고 싶지는 않단 말예요. 저는 앞으로도 아델의 가정교사 일을 계속할 작정이에요. 그 대가로 제 식사와 거처를 마련하고 옷도 사입겠어요."

"그럼 난 당신에게 뭘 해 줄 수 있지?"

"사랑이오. 전 오직 당신의 사랑만을 원해요."

"그렇지. 당신의 그 타고난 거만과 순수한 자존심이 어디 가겠나."

로체스터 씨가 웃으며 말했다. 그때까지도 그는 내 마음을 전혀 짐작하지 못하는 눈치였다.

"함께 식사하겠소?"

소온필드에 다다르자 그가 물었다.

"여지껏 그래 본 적이 없잖아요. 그런데 오늘따라 그럴 이유라도 있나요?"

"왜, 나와 함께 식사하는 것이 싫소? 내가 사람을 잡아 먹는 귀신이나 시체를 파먹는 악귀처럼 보이오?"

"그런 게 아니라 당분간은 이대로 지내고 싶어요."

"가정 교사도 그만두지 않고?"

"죄송하지만 그것만은 절대로 그만두지 않을 거예요. 여느 때처럼 그대로 하겠어요. 그러니 절 만나시려거든 저녁 때 부르세요."

"하지만 당신이 그렇게 맘대로만 할 수 없을 때가 곧 돌아온다는 걸 잊지 말아요. 요 귀여운 폭군!"

그는 마차에서 내리는 것을 부축해 주며 말했다.

그날 저녁, 그는 당장 나를 찾았다. 그는 마침 피아노 앞에 있었다. 나는 그에게 노래를 한 곡 불러 달라고 했다. 그의 아름다운 목소리가 생각났기 때문이었다. 그는 다른 기회에 부르겠다고 했으나, 나는 꼭 듣고 싶다고 우겼다. 그러자 그는 피아노 앞에 앉아 피아노를 치며 노래를 부르기 시작했다.

불타는 가슴 한가운데
자리잡은 내 사랑은
밀물처럼 빠르게
온몸을 휘감네

내 소원은 날마다 그녀를 만나는 것
그녀가 떠나면 나는 어찌하나
조금이라도 그녀가 늦어지면
내 몸은 굳어지네

노래는 상쾌한 밤공기를 타고 흘러나갔다. 노래를 부르는 동안 그의 얼굴은 온통 타는 듯이 빛났고 사랑과 정열이 온몸에 가득 넘쳐 흘렀다.
"당신은 누구와 결혼하시겠어요?"
그가 노래를 끝내고 곁으로 왔을 때 나는 엉뚱하게도 그렇게 물었다.
"내가 바라고 원하는 사람은 오직 당신뿐이오. 키스를 해 주겠소?"
"아뇨, 그만두는 게 좋겠어요."
내가 고개를 돌리자 그는 내게 고집쟁이라고 했다.
"다른 여자 같으면 그런 노래를 듣고 기뻐서 녹아버렸을 텐데."
그는 투덜거리듯 말했다. 하지만 나는 은근히 승리의 쾌재를 불렀다. 결코 그가 이끄는 대로 감정의 밑바닥에는 빠지고 싶지 않았던 것이다. 아무리 그가 애달아 하더라도 그러한 내 결심은 변함이 없었다. 따라서 그는 약혼 기간 내내 화가 난 채 잠자리에 들곤 했다.

날이 갈수록 그는 무뚝뚝해졌지만 속으로는 나의 태도에 썩 만족하고 있다는 것을 알 수 있었다. 그는 저녁 일곱시만 되면 어김없이 나를 불러냈다. 그리고 내가 나타나면 ‘사랑하는 사람’이니 ‘귀여운 사람’이니 하는 달콤한 속삭임 대신 ‘짓궂은 꼬마 요정’이라느니 ‘못난이 유령’이라고 놀렸다. 또한 뺨에 키스를 하는 대신에 귀를 당기곤 했다.

그러면서도 그는 언젠가 꼭 복수를 하겠다고 위협하곤 하였다. 그러나 그 말을 들을 때마다 웃음이 나왔다. 그가 비로소 사려 깊고 자신을 억제할 수 있는 남자가 되었다는 생각이 들었기 때문이었다.

<h1 style="text-align:center">25</h1>

결혼식 전날 밤, 나는 열에 들뜬 듯 이상하고 불안하여 정원을 산책하기로 하였다. 온종일 바람이 세차게 불어왔으나 비는 한 방울도 내리지 않았다. 밤이 깊어 갈수록 바람은 더욱 세차게 불어댔다.

나는 과수원 쪽으로 갔다. 바람을 맞으며 걷노라니 짜릿한 통쾌함이 느껴졌다. 월계수 울타리를 따라 걷다보니 로체스터 씨가 청혼하던 날 밤 벼락에 맞아 동강이 난 너도밤나무와 마주치게 되었다. 나무뿌리가 밑둥을 드러낸 채 널부러진 모습을 보니 폐허를 연상하게 하였다. 시커멓게 그을린 꼴이 이미 기쁨의 시대가 마감했음을 알리는 것 같았다. 나는 갑자기 슬픈 생각에 사과나무가 있는 쪽으로 뛰기 시작했다.

바람은 대문을 가리고 있는 큰 나무들을 마구 흔들어댔다. 빠른 속도로 흐르는 구름 사이로 달은 완전히 모습을 감추고 엷었던 구름도 차츰 두꺼운 장막을 치기 시작했다. 그리고 비가 쏟아지기 시작했다.

그때 로체스터 씨는 손필드에 없었다. 그는 30마일쯤 떨어진 곳에 소유하고 있던 두서너 개의 농장에 볼일이 있어 갔던 것이다. 신혼여행을 떠나기 전에 처리해야 할 일들이었다.

나는 그를 마중가기로 하였다. 괜히 불안하여 집 안에만 있을 수가 없었다. 더구나 그렇게 험한 날씨에 그는 외출 중인데 나만 혼자 편히 있을 수 없다는 생각이었다. 저택에서 벗어나 4분의 1마일쯤 걸어가자 멀리서 말발굽 소리가 들려왔다. 어둠 속에서 말을 탄 그의 모습과 파일럿의 모습도 어렴풋이 보였다.

"당신은 나 없인 한시도 못 견디는군."

그는 나를 발견하자 말을 멈추고 손을 내밀며 말했다. 나는 얼른 그의 손을 잡고 말 위로 올랐다.

"그런데 이런 시각에 마중을 나오다니, 무슨 일이라도 있는 거요?"

그는 먼저 열렬한 키스를 퍼부으며 물었다.

"아녜요. 당신이 하도 안 오셔서 나와 본 거예요. 이렇게 비바람이 치는데 말예요."

"그렇군. 비바람이 치고 있어. 그런데 열이 있군. 어디 안 좋기라도 하오?"

"아녜요. 아무렇지도 않아요. 다만 당신이 보고 싶었어요."

"당신이 진정 지난 한 달 동안 미꾸라지처럼 빠져나가기 잘하고 들장미처럼 가시돋혔던 제인이란 말이오? 손가락 하나 대려면 그렇게도 찔러대더니 오늘은 마치 길 잃은 양같이 구는군. 오늘 밤 당신은 목자를 찾아 나온 거지?"

"그렇다고 그렇게 뻐기지 마세요. 벌써 소온필드에 다 왔네요. 이제 내려 주세요."

나는 포도나무 아래서 내렸다. 말은 존이 끌고 가고 그가 내 곁으로 다가왔다. 나는 옷을 갈아입고 나오겠다고 했다.

그리고 자정이 가까운 시간에 우리는 난롯가에 마주앉았다. 그의 얼굴은 몹시 상기되어 있었다.

"아까부터 당신은 슬픈 표정이던데, 당신의 짐을 내게 나누어 줄 생각이 없소? 대체 무얼 걱정하고 있는 거지? 내가 좋은 남편이 못 될까봐?"

"아니에요."

"그렇다면 뭐지? 뭐 때문에 그런 얼굴로 날 괴롭히는 거야?"

마침 시계가 열두시를 치고 있었다. 나는 그때를 기다리고 있었다. 전날부터 나를 당황하게 하고 불안하게 하는 문제를 바로 그 시간에 풀고자 마음 속으로 정해 놓았기 때문이었다.

"어제 당신이 농장으로 떠난 뒤 웨딩 드레스가 도착했지요. 당신이 많은 돈을 들여 런던에서 주문한 것 말예요. 그런데 드레스를 구경하다가 나는 옷 밑에 또 다른 선물이 있다는 것을 발견했어요. 베일 말예요. 내가 보석을 거절하자 당신은 뭐든 값진 것을 선물하려고 작정하신 거지요. 하지만 전 그것을 보는 순간 웃음이 나오더군요. 저같이 재산도 아름다움도, 또 훌륭한 가문도 갖추지 못한 신부에게는 그런 화려한 베일이 얼토당토하지 않다는 생각이 들어서죠. 제가 이런 말을 하면 당신은 분명히 부자나 귀족하고 결혼하는 게 다 무슨 소용이냐고 하시겠지만요."

"대답까지 대신 하시네, 마녀 아가씨가!"

로체스터 씨는 말을 가로막았다.

"그런데 베일 말고 또 무얼 보았소? 독약이나 단도라도 보았소, 그런 슬픈 얼굴을 하고 있게?"

"아녜요. 그런게 아니라 그날 밤 전 꿈을 꾸었어요. 꿈에서 저는 아주 작고 약한 아이를 안고 있었어요. 그 아이는 제 팔에 안겨 애처롭게 울었어요. 그 울음 소리가 너무 슬프게 느껴져 전 당신을 찾았어요. 그런데 당신은 너무 멀리 떨어져 있는 것 같았어요. 그래서 저는 있는 힘을 다해 당신을 부르는데 혀가 움직여지지 않는 거예요. 당신은 점점 더 멀어지는데 말예요."

"이렇게 당신 곁에 있는데? 아무래도 신경과민인 모양이군. 제인, 이제 그따위 꿈 같은 것 잊어버리고 현실의 행복만 생각해요. 당신은 날 사랑한다고 했지. 나는 그 말을 영원히 잊지 않을 거야. 제인, 다시 한 번 더 말해봐요."

"사랑해요. 진심으로 사랑하고 있어요."

"그런데 이상도 하지. 어째서 오늘은 그 말이 이렇게 가슴을 찌르나? 당신이 너무 심각하게 말해서 그런가? 그러지 말고 심술궂은 표정을 지어봐요. 제인, 그런 표정을 짓는 데는 당신을 따를 사람이 없을 거야. 얼른 그 얄미운 미소를 지어 봐요. 그리고 날 미워한다고 말해봐요."

"얘기가 다 끝나면요."

"그걸로 끝이 아니었나?"

"전 또 다른 꿈을 꾸었어요. 소온필드가 폐허가 되어 박쥐와 올빼미 소굴이 된 꿈이었어요. 그 폐허에서 전 여전히 어린아이를 안고 있었어요. 그리고 먼 나라로 여행을 떠나는 당신을 쫓아가고 있었어요. 어린애는 무서워서 제 목을 꼭 끌어안았어요. 당신은 점점 멀어져 조그만 점처럼 보이는데 질풍이 세차게 불어오더군요. 그런데 당신은 길모퉁이를 돌아갔어요. 저는 당신을 한 번이라도 더 보려고 몸을 기울였는데 그 순간 벽이 무너지며 아이가 굴러떨어지는 거예요. 그리고 저도 균형을 잃고 넘어지면서 잠에서 깨어났어요."

"그래, 이제 다 끝났소?"

"서론은 다 끝났어요. 잠에서 깨어나니 환한 대낮이더군요. 아니, 그건 잠결에 잘못 본 것이었어요. 사실은 촛불이 켜져 있는 것이었어요. 전 소피가 들어온 줄 알았죠. 웨딩 드레스와 베일이 있는 벽장문이 활짝 열려 있었기 때문에 말예요. 벽장 안에서 옷이 스치는 소리가 나길래 소피냐고 물었죠. 그런데 아무 대답이 없는 거예요. 대답 대신 벽장 안에서 누가 나오더라고요. 그러더니 그녀는 촛불을 들어 벽장 안의 옷들을 샅샅이 뒤져보기만 하는 거예요. 그때까지도 저는 소피가 장난치는 줄만 알았어요. 그래서 침대에서 일어나 다가가려는 순간 그만 저는 기절할 뻔했어요. 그녀는 소피가 아니었어요. 리아도 아니고 페어팩스 부인도 아니고, 그레이스 풀도 아니었어요."

"그 중 한 사람일테지."

"아니에요. 확실히 아니에요. 이제껏 손온필드 저택에서 한 번도 본 적이 없는 여자였어요."

"그럼 생김새를 설명할 수 있소?"

"키가 크고 몸집이 아주 컸어요. 그리고 숱이 많은 검은 머리를 어깨 너머로 길게 늘어뜨리고 있었어요. 옷은 잠옷인지 수의인지 모르겠지만 아무튼 흰 천으로 된 걸 입고 있었어요."

"얼굴은 보았소?"

"네, 그 여자가 베일을 머리에 쓰고 거울을 볼 때요. 아주 시커멓게 부풀어 오른 얼굴에 눈알은 시뻘겋게 충혈되어 빠르게 돌아갔어요. 아, 아주 무시무시하고 소름 끼치는 얼굴이었어요. 마치 흡혈귀와 같이요."

"그리곤 어떻게 했소?"

"그녀는 베일을 벗어버리더니 두 갈래로 찢어 마룻바닥에 내동댕이 치더군요. 그리곤 발로 마구 짓밟았어요. 그 다음에는 커튼을 걷고 밖을 보더군요. 동이 트는 걸 보는 것 같았어요. 그런데 그렇게 조금 있더니 촛불을 들고 제게로 오는 거였어요. 그 순간 저는 몸이 얼어붙어 버린 것처럼 꼼짝할 수가 없었어요. 그녀는 제 앞에 바짝 다가와서는 그 끔찍한 눈으로 저를 노려보더니 촛불을 제 얼굴에 갖다 대고는 훅 꺼버리는 것이었어요. 그 순간 전 그만 의식을 잃고 말았어요."

"의식을 회복했을 때 옆에 누가 있었소?"

"아무도 없었어요."

"혹시 꿈을 꾼 거 아니오?"

"저도 처음엔 그렇게 생각했어요. 하지만 정신을 차리고 돌아보니 융단 위에 찢겨진 베일이 뒹굴고 있었어요!"

그 순간 나는 로체스터 씨가 몸서리치는 것을 보았다. 그는 느닷없이 나를 끌어안았다.

"하느님, 감사합니다! 피해를 입은 것이 베일뿐이라니! 아아, 당신에게 무슨 변이라도 일어났다면!"

그는 가쁜 숨을 쉬며 팔에 힘을 주었다. 나는 숨을 쉴 수가 없었다.

"그런데 제인, 그것은 절반은 꿈이고 절반은 현실이야. 그 여잔 의심할 여지도 없이 그레이스 풀이야. 그 여자가 내게 무슨 짓을 했지? 메이슨에겐? 그녀가 흡혈귀같이 보인 건 당신이 열 때문에 정신착란을 일으킨 거요."

그는 나를 납득시키려고 열심히 설명했다. 그러나 나는 그의 설명에 만족할 수가 없었다.

"아무래도 당신은 신경과민인 것 같아. 혼자 자는 것은 위험해요. 오늘은 아델 방에서 자도록 해요. 방문은 꼭 잠그도록 하고."

"그렇게 하죠."

"그럼 이제 우울한 생각은 아예 거둬 버려요. 쓸데없는 걱정도 말고. 아, 그새 비가 그쳤군. 봐요, 참 아름다운 밤이야!"

그가 커튼을 걷으며 말했다. 그의 말대로 하늘에는 구름 한 점 없었다. 부드러운 바람이 열려진 창문을 통해 밀려 들어왔다.

그날 밤, 나는 로체스터 씨의 말대로 아델의 방에서 잤다. 아델은 나를 꼭 끌어안은 채 깊은 잠을 잤다. 하지만 나는 어린 아델을 안고 있으려니 어린 시절이 떠올라 자꾸 눈물이 났다.

26

결혼식 날, 나는 결국 아무 장식이 없는 하얀 베일을 썼다. 결혼식에는 들러리도 없었고 일가 친척도 없었다. 나는 다만 로체스터 씨의 팔에 끌려 교회로 끌려갔다.

그날 날씨가 흐렸는지 맑았는지는 기억에도 없다. 함께 가면서 그는 무섭게 부릅뜬 눈으로 무엇인가를 보고 있었다. 마치 무엇엔가 항거하는 듯한 표정이었다.

"내가 신부를 너무 심하게 다뤘나?"

교회 뜰에 도착하자 그는 비로소 걸음을 멈추고 물었다. 빠르게 달려온 사이에 나는 숨이 차서 얼굴에 핏기가 사라질 정도였다. 우리는 잠시 숨을 돌린 후 예배당 안으로 들어갔다. 목사가 하얀 예복을 입고 강단 앞에서 기다리고 있었다. 그 옆에는 서기가 서 있었고 구석진 곳에는 증인이 될 사람이 두 명 있었다.

예식은 곧 시작되었다. 나는 고개를 숙이고 엄숙한 자세로 우리의 결혼식에 임했다.

"두 사람에게 명하노니, 만일 어느 누구든지 이 결혼이 합법적으로 결합할 수 없는 이유가 있다면 이를 숨기지 말고 여기서 고백할지어다. 하느님의 말씀을 거역하고 맺은 인연은 불법임을 알지어다."

그곳에서 목사는 관례대로 말을 끊었다. 이에 대한 대답으로 결혼이 깨어진 예가 있었을까?

아무런 이의가 없자 목사는 로체스터 씨에게 손을 내밀었다. 그는 '그대는 이 여자를 아내로 삼겠는가?' 하고 물을 셈이었다. 그런데 그 순간 느닷없는 목소리가 뒤에서 튀어나왔다.

"이 결혼식은 계속할 수가 없습니다. 이 결혼에는 문제가 있습니다!"

모든 사람의 시선이 목소리가 나는 쪽으로 쏠렸다. 특히 로체스터 씨는 몸을 약간 움직였다.

"계속해 주십시오."

그는 나직하고 단호하게 말했다.

"방금 저 사람이 주장한 것을 조사하기 전에는 진행할 수가 없습니다."

목사가 대답했다.

"그 이유가 무엇입니까? 혹시 누군가에게 양해를 구할 수 있는 건 아닙니까?"

"절대 그럴 수 없습니다. 로체스터 씨에게 살아 있는 아내가 있기 때문입니다!"

목사의 물음에 그는 분명하게 말했다. 그 대답에 나는 벼락이라도 맞은 듯 강한 전류가 몸 속을 통과하는 충격을 받았다.

"당신은 누구요?"

로체스터 씨가 물었다.

"나는 브리그스라는 사람입니다. 런던에 있는 변호사지요."

"변호사라면서 있지도 않은 아내를 내게 떠맡길 셈이오?"

"당신은 인정하지 않아도 법률은 당신에게 아내가 있다는 것을 인정합니다. 펀신 장원의 소온필드 저택의 소유자 에드워드 페어팩스 로체스터는 본인의 누이동생이자 조나스 메이슨과 그의 처 서인도 제도 태생의 안토와네트의 딸인 버사 안토와네트 메이슨과 서기 1821년 11월 20일(15년 전의 날짜)에 자메이카 스페니쉬 타운의 온누리 교회에서 결혼하였음을 증명함. 결혼 기록은 교회의 등록부에 기재되어 있음. 그 사본은 현재 본인이 소유하고 있음. 메이슨."

"그것이 진짜 증명서라도 그 여자가 살아있다는 증거는 되지 않소."

"당신 부인은 석 달 전까지 살아있었습니다. 그 증인을 내놓지요. 메이슨 씨, 앞으로 나오시오."

변호사의 말에 뒤쪽에서 메이슨 씨가 창백한 얼굴로 나왔다. 그를 보자 로체스터 씨는 대뜸 주먹을 움켜 쥐었다.

"무슨 할 말이 있다고 나타났어!"

로체스터 씨는 당장이라도 메이슨 씨의 숨통을 끊을 듯했다.

"아이고 하느님!"

메이슨 씨는 목을 움츠리며 죽는 시늉을 했다. 그러자 목사가 두 사람 사이를 가로막았다.

"당신들은 신성한 교회에 계시다는 걸 잊지 마시오. 당신은 이분의 부인이 살아있는 걸 보았습니까?"

"네, 지난 4월에 만났습니다. 제가 그녀의 오빠입니다."

목사의 질문에 메이슨 씨가 어물어물 대답했다.

"소온필드 저택에서 말입니까? 나는 이 근처에서 오래 전부터 살았지만 소온필드 저택에 로체스터 부인이 있다는 얘기는 못 들었습니다만."

"들었을 리가 없지."

로체스터 씨가 갑자기 중얼거렸다. 그 순간 나는 그의 입술이 심하게 뒤틀리는 것을 보았다.

"우드 씨, 기도서를 덮고 예복을 벗으시오. 존 그린 군, 자넨 돌아가게. 오늘은 결혼식이 없으니까."

그는 깊은 생각에 잠기는 듯하더니 이내 소리쳤다.

"이중 결혼이란 사기요. 그런데 나는 그 사기꾼이 되려고 했소. 하지만 하느님이 용서치 않는구려. 여러분, 이 변호사와 의뢰인이 한 말은 사실이오. 나는 결혼했고 나와 결혼한 여자는 아직 살아 있소. 우드 씨, 당신도 저 소온필드에 정신병자가 감금당해 있다는 소문을 들었을 거요. 어떤 사람은 내 배다른 동생이라고도 하고 또 어떤 사람은 나한테서 버림받은 정부라고도 했을 거요. 하지만 그 여자는 바로 내가 15년 전에 결혼한 내 아내 버사 메이슨이오. 지금 온몸을 부들부들 떨고 있는 저 대담한 사내의 누이동생이기도 하지요. 버사 메이슨은 미쳤습니다. 그 여자는 정신병자 집안에서 3대째 계속 태어난 발광자입니다. 그의 어머니는 서인도 제도 태생으로 정신병자에다 알코올 중독자였습니다. 물론 그 사실은 결혼한 후에 알았죠. 모두 철저하게 비밀에 부쳤으니까요. 브리그스 씨, 우드 씨, 그럼 내가 속아서 어떤 여자를 아내로 맞았는지 함께 가 봅시다. 가서 내가 인간다운 동정을 구할 권리가 있는지 없는지 한번 판단해 주시오. 여기 이 처녀는 당신들과 마찬가지로 이 끔찍한 비밀에 관해서는 아무것도 몰랐습니다. 이 가련한 처녀는 만사가 공정하고 합법적이라고만 생각하고 있었소."

그는 내 손을 움켜잡은 채 교회를 나왔다. 세 명의 신사가 우리 뒤를 따랐다. 소온필드에 도착하자 페어팩스 부인과 아델, 소피, 리아 등이 우리를 축하하기 위해 뛰어 나왔다. 그러나 그는 그들을 물리치고 층계로 올라갔다.

"누가 축하를 받는다고 했어! 15년이나 늦었는데!"

그는 삼층으로 올라가 자물쇠로 굳게 잠긴 문을 열었다. 곧 커다란 침대와 그림이 붙은 장롱과 융단으로 장식된 방이 나타났다. 그는 안으로 들어가 휘장을 걷어 올렸다. 그러자 또 다른 문이 열렸다. 그는 그것도 열었다. 그곳에서 그레이스 풀이 요리를 하고 있었다. 방의 구석에서는 한 그림자가 방 안을 오락가락하고 있었다.

"안녕하시오, 풀 부인. 좀 어떻습니까?"

로체스터 씨가 먼저 인사를 건넸다.

"좀 물어뜯고 싶어하지만 난폭하게 굴진 않아요."

그레이스 풀은 하던 요리를 내려 놓으며 말했다. 그러자 그림자가 갑자기 짐승처럼 울부짖기 시작했다.

"주인님을 보고 있어요! 나가시는 게 좋겠어요!"

"잠깐만, 그레이스, 잠깐만 있을게. 지금은 칼을 안 갖고 있겠지."

"뭘 갖고 있는지 몰라요. 어찌나 간교하고 음흉한지 순간순간 놀란다니까요."

미친 여자는 아무렇게나 엉켜 있는 머리칼을 쓸어올리며 방문객을 노려보았다. 자줏빛의 부풀어 오른 얼굴이었다. 그날 밤 바로 그 얼굴이었다.

"나가는 게 좋겠소."

메이슨이 속삭였다.

"꺼져 버려!"

그러나 로체스터 씨는 그에게 소리치며 나를 뒤로 밀어낼 뿐이었다. 그때 미친 여자가 갑자기 로체스터 씨에게 달려들었다. 그녀는 대뜸 그의 뺨을 물었다. 두 사람 사이에 격투가 벌어졌다. 그녀는 몹시 뚱뚱하고 거대하여 남자만큼이나 힘을 썼다. 때문에 강골인 로체스터 씨도 몇 번이나 목이 졸릴 뻔하였다. 그러나 그는 결코 그녀를 때리지는 않았다.

간신히 그녀의 두 팔을 잡은 그는 그레이스가 갖다 준 끈으로 그녀의 팔을 묶었다. 그리곤 가까이에 있는 의자에 붙들어맸다. 그러자 미친 여자는 아주 처절한 고함 소리를 내며 발악을 했다.

"저게 바로 내 아내요. 자, 이제 나를 심판해 주시오."

그는 그레이스 풀에게 간단한 지시 사항을 전하고 밖으로 나오며 말했다. 그 사이에 변호사는 내게로 다가와서 속삭였다. 나는 모든 비난에서 벗어났다고. 그리고 마데리아에 있다는 아저씨에 대한 소식도 전해 주었다.

"에어 씨는 편잡에서 메이슨 씨가 경영하는 상점과 오랫동안 거래한 사이랍니다. 그분은 마데이라에서 아가씨가 로체스터 씨와 결혼한다고 알린 편지를 보고 급히 저와 메이슨 씨를 보내어 허위 결혼을 중단시키도록 한 것입니다. 에어 씨는 나이가 드신 데다 지금 몸이 무척 좋지 않으십니다. 아마 회복하시기 힘드실 겁니다. 아가씨가 당장 출발하신다고 해도 그때까지 살아계실지 어떨지도 모릅니다. 그러니까 여기서 소식을 기다리시는 게 좋을 듯합니다만."

그는 말을 마치자 로체스터 씨에게는 인사도 없이 메이슨 씨와 밖으로 나갔다. 목사도 몇 마디 훈계를 하곤 곧 떠났다.

나는 내 방으로 가서 문을 잠갔다. 주위는 참으로 조용했다. 특별하게 달라진 것은 없었다. 하지만 나는 이전의 내가 아니었다. 그에 대한 신뢰는 무너졌으며 희망은 사라져 버렸다.

나는 마치 큰 강에 몸이 던져진 느낌이었다. 먼 산에서 흙탕물이 밀려오는 소리가 들리는 듯싶었다. 그러나 일어나서 도망칠 기운이 없었다. 다만 죽음을 기다릴 뿐이었다.

27

그날 나는 온종일 물 한 모금 먹지 않았다. 아무도 나를 찾은 이가 없었다. 마음 속에서는 계속 소온필드를 떠날 것을 명하고 있었다.

오후가 되자 나는 후들거리는 다리를 이끌고 겨우 방문 앞으로 갔다. 그러나 빗장을 벗기고 밖으로 나가려는 순간 그만 눈앞이 흐릿하며 다리의 힘이 풀어지고 말았다. 그런데 그때 나를 붙드는 손이 있었다. 바로 로체스터 씨였다.

"드디어 나왔군."

그는 내 방 앞에 의자를 갖다놓고 앉아 있었던 것이다.

"난 오랫동안 당신을 기다리고 있었소. 그런데 흐느끼는 소리조차 들리지 않더군. 왜 내게 와서 따지지 않았소? 왜 한 마디도 않는 거요? 난 당신이 뜨거운 눈물을 내 가슴이 뿌려주길 기다렸다오. 제인, 왜 그렇게 보고만 있는 거요? 난 결코 당신에게 상처를 입힐 생각이 없었소. 하지만 당신은 날 악당이라고 생각하겠지."

그는 깊이 머리를 숙였다. 독자여, 나는 그 순간 그를 용서하고 말았다. 그의 눈에는 깊은 뉘우침이 있었고 그의 말투에는 아쉬운 후회가 있었던 것이다. 하지만 나는 너무 기진하여 아무 말도 할 수가 없었다.

"전 지쳐서 아무 말도 할 수가 없어요. 물 좀 주세요."

나는 겨우 말했다. 그러자 그는 나를 안아들고 아래층으로 내려갔다. 그리곤 포도주를 내왔다. 나는 그가 권하는 대로 포도주를 마시고 음식을 먹었다.

그는 몇 차례 방 안을 오락가락하더니 갑자기 다가와 키스를 하려는 듯 몸을 굽혔다. 그러나 나는 더 이상 그를 받아들일 수가 없었다.

"제게 이럴 권리가 없어요."

"왜, 내게 아내가 있기 때문인가?"

"그래요."

"그렇다면 역시 당신은 나를 비열한 탕아라고 생각하는 것이 틀림없군. 당신의 명예를 짓밟고 당신의 이름을 더럽히려고 애정을 가장하여 당신을 파멸의 구렁텅이로 빠뜨리려 했던 탕아 말이오."

"그렇지 않아요."

"아니, 당신은 나를 파멸시키려고 계획하고 있어. 당신의 태도는 내게 아내가 있다는 것을 주지시키는 것이오. 이제 당신은 나와 모르는 사람이 되자는 생각이겠지. 다만 아델의 가정교사로서 이 지붕 밑에서 살 셈이야."

"제 주변의 모든 것은 변했어요. 그러니까 저도 변하지 않으면 안 돼요. 그리고 아델은 새 가정교사를 맞아야 할 거예요."

"그래, 아델은 이제 학교에 보내야겠지. 그애에게까지 소온필드의 무시무시한 추억을 만들어 줄 생각은 없으니까. 그런 다음 이 소온필드는 폐쇄할 거요. 현관문에 못질을 하고 아래층 창문에는 판자를 치겠어. 그레이스 풀에게 일 년에 2백 파운드씩 주어 그 정신병자를 돌보도록 하고. 그녀는 잘 할 거요. 하지만 발작을 할 것에 대비해서 그림비스 수용소에 있는 그녀의 아들을 부르게 해야겠군."

"당신은 그분에게 너무 가혹하군요. 미친다는 건 자기 자신도 어쩔 수 없는 거예요."

"당신은 마치 내가 그녀가 미쳤기 때문에 미워하는 줄 아는군. 하지만 그건 오해요. 만약 당신이 미쳤다면 내가 당신을 미워할 것 같소? 천만에! 오히려 고통을 당하고 병든 육신을 더욱 힘차게 껴안을 거요. 당신이 미쳐서 날뛴다고 해도 나는 당신을 포옹할 거요."

"이곳을 떠나신다 해도 아델은 데려가세요."

"아델은 학교에 보낸다고 하지 않았소? 당신은 어째서 자꾸 그애를 떠맡기려는 거지? 내가 뭣 때문에 그애를 데려가야 하지? 더구나 내 아이도 아닌 프랑스 댄서의 사생아를 말이오."

"혼자서는 무척 외로우실 거예요."

"외로울 거라고!"

내 말에 그는 심한 충격을 받은 듯했다.

"내 외로움은 당신과 함께 나누면 되잖소! 당신이야말로 내 외로움을 함께 나누어야 할 사람이 아니냔 말이오!"

그는 초조하게 소리쳤지만 나는 고개를 저었다. 그리곤 그때까지 참았던 울음을 터뜨렸다. 그는 결코 우는 것을 좋아하지 않았지만 나는 그동안 쌓인 설움을 다 쏟아 놓는 것이 좋을 듯했다.

"제인, 당신은 나를 사랑하지 않았던가. 당신이 소중하게 여기는 것이 다만 내 지위와 아내로서의 신분뿐이었나?"

"아녜요. 전 당신을 제 목숨보다 더 깊이 사랑해요. 하지만 당신과 같이 있을 수는 없어요. 전 떠나야만 해요."

"물론 이곳에서 떠나야지. 하지만 나와 헤어진다는 소리는 제발 하지 말아요. 나는 당신을 프랑스 남부에 있는 내 별장으로 데려가겠소. 그곳에서 당신을 행복하고 안전하게 해 주겠어."

그는 눈에서 광채를 뿜으며 말했다. 그러나 나는 다시 고개를 저었다.

"당신의 아내는 살아 계십니다. 그건 당신도 분명히 말씀하셨어요."

내 말에 그의 뺨과 입술에서는 핏기가 사라졌다. 나는 어찌할 방법이 없었다. 그렇게까지 그를 괴롭힐 생각은 없었다. 하지만 그를 따를 수는 없는 노릇이었다.

"정 그렇다면 내 얘기를 좀 들어보구려. 아마 다 듣고나면 당신도 생각이 달라질 거요. 내가 아내가 없다고 말한 이유를 말이오."

로체스터 씨는 갑자기 다급하게 소리쳤다. 그러더니 내 손을 끌어다 가슴에 꼭 끌어안았다.

"아마 당신도 내 부친이 욕심 많고 탐욕스럽다는 소문을 들었을 거요."

"어느 정도는요."

"그래요. 내 아버진 당신의 재산이 자식들에 의해 쪼개지는 걸 결코 참을 수 없어 했지. 그래서 아버진 모든 재산을 형인 로울란드에게 넘겨 주기로 결심한 거요. 그러나 또 그의 아들 중에 하나가 가난뱅이란 것도 참을 수 없는 노릇이었지. 그래서 그 아들을 부자와 결혼시키기로 하고 서인도 농장주인 메이슨 씨를 생각해 낸 거요. 그에게는 아들 하나와 딸이 하나 있는데 그가 3만 파운드의 재산을 그 딸에게 물려 준다는 소문을 들은 거요. 그래서 아버진 내가 대학을 졸업하자마자 그곳으로 데려 갔소. 메이슨 양은 브랑쉬 잉그램과 같이 키가 크고 얼굴이 약간 검은 데다 늠름한 체격이었소. 한껏 치장한 그녀는 젊고 혈기 왕성한 나를 현혹시키기에는 충분했지. 그러나 우리는 단둘이 만난 적은 거의 없소. 그녀의 어머니를 만난 적도 없었소. 나는 다만 그녀의 어머니가 죽었다고

만 알았지. 그러나 신혼여행에서 돌아오자 나는 속았다는 것을 알았소. 그녀의 어머니는 미쳐서 정신병원에 감금되어 있었으며 그녀의 남동생도 있었는데 그는 완전히 벙어리에 백치였소. 그녀의 오빠도 언젠가는 똑같은 길을 걷게 되겠지. 그런데 더욱 놀라운 것은 내 부친과 형은 그러한 사실을 모두 알고 있었다는 것이오. 그것은 참으로 끔찍한 발견이었소. 내 아내는 점점 미쳐갔소. 처음에는 난폭하고 어처구니 없는 성격 정도로 생각할 정도였지만 날이 갈수록 그녀의 몸에는 그녀 모친의 피가 영향을 끼쳤소. 그동안 나는 참으로 많은 괴로움을 당했다오. 하인들도 그녀의 발작에는 견디지 못했소. 그녀는 발작이 시작되면 어느 창부도 지껄이지 못할 음담을 지껄이거나 내 이름을 부르며 욕설을 퍼부었소. 나는 그녀의 정신적인 상태에 물들지 않으려고 무던히 애를 써야했소. 그러는 사이에 내 형이 죽고 결혼 4년 만에 아버지도 돌아가셨소. 나는 명실공히 부자가 된 것이오. 그러나 나는 결코 그녀의 사슬에서는 벗어날 수가 없었소. 어떠한 법률도 나를 그녀에게서 해방시켜 주지 못한 것이오. 그녀는 나보다 다섯 살이나 위였는데 그녀의 가족들은 나이조차도 속였소. 그녀는 정신병자이긴 하지만 체질적으로는 무척 건강하여 내가 살아 있는 한 그녀도 살아 있을 것 같았소. 그때 나는 겨우 스물여섯 살이었소. 나는 한때 자살할까도 생각했지만 차마 죽지는 못했소. 그러나 한 가지 생각해 낸 것이 있소. 저 여잔 내 아내가 아니다. 나는 다만 저 여자를 환자로서 보호하리라 하는 것이오. 다행히 아버지와 형은 내 결혼이 수치스러운 것임을 뒤늦게 깨닫고 친지들에게는 알리지 않았다는 것을 알았소. 그에 따라 나는 그녀를 영국으로 데려다 놓았소. 그러나 나는 도깨비불이 되어 여기 저기 떠돌기 시작했소. 떠돌면서 이상적인 아내감을 찾은 것이오. 총명하고 선량한 여자를 말이오. 그래서 셀린느 말고도 자친타, 클라라 등과 같은 여자와 산 것이오. 하지만 지금 생각하니 그것은 다만 쾌락을 추구한 것으로 생각되오. 참으로 어처구니 없는 방황이었지."

그의 말에는 진실이 담겨 있었다.

"그런데 어느 추운 겨울날 나는 비로소 나를 구원해 줄 천사를 발견한 것이오. 그녀는 헤이 숲 속에서 갑자기 나타났소. 그리곤 사고를 당한 나를 도와 주었소. 마치 어린애같이 가냘프고 조그만 사람이 말이오. 그때 그녀가 소온필드에 산다는 것을 알고 얼마나 기뻤는 줄 아오? 당신은 모르겠지만 나는 내내 당신을 지켜보고 있었소. 내 방의 문을 조금 열어 놓고 말이오. 아델과 노는 것도, 혼자 생각에 잠겨 있는 것도, 또 바람 소리에 귀를 기울이는 것도 보았소. 그리고 페어팩스 부인과 말하는 것도 다 보았소. 난 당신이 보이지 않게 되면 안절부절 못했지. 그래서 밤이 되길 기다렸다가 당신을 불러낸 것이오. 그날 밤 당신은 내 까다로운 질문에도 날카롭고 대담하게 대답했소. 가끔 수줍고 사회에 익숙하지 못한 면은 드러났지만 결코 당황하거나 불쾌한 기색은 보이지 않았소. 나는 지적인 호기심이 무척 강한 사람이라오. 그래서 당신의 그 신기하고 신랄한 대화에 퍽 만족했소. 그 후 난 더욱 당신을 자세하게 살펴보았소. 당신이 나를 어떻게 생각할까도 생각해 보았소."

"그때 말씀은 더 이상 하지 마세요."

나는 눈물을 닦으며 말했다. 그가 지난 일을 이야기할수록 고통스러워서 견딜 수가 없었던 것이다.

"그렇지! 우리에겐 이렇게 확실한 현재가 있는데 구차한 과거 따위는 들먹일 필요가 없겠지."

그는 격정에 찬 표정으로 말했다.

"그러나 나는 처음 당신을 만났을 때 지금처럼 모든 것을 고백했어야 했소. 내가 얼마나 고상하고 가치 있는 삶을 그리워하고 있었는지 설명했어야 했단 말이오. 그리고 당신을 진심으로 사랑한다는 것을 맹세했어야 했는데. 하지만 지금이라도 그걸 내게 물어 주겠소?"

그의 진심어린 설명에 나는 심한 갈등을 겪었다. 내 손은 그때까지도 그의 손에 잡혀 있었다. 하지만 떠나야 한다는 생각에서는 여전히 벗어날 수가 없었다.

"제인, 제발 내 사람이라고 말해 줘요."

"로체스터 씨, 전 당신의 사람이 아녜요."

나는 괴로움을 삼키고 겨우 말했다.

"그럼, 결국 떠나겠다는 말인가?"

"네."

"언제?"

"당장이오."

"안 돼!"

그는 나를 끌어안으며 말했다.

"제인, 당신이 가 버린 후의 나를 생각해 봐. 대체 난 어쩌면 좋지? 설마 날더러 평생 비참하게 살라는 건 아니겠지?"

"저는 다만 당신이 죄를 짓지 않길 바라는 거예요."

말은 그렇게 하면서도 나는 계속 괴로워하고 있었다. 마음 속 한편에서는 끊임없이 그를 받아들이라고 속삭여댔다. 비참하게 망가질 그의 미래가 상상되기도 했다. 무모한 짓을 할지도 모른다는 그의 사나운 성격도 떠올랐다.

'그를 위로하고 구해 줘라. 그를 사랑한다고 해를 입는 사람은 없다.'

그러나 나는 굴복하지 않았다. 나는 하느님이 주시고 인간이 인정한 법률을 지켜 나가기로 한 것이다. 유혹에 대해 나를 지켜야 할 사람은 오직 나뿐이었다. 로체스터 씨의 격분은 절정에 달했다. 그는 이를 갈며 말했다. 일찍이 나처럼 굳세게 자신에게 항거한 사람은 없었노라고.

"저 눈을 좀 봐. 눈에서 내뿜고 있는 단호하고 자유로운 광채를! 내가 만약 당신의 육체를 찢어발긴다 해도 당신은 결코 내게 굴복하지 않을 거야. 그렇게 되면 나는 다만 당신의 육체만을 정복할 수 있을 테지. 당신의 영혼은 멀리 달아나 버리고 말야. 하지만 내가 진정으로 바라는 것은 당신의 영혼이야. 오오! 제인 제발 내게로 와요!"

그는 나를 풀어주었다. 그리곤 측은한 표정으로 나를 바라보았다. 그것은 어떠한 폭력보다도 항거하기 힘든 것이었다.

"정말 가나?"

"네."

"날 놔두고."

"네."

"그럼 가요. 다만 기억해요. 당신은 나를 슬픔 속에 빠뜨리고 간다는 것을"

그는 소파에 몸을 던졌다. 그리곤 얼굴을 파묻고 흐느끼기 시작했다.

"오오, 제인! 나의 사랑! 나의 생명!"

벅찬 흐느낌이 계속되었다. 나는 그에게 다가가 뺨에 입을 맞추고 머리칼을 쓰다듬었다.

"하느님의 축복을 빌겠어요."

"나에겐 오직 당신만이 축복일 뿐이오."

그는 벌떡 일어섰다. 그리곤 두 팔을 활짝 벌렸다. 그러나 나는 그의 포옹을 거절한 채 방을 나왔다.

그날 밤 나는 꿈을 꾸었다. 게이츠헤드의 붉은 방에 누워 있는 꿈이었다. 나는 공포에 질려 소리를 질렀다. 그리곤 곧 깨어났다.

창 밖을 보니 달이 구름 사이에서 나를 지켜 보고 있었다. 나는 자리에서 일어났다. 그리곤 곧바로 짐을 챙기기 시작했다. 속옷과 겉옷을 챙겼다. 그러나 며칠 전에 로체스터 씨가 주었던 진주 목걸이는 그대로 두었다. 그것은 내 물건이 아니었기 때문이었다. 그것은 사라져버린 환상 속의 신부의 것이었다.

"안녕, 친절한 페어팩스 부인!"

나는 페어팩스 부인의 방을 지나쳐 로체스터 씨의 방 앞에 이르렀다. 그냥 지나쳐 버릴 작정이었지만 그러나 나도 모르게 발이 멈춰지고 말았다.

"당신을 사랑해요. 생명이 다하는 날까지요."

나는 꼬박 밤을 새우고 있을 그를 생각하며 중얼거렸다. 내가 떠난 것을 알면 얼마나 슬퍼할까. 그 순간 나는 나도 모르게 손잡이를 당기려 했다. 그러다 깜짝 놀라 얼른 손을 거둬들였다.

소온필드를 나와 나는 밀코트와 반대 방향으로 가기 시작했다. 어떠한 추억에도 젖지 않고 뒤도 돌아보지 않았다. 나는 들판과 생울타리와 오솔길을 따라 걸었다. 얼마 후에 해가 떠오르기 시작했다.

그러나 어쩔 수 없이 떠오르는 생각, 지금이라도 늦지 않았으니 돌아가자! 가서 그의 상처를 어루만져 주고 고통을 위로해 주자는 것이었다. 그도 해돋이를 보며 초조하게 나를 기다리겠지!

그때 마침 수레바퀴 소리가 들려왔다. 한 대의 마차가 다가오는 것이었다. 나는 손을 들어 마차를 세웠다. 마부는 아주 먼 곳으로 가는 길이라고 했다. 그곳은 로체스터 씨와 전혀 상관이 없는 곳이었다. 나는 주머니에 있는 돈을 모두 털어 그에게 주고 마차에 올랐다.

<h1 style="text-align:center">28</h1>

이틀 후 나는 위트크로스라는 곳에서 내렸다. 그곳은 북부 내륙에 있는 한 주에 있는 마을로서 촌락도 아니고 소도시도 아니었다. 주위는 온통 황무지였으며 저 멀리에는 산들이 첩첩이 둘러싸여 있었다.

나는 도착하자 마자 밤하늘의 수많은 별들을 보며 잠자리를 찾았다.

하늘은 무척 맑았으며 바람 한 점 없었다. 메마른 히스에 이슬이 내리기 시작했다. 그러나 차갑지는 않았다.

나는 바위 옆에 히스가 무성한 곳으로 갔다. 그리곤 그곳에 몸을 눕혔다. 발은 히스에 파묻히고 몸의 양쪽으로는 히스가 높이 솟아 올랐다. 나는 숄을 두 겹으로 접어 이불 대신 덮었다. 그러다 잠깐 일어나 앉아 로체스터 씨를 위해 기도를 올렸다. 그를 보호해 주십사 하느님께 간절하게 기원했다. 머리 위에서 은하수가 은빛 물결을 이루고 있었다. 나는 다시 히스 위에 살포시 누웠다. 이틀간의 여행으로 몹시 피곤했다.

다음 날, 나는 새 소리를 들으며 눈을 떴다. 눈부신 햇살이 쏟아져 내리고 있었다. 나는 가늘게 눈을 뜨고 주위를 돌아보았다. 꿀벌들이 꿀을 찾아 히스로 날아들었으며 바위 위에서는 도마뱀도 먹이를 찾고 있었다. 그것들과 마찬가지로 나는 몹시 배가 고팠다.

나는 자리를 털고 일어나 정처없이 걷기 시작했다. 태양은 뜨겁게 내리쬐고 한길에서는 먼지가 피어올랐다. 나는 곧 기진맥진해졌다. 허기와 피로가 겹쳐 다리가 천근 만근으로 무거웠다. 주위에 있는 바위돌로 가서 지친 몸을 기댔지만 몸은 점점 처질 뿐이었다.

얼마를 그렇게 있었을까. 멀리서 교회 종소리가 들려왔다. 나는 고개를 들고 소리가 나는 쪽을 보았다. 그리곤 몸을 일으켜 그 쪽을 향해 걷기 시작했다. 곧 언덕 사이로 마을과 뾰족탑이 보였다.

부지런히 걸은 덕분으로 오후 두시쯤에 마을에 도착할 수 있었다. 마을 입구에 빵집이 있었다. 나는 그곳으로 들어갔다. 그러나 그때 내 수중에는 단 한 푼의 돈도 없었다. 할 수 없이 빵집 주인에게 목사관의 위치만을 묻고 그냥 나올 수밖에 없었다. 낯선 고장에서 일자리를 구하려면 목사를 통해야 쉽다는 이야기를 들은 적이 있기 때문이었다. 그러나 목사는 부친상을 당해 마쉬엔드에 가고 없었다. 돌아오려면 적어도 2주일 이상 걸린다고 했다. 그러한 사실을 내게 설명한 노파는 목사관의 살림을 맡고 있다고 했다.

나는 할 수 없이 다시 마을로 내려갔다. 그리곤 처음 들렀던 빵집으로 들어갔다. 사람들이 있었지만 나는 상관하지 않고 주인 여자에게 손수건을 내밀며 빵을 좀 줄 수 있냐고 했다. 그러자 그녀는 대뜸 의심스러운 눈길로 나를 훑어보았다.

"난 그런 식으로 물건을 팔아본 일이 없어요. 더구나 당신이 어디서 그 손수건을 얻었는지 어떻게 알아요."

그녀는 냉정하게 말했다.

"그럼 장갑은 받아 주시겠어요?"

"안 돼요. 그걸 어디다 쓴다고."

그녀는 다시 몰인정하게 말했다. 그렇게 나오니 나로서도 더 이상은 어쩔 수가 없었다.

나는 비틀비틀 밖으로 나와 어느 농가 쪽으로 걸어갔다. 마침 그 집에서는 문을 열어 놓은 채 저녁을 먹고 있었다.

"빵 한 조각만 주실 수 없을까요? 배가 몹시 고파서 그래요."

나는 염치를 불구하고 안으로 들어가 말했다. 그러자 농부는 잠시 놀란 눈으로 쳐다보는 것이었다. 그러더니 무슨 생각에서인지 빵 덩어리를 큼지막하게 잘라 내밀었다. 아마 거지라고 생각하지 않고 갑자기 검은 빵이 먹고 싶어진 괴상한 부인이라고 생각하는 모양이었다.

나는 그 빵을 들고 숲으로 들어갔다. 그리곤 그곳에서 정신없이 빵을 뜯어먹기 시작했다. 너무 급히 먹느라 한두 번 목이 막혔지만 굶주렸던 위장은 상관하지 않고 빵 조각을 재촉했다.

그날 밤은 비가 내렸다. 나는 전날처럼 숲 속에 잠자리를 마련하였다. 그러나 그곳은 마을 입구였으므로 수없이 사람들이 오가며 잠을 방해했다. 또한 너무 서늘하고 땅마저 질퍽거려 거의 밤을 새다시피 해야 했다.

다음 날은 어느 농가에서 한 아이에게 식은 죽을 얻어 허기를 면했다. 그것은 돼지에게 주려던 것이었다. 그 죽을 먹으면서 나는 그렇게까지 기를 쓰고 생명을 연장하려는 내 자신을 이해할 수가 없었다. 그토록 절망한 상태에서도 왜 그렇게 구차스럽게 삶을 이어나갔을까. 이제 와서 생각해 보면 그것은 바로 로체스터 씨가 살아 있기 때문이었다.

하지만 독자여, 당시 나는 거의 죽음의 문턱에 닿아 있었다. 몸과 마음은 지칠 대로 지쳐 아무런 의욕이 없었고, 며칠을 굶은 탓에 정신은 혼미한 상태가 되어 있었다. 그러다 정신이 든 어느 순간 나는 근처의 언덕으로 올라갔다. 모든 것을 포기한다는 마음으로 마지막으로 갈가마귀에게 내 뼈와 살을 뜯게 할 생각이었던 것이다. 그곳에 몸을 눕히고 숨이 멈추길 기다리기로 했다.

언덕 위에는 골풀과 이끼들이 무성했다. 땅은 메마르고 검었다. 나는 반듯하게 누워 하늘이 어둠으로 덮여가는 것을 구경했다. 저 멀리에서 불빛이 반짝이는 것이 보였다. 마치 도깨비 불과 같은 것이었다. 그것은 멀어지거나 가까워지지 않고 끊임없이 타올랐다. 불꽃의 크기도 줄어들거나 늘어나지도 않았다.

나는 그 불빛을 보다가 갑자기 자리에서 일어났다. 그리곤 그 불빛을 향해 나아가기 시작했다. 다리가 풀려 두 번이나 넘어졌지만 쉬지 않고 나아갔다. 그 빛이 나를 향해 손짓하고 있다고 느낀 것이었다. 나는 불빛을 향해 늪을 건너고 나무 숲을 지났다. 불빛은 낮은 담으로 둘러싸인 어느 집에서 나온 것이었다. 대문의 양 옆에는 사철나무인지 주목나무인지 쉽게 구분이 가지 않는 검은 숲이 있었으며 안쪽에는 가시투성이의 울타리가 있었다. 나는 대문 안으로 들어가 불빛이 비치는 창문을 향해 담을 돌아갔다.

창문 안에는 깔끔하게 생긴 한 노파가 양말을 뜨고 있었으며 그 옆에는 젊고 우아하게 생긴 두 여자가 책을 읽고 있었다. 두 여자는 모두 상복을 입고 있었는데 협소한 부엌과는 어울리지 않게 매우 교양이 있어 보이는 이들이었다.

그들은 서로 읽고 있던 책에 관해 이야기를 했다. 그러나 나는 그들이 하는 이야기를 한 마디도 알아 들을 수가 없었다. 독일어인지 그리스어인지 구분도 가지 않았다.

"그런 말을 도대체 어디서 쓰는 거예요?"

그때 노파가 뜨개질을 멈추고 불쑥 물었다.

"우리 영국보다 훨씬 큰 나란데요, 나라 이름은 독일이라고 해요."

"그럼 아가씨들은 그 나라에 가면 거기 사람들이 하는 말을 모두 알아 들을 수가 있어요?"

"다는 못 알아 들겠지만 어느 정도는 이해할 수 있을 거예요. 하아나가 생각하는 것처럼 우린 과히 똑똑하지가 않거든요."

"그런 건 배워서 뭣하려고요?"

"언젠가 다른 사람들을 가르칠 거예요. 그럼 지금보다는 수입이 훨씬 나아질 테니까요. 하지만 오늘밤에는 그만해야겠어요. 메어리 넌 어때?"

"나도 이젠 좀 피곤해. 사전만 가지고 어학과 씨름하자니 보통 힘든 게 아닌데."

"맞아. 그런데 오빤 언제나 돌아올까?"

"10시니까 곧 돌아오겠지 뭐. 어머, 비가 많이 오네. 하아나, 객실에 난롯불 좀 봐 주시겠어요?"

메어리라는 여자가 말했다. 그 말에 따라 노파가 일어나 문을 열고 나갔다. 문틈으로 희미하게 복도가 보였다. 노파는 곧 돌아왔다. 방으로 다시 들어선 그녀는 치마로 눈물을 닦았다.

"안채를 볼 때마다 돌아가신 주인님 생각이 나서……."

"아버지께서는 우리들 얘기를 정말 한 마디도 안 하셨어요?"

"말씀하실 시간이 없었어요. 갑자기 돌아가셨으니까요. 돌아가시기 전

날까지만 해도 머리가 조금 무겁다고 하셨을 뿐 특별히 나쁜 데는 없으
셨거든요. 참 편안한 임종이었죠. 그런데 아무리 봐도 아가씨나 센트 존
도련님은 주인님을 안 닮으셨어요. 다이아나 아가씨나 조금 닮았다고
할 수 있을까?"

노파의 말과는 달리 내가 보기에 두 사람은 아주 비슷했다. 모두 아
름다운 살결에 날씬한 몸매, 특히 총명해 보이는 얼굴 표정이 그랬다.

시계가 열시를 치기 시작하자 노파는 밤참을 준비한다며 밖으로 나
왔다. 그때 나는 바로 문 앞에서 서 있었다.

"누구요, 이런 시간에?"

그녀는 촛불로 나를 훑어보며 놀란 목소리로 물었다.

"아가씨들께 드릴 말씀이 있어요. 별채나 어디든 하룻밤만 재워 주셨
으면 해서요. 그리고 빵을 좀 주셨으면 해요."

"아가씨들은 당신한테 아무것도 해 줄 수가 없어요. 자, 동전을 한 푼
줄 테니 그냥 돌아가요."

"제발 아가씨들께 말씀 좀 해 주세요. 여기서 쫓겨나면 전 죽을 수밖
에 없어요."

"죽긴 왜 죽어! 이렇게 밤 늦게 돌아다니며 못된 짓을 하려는 속셈인
줄 누가 모를 줄 알아! 만약 패거리가 있다면 일러요. 이 집엔 여자들만
있는 게 아니라 남자도 있고 총도 있다고."

그러면서 노파는 문을 닫더니 안으로 잠가 버리는 것이었다. 그 순간
나는 모든 희망이 사라지는 느낌이었다. 그동안 버티고 섰던 다리에서
도 힘이 빠져나가 더 이상 서 있을 수가 없었다. 빗줄기는 더욱 세차게
살갗을 때리기 시작했다.

"나는 하느님을 믿는다. 그러니 조용히 그분의 뜻을 기다리자. 이대로
죽는다고 해도 아무도 원망하지 말자."

나는 바닥에 쓰러진 채 고통을 이겨내려고 중얼거렸다. 그때 누군가

다가오는 기척이 느껴졌다. 나는 얼른 고개를 들고 주위를 살펴 보았다.

"사람이라면 누구든 다 죽게 되어 있소. 그러나 모든 사람이 당신처럼 괴로움을 겪다가 운명을 다하지는 않소."

목소리는 바로 옆에서 났다. 나는 놀라서 목소리가 나는 쪽으로 고개를 돌렸다.

"센트 존 도련님이세요?"

노파가 큰 소리로 물으며 문을 열었다.

"어이구, 비를 흠뻑 맞으셨네. 어서 들어오세요. 아니, 저게 아직 가지 않고 있다니! 썩 가래도!"

"조용히 해, 하아나! 난 아까부터 하아나가 저 여자와 하는 말을 다 들었어요. 무슨 사정이 있는지 들어가서 알아봐야겠으니 비켜요."

그는 나를 안으로 안내했다. 나는 난롯가로 안내되었다. 곧 두 아가씨들이 뛰어 나왔다.

"누구야?"

그들은 나에 대해 센트 존에게 물었다.

"몰라. 문간에 쓰러져 있어서 데리고 들어온 거야."

"어머, 얼굴이 아주 창백하네. 곧 쓰러지겠어."

그들은 나를 의자에 앉히고 먼저 따뜻한 우유를 먹였다. 그리곤 빵을 떼어 입 속에 넣어 주었다. 나는 지친 가운데에서도 그들의 표정에 깃든 동정을 보았다. 그리고 참으로 오랜만에 편안함을 느꼈다. 어느 정도 몸이 풀리자 나는 내 이름을 밝혔다. 그러나 신분이 탄로날까 두려워 제인 엘리어트라는 가명을 대었다. 그들은 이름 외에도 여러가지 사정 이야기를 듣고 싶어했지만 나는 기운이 없다는 핑계로 다음 날로 미뤘다.

그들은 하아나에게 간단한 지시를 하고는 객실로 갔다. 그곳에서 나를 어떻게 할 것인가에 대해 의논을 할 작정이었던 것이다. 그러나 나는 그 결정과는 상관없이 그들이 나가자마자 깊은 잠에 빠져 들었다.

29

　내가 다시 정신이 든 것은 사흘 뒤였다. 그동안 그들 남매는 서로 번갈아 가며 내 침실을 드나들었다. 그들은 잠들어 있는 내 얼굴을 뜯어보며 개성이 있는 인상이라느니 교육을 받은 말투라느니 평가를 했다. 특히 센트 존은 나를 두고 타락이나 저속함과는 거리가 먼 분위기라고 했다.

　"고집이 세다는 게 얼굴에 나타나 있어. 지각도 있어 보이고. 하지만 결코 잘생긴 얼굴은 아냐."

　그가 동생들에게 그렇게 말하는 것을 나는 분명히 들었다.

　나흘째 되던 날, 나는 자리에서 일어날 수가 있었다. 모두들 외출한 사이였다. 나는 옷을 입고 아래층으로 내려갔다. 그동안 진흙탕에 엉망이 되었던 내 옷과 신발을 하아나가 깨끗하게 손질하여 두었던 터였다.

　하아나는 아래층 부엌에서 빵을 굽고 있었다. 그녀는 내가 단정한 옷차림으로 나타나자 조금 놀란 듯 처음에 대하던 것과는 딴판으로 미소를 지어보였다.

　"일어나셨군요. 그 난롯가에 좀 앉으시우."

　그녀는 일손을 멈추지 않고 말했다.

　"그런데 여기 오기 전에도 거지 행색을 하고 다닌 적이 있수? 집도 없고 돈도 없는 것 같던데."

　"돈 없고 집 없다고 모두 거지는 아녜요."

　"그래요? 그럼 글공부는 좀 했수?"

　"그래요. 아주 많이 배웠어요."

　"그래도 기숙 학교에는 못 가봤겠지."

"난 기숙 학교에서 8년 동안이나 있었어요."

"정말이우? 그렇다면 왜 혼자 살아가지 못하는 거유?"

"난 여지껏 혼자 살아 왔어요. 앞으로도 그럴 거고요. 그나저나 이 집은 뭐라 부르지요?"

"마쉬 엔드라는 사람도 있고 무어 하우스라고 하는 사람도 있다우."

"이 댁 주인의 이름은 센트 존이고요?"

"그분은 이집에 사시지 않아요. 아버님이신 센트 존 리버즈 씨가 돌아가셔서 잠깐 다니러 오신 거지. 센트 존은 세례명이에요. 센트 존 도련님은 여기서 2, 3마일쯤 떨어진 곳에 있는 교회의 목사라우."

하아나의 말에 나는 며칠 전에 갔던 목사관이 떠올랐다. 그때 목사관을 지키던 노파의 말에 의하면 그 교회의 목사도 아버님 상을 당했다고 했다. 그것과 하아나의 말을 종합해 보고 나는 그 목사와 센트 존 씨가 동일 인물임을 알았다.

"부친께서 돌아가셨다고요?"

"예, 삼 주일 전에요. 뇌일혈로 돌아가셨죠. 마님께서는 벌써 오래 전에 돌아가셨지만요."

"할머닌 이 댁에서 오래 계셨나요?"

"삼십 년 됐다우. 아가씨와 도련님은 모두 내가 키웠죠."

"그것은 할머니가 정직하고 충실하다는 증거예요. 그 점에 대해서는 존경할 만해요. 나를 거지 취급하긴 했지만."

"미안하우. 이 근처에 사기꾼이 너무 많아 내가 실수를 한 거라우."

"나를 재워주지 않으려 했다거나 나를 사기꾼으로 알았다고 해서 내가 이러는 게 아녜요. 내가 탓하는 건 할머니가 돈 없고 집 없는 걸 비난한 대목이에요. 옛날부터 훌륭한 사람 가운데 나같이 가난뱅이도 많거든요. 그러니까 할머니가 진정한 기독교인이시라면 그런 생각은 버려요."

"센트 존 도련님도 그런 말을 한 적이 있다우. 다시는 안 그러겠수."

"그럼 됐어요. 용서해 드리죠. 자, 우리 악수해요."

내가 손을 내밀자 하아나도 밀가루투성이의 손을 내밀었다. 그것으로써 우리는 친구가 되었다.

하아나는 말하기를 아주 좋아했다. 그녀의 말에 의하면 사망한 리버즈 씨는 꽤 검소한 사람이며 밭에 나가 일하는 것을 좋아했다고 했다. 특히 그는 사냥을 즐겼으며 그 조상은 헨리 왕 시대부터 귀족 바로 아래 계급이었다고 한다. 그러나 그 부인은 굉장한 독서가로 공부도 많이 했다고 했다. 센트 존 씨의 남매들은 모두 그 어머니를 닮아 공부하기를 좋아하고 독학으로 많은 것을 배웠으며, 그 딸들은 그들이 배운 학문으로 가정교사 자리를 구하고 있다고 했다.

"그분들은 지금 다 어디에 있나요?"

하아나의 설명을 모두 들은 나는 비로소 그들의 행방에 대해 물었다.

"산보하러 모튼까지 갔지요. 하지만 30분 정도만 있으면 돌아들 오실 겁니다."

하아나가 대답했다. 그 대답처럼 그들은 정말 30분 정도 지나자 돌아왔다.

센트 존은 고개만 잠깐 숙이고 지나갔다. 그러나 그 누이들은 나를 보자마자 내 곁으로 달려와 완쾌를 축하해 주었다. 다시 보아도 그들 자매는 참으로 아름다웠다. 그런 중에도 다이아나는 의지가 강해 보였고 메어리는 부드러움을 느끼게 했다. 그들은 나를 객실로 안내했다. 손님이 부엌방에 있어서는 안 된다는 것이었다. 그러면서 자신들은 옷을 갈아 입겠다며 각자 방으로 갔다.

객실에는 센트 존이 의자에 앉아 책을 읽고 있었다. 나는 그의 맞은편 의자에 앉아 그의 모습을 찬찬히 뜯어 보았다. 나이는 대략 스물여덟 살에서 서른 살 정도로 보였다. 생김새는 먼저 키가 크고 그리스 사람처럼 얼굴 윤곽이 뚜렷했다. 또한 입과 턱은 아테네 사람을 닮아 있었다.
눈은 맑고 푸르렀으며 이마는 상아처럼 하얗게 빛났다. 그 이마에 아름
다운 고수머리가 몇 가닥 내려와 있었다. 그토록 아름다운 이목구비를
갖추고 있으니 내 얼굴을 보고 못생겼다고 탓할 만도 했다. 그러나 그는
그런 훌륭한 이목구비에도 불구하고 안정되지 못하다는 인상을 주었다.
무엇인가 초조하고 필요 이상으로 엄격하려고 애를 쓴다는 느낌을 주었
던 것이다. 하지만 그러한 느낌이 어디에서 비롯된 것인지는 알 수가 없
었다.

다이아나가 차와 과자를 들고 들어왔다. 그때야 비로소 그는 내게로
다가왔다. 그리고 그 푸른 눈으로 나를 꿰뚫을 듯이 쳐다보았다.

"친구 분의 주소를 알려 주신다면 저희들이 편지를 내지요."

그는 정면으로 나를 쏘아보며 말했다. 그 눈빛은 너무 날카로워 자칫
사람들을 당황하게 할 정도였다.

"그건 불가능한 일입니다. 저는 가정도 친구도 없으니까요."

"적막강산이란 말이군요. 혹시 결혼은 하셨습니까?"

"곧 열아홉이 됩니다만 아직 결혼은 안 했어요."

나는 당황하여 얼굴을 붉혔다. 그러자 센트 존은 조금 더 냉담하고
엄한 눈길로 나를 쏘아보았다. 그 눈빛은 결국 지난 날의 상처를 건드려
눈물을 흘리게 되었다.

"그렇다면 최근까지는 어디서 살았나요?"

"어쩌면 그렇게 캐물어요."

메어리가 낮은 목소리로 탓했지만 센트 존은 집요한 눈빛으로 내 대
답을 재촉했다.

"내가 당신의 경력을 전혀 모른다면 당신을 도울 수가 없어서 이러는
겁니다. 당신은 도움이 필요하지 않습니까?"

"필요합니다. 저는 지금 일자리를 구하고 있습니다. 보수는 겨우 살아

갈 수 있을 정도면 됩니다."

"그렇게 정직한 조건이라면 힘껏 돕고 싶습니다. 그러면 당신이 무엇을 할 수 있는지 말해 보십시오."

그의 말에 나는 다소 용기를 얻을 수가 있었다. 차와 과자도 먹은 터라 어느 정도 기운도 났다. 나는 먼저 그들 남매에게 내 부모에 대한 이야기와 성장 과정에 대해 말했다. 그리고 로우드에서 공부한 것과 교사로서 그곳에서 2년간 지낸 것에 대해서도 이야기했다.

"그 후에는 가정교사 자리를 구해 그곳을 떠났습니다. 좋은 자리를 구해 아주 행복하게 지냈습니다. 그러다 여기 오기 나흘 전에 제가 그곳을 떠나지 않으면 안 될 사정이 생겼습니다. 그러나 그 사정에 대해서는 설명할 수도 없고 또 설명해서도 안 될 겁니다. 또 설명해 봤자 믿지도 못하실 겁니다. 하지만 분명하게 말씀드리는 것은 제가 무슨 잘못을 저질러 그곳을 떠난 게 아니라는 사실입니다."

마지막으로 나는 그곳에 도착할 때까지의 과정과 더불어 무일푼으로 떠돌아야 했던 이유에 대해서도 설명했다.

"사실 엘리어트라는 이름은 제 본명이 아닙니다만 당분간만이라도 저는 제 자신이 남들에게 알려지는 것을 원치 않습니다. 그러니 그냥 그 이름으로 불러주시면 고맙겠습니다. 그리고 어떠한 일이라도 마다하지 않겠으니 일자리를 부탁하겠습니다. 또 일자리를 구할 때까지 이곳에서 머물 수 있게 해 주셨으면 합니다만."

"물론 여기 계시게 하고 말고요."

다이아나가 내 머리 위로 손을 얹으며 말했으며 메어리도 맞장구를 쳤다.

"보다시피 동생들은 당신과 함께 지내기를 원합니다. 저도 당신에게 자활의 기회를 마련해 드려야겠다는 생각이 듭니다. 하지만 저는 단지 가난한 시골 교구의 목사에 불과하니 크게 기대하지는 마십시오."

"재봉사나 날품팔이 일꾼이라도 좋습니다. 식모나 보모라도 상관하지 않겠습니다."

"좋습니다. 그렇다면 힘껏 노력해 보지요."

그는 다시 책을 집어들며 말했다.

30

무어 하우스에서 지낼수록 나는 그들 자매에게 점점 이끌렸다. 그들과 취미와 감정이 비슷해 통하는 것이 많았던 것이다. 또한 그 지방에도 정이 들어갔다.

그곳은 보랏빛 황야와 자갈투성이의 마차길과 나무 한 그루 없는 골짜기뿐이었다. 마차길은 고사리가 무성한 둑과 둑 사이를 굽이쳐 지나가서 히스 황야를 경계짓는 아주 황량하기 짝이 없는 조그만 몇 개의 풀밭 사이를 지나고 있었다. 그 풀밭에는 회색 양들이 방목되었다. 그럼에도 불구하고 그들은 무어 하우스 주위를 둘러싸고 있는 모든 것들을 사랑했다. 나 역시 그들과 지내면서 그 고독함에서 나오는 신성함을 느낄 수 있었다. 나는 점차 그 지방의 바람이나 달, 구름 등에 빠져 들었다.

그러한 황홀감 속에서 나는 그들 자매가 빌려 준 책을 읽었다. 그리고 우리는 밤을 새워가며 읽은 책에 관해 토론을 했다. 그러나 대부분 우리는 생각과 의견이 비슷했다. 뿐만 아니라 우리는 서로간에 선생이 되고 학생이 되었다. 그들이 내게 독일어를 가르쳐 주었으며 나는 그들에게 그림 그리는 것을 가르쳐 주었다. 그들은 참으로 훌륭한 선생이었으며 학생이었다.

그러나 센트 존과의 관계는 그리 친숙하게 발전하지 못했다. 그는 주로 교구 내에 흩어져 있는 환자나 가난한 사람들을 위해 시간을 보냈으므로 만날 시간도 별로 없었다. 간혹 시간이 나더라도 그는 주로 깊은 사색과 독서에 빠지곤 했다. 그러는 가운데 나는 쉬임없이 깜박이는 눈으로 보아 그가 어떠한 사상적인 혼란에 빠져 있다는 것을 알 수 있었다.

그러나 그는 훌륭한 목사임에는 틀림없었다. 그는 순수하고 양심적으로 자신의 직무에 소홀함이 없었다. 또한 지칠 줄 모르는 열정으로 하느님의 대리인 역할을 했다. 더구나 그의 설교는 모든 사람이 인정할 정도로 정평이 나 있었다. 모튼에 있는 한 교회에서 그가 설교하는 것을 들었을 때 나는 처음으로 그의 재능을 알았다.

그는 아주 조용한 어조로 설교를 시작했다. 그러면서도 그 내용은 참으로 감동받을 만한 것이었다. 압축되고 통제된 한마디 한마디가 뼈 속까지 스며들었다. 하지만 그의 설교는 결코 신도들에게 위안을 주는 것은 아니었다. 그는 시종일관 하느님의 선택이나 숙명, 정죄를 암시했지만 그것에는 괴로움으로 가득 차 최후의 판결을 기다리는 내용만이 있었다. 그것으로 보아 그는 기독교 교리에서 하느님의 평화와 사랑은 발견하지 못한 듯했다.

그럭저럭 한 달이 지나는 사이에 다이아나와 메어리는 영국 남부의 번화한 대도시의 가정교사로 가게 되었다. 따라서 나는 이전보다 훨씬 다급한 신세가 되었다. 하지만 센트 존은 나를 위해 구해 보겠다는 일자리에 대해서 일언반구 말이 없었다. 할 수 없이 어느 날 아침, 나는 용기를 내어 그에게 다가갔다. 그리고 내 일자리에 대해 물어 보았다.

"사실 처음엔 당신이 할 일을 이것저것 생각해 봤지만 차츰 동생들과 행복하게 지내는 것을 보고 그 행복을 깨지 말아야겠다는 생각이 들었소. 하지만 이제 사흘 뒤면 동생들은 여기를 떠날 것이고, 나도 모튼의 목사관으로 돌아갈 작정이오. 그래서 생각해 봤는데, 내 일을 도와 주는 게 어떨까 싶소."

그가 덧붙인 설명에 따르면 그는 모튼의 개화를 위해 학교를 세웠다고 했다. 그것은 여학생들을 위한 학교인데 이 년 전에 세운 남학교와 남매 학교가 될 것이라고 했다.

"나는 매우 가난하오. 선친의 부채를 갚고 나니 남은 거라곤 이 쓰러져 가는 집과 뒤뜰의 벌레 먹은 나무들, 그리고 집 앞의 주목과 서양 감탕나무 숲이 고작이오. 이렇게 나 자신이 가난하기 때문에 당신에게 그런 일자리밖엔 제공할 수 없는 거요. 그렇지만 당신이 진정한 기독교인이라면 경작할 땅이 거칠면 거칠수록 또 그 대가가 낮으면 낮을수록 그 명예는 높아지리라 믿을 것이오. 어떻소, 할 수 있겠소? 이제까지 당신은 매우 교양 있는 사람들과 교제하고 또 그런 생활을 한 것 같은데 말이오."

그가 제시한 봉급은 일 년에 30파운드였다. 또한 모튼 지역에서 유일하게 잘사는 집안의 딸인 로자몬드 올리버 양의 도움으로 학교 건물 옆에 선생을 위한 방이 마련되어 있으며 잔심부름을 할 아이도 구해 놓았다는 것이었다.

그는 내가 자신의 제안에 화를 내거나 거절할 것이라고 생각한 모양이었다. 그러나 그가 제시한 일은 고상하다고는 할 수 없지만 결코 천하거나 가치 없는 일은 아니었다. 그리고 부잣집 가정교사에 비해 덜 구속을 받는 일이었다. 그러나 그 무엇보다도 로체스터 씨에게서 안전하게 도피할 수가 있다는 것이 마음에 들었다.

"리버즈 씨, 당신 제안에 감사드립니다."

"당신이 할 일을 아시고 하시는 말씀입니까? 가난한 집안의 딸들에게 뜨개질, 바느질, 읽기, 쓰기, 셈하기를 가르쳐야 하는데 말입니다."

"알고 있습니다."

"그 일이 당신의 품위를 떨어뜨리고 취미 생활에 방해가 될 수도 있습니다."

"그러한 것들은 필요할 때까지 간직해 두지요."

내 대답에 그는 크게 만족하는 듯 싶었다. 나는 그에 그치지 않고 당장 일을 시작하고 싶다고 했다.

"당신은 모튼에 오래 계시지 않을 것 같은데요. 난 당신의 눈에서 그걸 읽었습니다."

그는 의심스러운 눈초리로 나를 보며 말했다.

"전 야심이 없는 사람이에요."

야심이라는 말에 그는 깜짝 놀랐다. 자신의 야심을 내가 눈치채고 한 말이라 생각한 것이었다.

"당신이 야심이 없는 사람이라면 격정적인 사람일 것이오. 내 말은 당신은 결코 고독하거나 단조로운 생활을 견디지 못할 것이란 뜻이오. 늪 속에 묻히고 산중에 갇혀서 하느님으로부터 부여받은 천성에 위배되고 그 능력을 사장시키는 것이 얼마나 괴로운 것인가는 차차 알게 될 것이오. 내가 이런 말을 하는 것은 나 역시 그런 모순에 빠져 있기 때문이오. 미천한 운명에 만족하라고 설교한 내가, 하느님에게 봉사하는 일이라면 나무꾼이나 날품팔이꾼이라도 천직으로 여기라고 설교한 내가, 목사인 이 일에 만족하지 못해 미칠 지경이란 말이오. 하지만 당신은 그런 기질과 철학을 당분간 만이라도 앞으로 할 일을 위해 감추어 두어야 할 것이오."

말을 마치자 그는 방에서 나갔다. 나는 그와의 짧은 대화를 통해 그에 대해 많은 것을 알게 되었다. 그러나 그는 여전히 수수께끼와 같은 인물이었다.

다이아나와 메어리는 떠날 날짜가 다가올수록 점점 말수가 적어졌다. 겉으로는 아무렇지도 않은 듯이 보이려고 애썼지만 자신들의 앞날에 대한 두려움으로 그들은 불안해 했다. 다이아나는 그렇게 떠나면 언제 다시 만날지 모르겠다며 슬퍼했다. 센트 존 또한 몇 해 동안의 이별이 영원한 작별이 될지 모른다고 했다. 그러나 메어리는 그럴 때마다 머리를 숙인 채 아무 말도 하지 않았다.

"우리는 이제 아버지도 안 계시고 집도 없어질 거야. 오빠는 오랫동안 계획한 것을 이루기 위해서 어떠한 것이라도 희생시킬 거야. 그는 겉으로는 조용하고 부드러운 것처럼 보이지만 가끔 뱀처럼 냉혹할 때가 있어."

다이아나는 센트 존을 두고 그렇게 말했다.

그들이 떠나기 전에 무어 하우스에는 조그만 사건이 일어났다. 그들 남매의 외삼촌이 돌아가셨다는 소식이 온 것이었다. 그것은 그들에게 아주 중요한 사건으로서 어쩌면 그들이 헤어지지 않을 수도 있는 일이었다. 그러나 외삼촌의 사망 소식이 담긴 편지를 다 돌려 읽고난 후 그들은 서로 마주보며 쓸쓸한 미소를 지었다. 그 편지에는 그들이 바라던 좋은 소식이 담겨 있지 않았던 것이었다.

궁금해 하는 내게 다이아나가 다가와서 사연을 들려 주었다.

그들의 외삼촌이라는 분은 리버즈 부인의 오빠되는 사람이라는 것이다. 그러나 그들은 외삼촌을 한 번도 만난 적이 없다고 했다. 오래 전에 리버즈 씨와 외삼촌이 서로 다투었기 때문이라는 것이다.

"아버지는 그분 때문에 파산하셨거든. 그런데 두 분은 서로 잘못을 미루기만 하시다 결국 화해도 하지 않으신 채 돌아가신 거야. 그 후 외삼촌은 사업에 성공하셔서 2만 파운드의 재산을 마련하셨는데, 아버지는 그 재산을 우리에게 상속해 주시면 삼촌의 죄는 속죄된다고 믿고 계셨어. 삼촌은 결혼을 하지 않으셔서 자식이 없거든. 그런데 이 편지에는 30기니만 우리에게 남기시고 나머지는 전부 다른 친척에게 상속한다고 적혀 있는 거야. 물론 삼촌은 마음대로 상속할 권리가 있지만 그래도 우리는 각각 1천 파운드 정도는 기대하고 있었거든."

다이아나가 설명하는 사이에 메어리와 센트 존은 아무 말도 하지 않았다. 나 역시 그들에게 위로의 말조차 할 수가 없었다.

다이아나와 메어리가 남부의 도시로 떠나기 전날, 나는 먼저 모튼 시로 출발했다. 그리고 그들 자매가 떠나자 하아나는 센트 존을 따라 목사관으로 갔다. 그로써 무어 하우스는 완전히 폐쇄되고 말았다.

31

내가 거처할 곳은 오막살이로, 흰 칠을 한 벽과 모래로 바닥을 깐 방이었다. 그곳에는 페인트 칠을 한 의자가 네 개, 테이블, 괘종 시계, 두서너 개의 접시와 찻잔을 넣어둔 찬장이 있었다. 그 위에는 부엌만한 크기의 침실이 있었다.

모튼 학교의 학생은 모두 20명이었다. 그 중에서 글을 읽을 줄 아는 아이가 세 명이었다. 그러나 글을 쓰거나 셈을 할 줄 아는 아이는 한 명도 없었다. 또한 무례하고 거친 아이도 있었으나 천성적으로 총명하고 다정다감한 아이도 있었다. 내 임무는 그 아이들을 가르쳐서 좋은 점을 싹 튀우는 것이었다.

하지만 아이들을 가르치기 시작한 첫날, 나는 보잘것없는 교실을 보고 무척 실망했다. 날이 갈수록 생활이 향상되기는커녕 퇴보했다는 느낌 때문이었다. 아이들의 빈곤과 무지도 나를 낙담시켰다.

저녁 때 나는 고요한 들판을 바라보며 눈물을 흘렸다. 대기는 부드럽고 황혼은 아름다웠다. 나는 비단과 보석의 유혹에 빠져 허망한 행복감에 취해 있는 것보다 그렇게 시골 한구석에서 아무 구속도 없이 여교사로 살아가는 것이 훨씬 보람찬 생활이라고 스스로를 위로해 보기도 했다.

그럼에도 끊임없이 눈물을 흘린 것은 로체스터 씨에 대한 그리움 때문이었다. 다시는 그를 만날 수도 없다는 생각이 들 때마다 견딜 수가 없었다. 한편으로는 그가 자신의 운명을 원망하며 괴로워하고 있을 것을 생각하니 가슴이 미어질 듯이 아팠다. 혹시 극도의 분노로 파멸의 길을 걷는 것은 아닐까 싶어 걱정이 되기도 했다.

그날 저녁에 센트 존이 찾아왔다.

"생각했던 것보다 힘듭니까?"

그는 내 얼굴에 남아 있는 눈물 자국을 보고 물었다.

"아녜요. 그럭저럭 괜찮았어요."

"시설이나 가구가 변변치 않죠?"

"5주일 전까지만 해도 전 거지나 다름없었어요. 그런데 지금은 가구도 충분하고 비바람을 막아 줄 집도 있습니다. 그런데 무슨 불만이 있겠습니까."

"좋소. 그렇다면 나는 당신에게 과거를 회상케 하는 어떠한 유혹이라도 뿌리칠 것을 권하겠소. 적어도 롯의 아내는 되지 말라는 뜻이오. 물론 하고 싶은 일을 자제하려면 무척 어려울 것이오. 하지만 하느님께서는 우리에게 운명을 개척해 나갈 힘을 주셨소. 그러니 이보다 훨씬 어렵고 힘든 일일지라도 헤쳐나갈 수 있을 것이오. 사실 나도 일 년 전까지만 해도 이 생활을 무척 힘들어 했소. 이보다는 예술가나 정치가, 군인이 되고 싶었소. 목사보다는 권력과 영광이 주어지는 직업 말이오. 그렇지 않으면 곧 죽을 것 같았소. 하지만 나는 곧 그 모든 직업을 합친 것이 바로 목사라는 것을 깨달았소. 예술가의 창의력과, 문학가의 지적 능력, 정치가의 웅변과 수완, 군인의 힘과 용기가 모두 필요로 하는 것이 바로 선교 활동이니 말이오. 언젠가 나는 동양으로 선교하러 갈 것이오. 아버지는 내 계획에 반대하셨지만 이미 돌아가신 분이니 그것으로 다툴 필요는 없을 것이오."

그는 독특하게 가라앉은 목소리로 말했다. 나는 지는 해를 바라보며 그의 말을 듣고 있었다. 그의 연설을 중단시킨 것은 은방울처럼 명랑하고 달콤한 목소리였다.

"안녕하세요, 목사님. 어머, 칼로가 나를 먼저 알아보네. 귀를 쫑긋 세우고 꼬리를 흔들다니."

나는 자연스럽게 소리가 나는 쪽을 돌아보았다. 그리고 그야말로 말로만 듣던 완벽한 미인을 바로 눈 앞에서 보게 되었다. 알베온의 온화한 기후가 온갖 정성을 기울여 피워낸 장미나 백합 같다고나 할까. 그 처녀는 그렇게 반듯하고 아름다운 용모로 내 앞에 서 있었다. 바로 로자몬드 올리버 양이었다. 다른 사람에게는 인색하게 굴었던 자연의 솜씨는 그녀에게만큼은 자비로운 할머니처럼 모든 정성을 다 한 듯 싶었다. 이토록 아름다운 여자가 세상에 있을 수 있을까 싶어 나는 내 눈을 의심했다. 그렇다면 센트 존은 그녀를 어떻게 생각할까.

그는 이미 그 미녀에게서 시선을 거두어 보잘것없는 들국화를 바라보고 있었다.

"혼자 나오시기엔 늦은 시간이군요."

그는 하얀 꽃송이를 밟으며 말했다.

"어머나, 전 오늘 오후에 S시에서 막 돌아왔는걸요. 목사님이 학교를 시작하셨다길래 바로 달려온 거예요. 이분이 선생님이세요?"

그녀는 나를 손가락으로 가리켰다. 그리곤 센트 존이 그렇다고 하자 내게로 고개를 돌려 모튼이 마음에 드냐고 물었다.

"좋아할 만한 요소가 많군요."

나는 직접적인 대답 대신 그렇게 말했다.

"학생들은 어떤가요, 마음에 드세요? 집은 제가 꾸민다고 꾸며 놓았는데 어떨지 모르겠네요."

"모두 마음에 들어요."

"에리스 우드는요?"

그녀는 나를 돕는 식모 아이에 대해서도 물었다.

"좋은 아이예요. 온순하고 착하더군요."

"제가 가끔 와서 가르치는 걸 도와드릴게요. 전 변화 있는 생활을 아주 좋아하거든요. 리버즈 씨, S시에서 전 아주 즐거웠답니다. 오늘 새벽 두시까지 춤을 추었는데, 글쎄 77연대가 거기 주둔해 있는 거예요. 장교들이 얼마나 유쾌하게 노는지 말할 수가 없을 정도였어요."

로자몬드의 말에 센트 존이 아랫입술을 비죽였다. 뿐만 아니라 그는 그녀가 장밋빛으로 뺨을 붉히고 눈동자를 빛내며 말을 시켜도 번번이 무뚝뚝하게 대꾸하는 것이었다. 하지만 그녀를 바라보는 그의 눈길에는 어떠한 얼음덩이라도 녹일 수 있을 만큼 불길이 타오르고 있었다. 또한 그의 가슴은 부풀어 올랐으며 심장 소리는 여인을 갈망하며 맹렬하게 고동치고 있었다. 바로 옆에 서 있던 덕분으로 나는 그것을 분명하게 알 수 있었다.

"아빠 말씀이 요즘은 거의 베일 장에도 안 들르신다면서요. 오늘밤엔 아빠 혼자 계신데 저와 함께 가시지 않겠어요?"

"오늘은 너무 늦었군요."

"너무 늦었다고요! 그러니까 가자는 거예요. 아빠는 이 시간에 가장 한가하시거든요."

"아무튼 오늘밤은 안 되겠습니다. 로자몬드 양."

센트 존은 자동 인형처럼 말했다. 그의 표정에는 그가 얼마나 힘들게 그녀의 제안을 거절하고 있는지 고스란히 나타났다.

"좋아요. 정 그러시다면 전 이만 돌아가겠어요. 이슬이 내리기 시작하는군요. 그럼, 안녕!"

그녀는 할 수 없다는 듯이 손을 내밀어 악수를 청하곤 뒤돌아 섰다. 그리곤 요정처럼 가벼운 발걸음으로 들판을 지나갔다.

그날 나는 센트 존의 고뇌와 함께 그가 자신을 어떻게 억제하는가를 지켜 보았다. 그것은 나를 크게 일깨워 준 사건이었다.

32

나는 시골 학교의 일을 성실하게 했다. 얼마 안 가 아이들은 놀랄 정도로 발전했다. 그들 중 몇 명은 재능이 대단했다. 나는 그들을 좋아하게 되었고 자부심도 갖게 되었다. 그들의 부모는 저녁 식사에 나를 초대해 극진히 대접해 주곤 하였다. 그들의 순박한 친절과 세심한 마음은 나의 모든 생활을 퍽 즐겁게 해 주었다.

그러면서도 밤만 되면 어쩔 수 없이 외로움에 휩싸이는 것은 곁에 로체스터 씨가 없다는 자각 때문이었다. 꿈 속에서 나는 그의 가슴에 안기고 그의 목소리를 들었다. 그리고 그의 뺨을 어루만지고 그의 사랑을 받고 그를 사랑했다. 그러다 꿈에서 깨어나면 너무 허무해 한바탕 흐느껴 울곤 했다.

로자몬드 올리버 양이 가끔 학교에 나오겠다는 말은 거짓이 아니었다. 그녀는 대개 아침에 승마를 하다 오곤 했다. 보랏빛 승마복을 입고 뺨을 스쳐 어깨에 넘실거리는 머리에 검은 비로드 승마 모자를 쓴 그녀의 모습은 참으로 지상의 그 어느 아름다움도 견줄 바가 못 되었다.

센트 존은 아이들과 교리문답을 하는 중에도 본능적으로 그녀의 방문을 눈치챘다. 그 즉시 그의 눈동자는 불타 올랐고 대리석 같은 얼굴은 여러 가지 표정으로 바뀌었다. 그는 그녀가 자신을 사랑한다는 것을 알고 있었다. 그 또한 그녀를 사랑했다. 하지만 그는 자신을 이미 하느님의 제단에 바쳤다고 생각했다. 따라서 그녀를 바라보는 그의 눈길은 항상 차가움으로 가장할 수 밖에 없었다.

그러나 나는 알고 있었다. 그녀가 발끈해서 돌아가고 난 후 그가 얼마나 갈등하는가를. 당장에 달려가 그녀를 붙들고 싶어하는 그의 심정을. 하지만 그는 인간과의 사랑을 위하여 신에 대한 사랑을 저버리지는 못했다. 대담한 야심가인 그는 베일 장의 객실이나 안락을 위해 전도해야 할 미개의 벌판을 단념할 수가 없었다.

로자몬드 양은 내 오막살이에도 자주 찾아왔다. 그녀는 나를 좋아했고 나도 그녀를 좋아했다. 그녀는 응석받이로 자랐지만 결코 건방지거나 몰인정하지 않았다. 또한 언제나 쾌활했으며 부자라는 티도 내지 않았다. 그녀는 나와 센트 존이 닮았다고 했다. 그러나 생김새는 그의 십분의 일에도 따라가지 못한다고 했다.

어느 날, 그녀는 내 서랍을 뒤지다가 프랑스 어 책과 독일어 문법 책, 그리고 그림 도구와 그동안 그린 그림 등을 찾아냈다. 그 순간 그녀는 무척 놀란 듯했다.

"당신은 정말 멋진 분이군요! 당신은 내 선생님보다 더 훌륭해요. 실례가 안 된다면 제 초상화도 그려주실 수 있나요?"

그녀는 흥분해서 물었다. 나는 기꺼이 그려주겠다고 대답했다. 그녀와 같이 훌륭한 모델을 그릴 수 있다는 것은 화가로서도 흥분할 만한 일이기 때문이었다.

로자몬드 양은 베일 장으로 나를 초대하기도 했다. 그리곤 자신의 아버지를 내게 소개해 주었다. 그녀의 아버지인 올리버 씨는 키가 크고 육중한 몸집의 백발 신사였다. 그는 딸의 말을 듣고 머잖아 내가 다른 곳으로 떠나버릴까 걱정이 된다고 하였다.

"정말이에요! 이분은 능히 상류 사회의 가정교사가 될 수 있을 만큼 훌륭해요."

로자몬드 양이 맞장구를 쳤다. 나는 그들의 환대에 크게 감동받았다. 특히 올리버 씨는 오랜 세월 상인으로 살아온 때문인지 그 성품이 매우 소탈하여 상대방을 편안하게 해 주었다.

이야기를 하던 중 올리버 씨는 센트 존에 대해서도 말했다. 특히 그는 센트 존이 해외로 나가는 것을 무척 아쉬워 했다. 그렇게 훌륭한 집안의 청년이 미개지로 간다는 것은 귀중한 인생을 마구 내동댕이치는 것이라고까지 했다. 올리버 씨의 말로 미루어 보아 그는 자신의 딸이 센트 존과 결혼한다고 하면 반대하지 않을 듯 싶었다. 젊은 목사의 좋은 혈통과 문벌, 신성한 직업이 재산이 없는 데 대한 충분한 보상이 된다고 생각하는 모양이었다.

그 해 11월 5일은 일요일이었다. 몇 페이지의 독일어 책을 번역하고 조금 남은 로자몬드 양의 초상화를 완성하기 위해 그림도구를 꺼내 들 때였다. 그림은 이미 인물 부분은 완성하고 배경만 칠하면 되는 상태였다.

"그림 솜씨가 무척 좋군요."

어느 사이엔가 센트 존이 들어와 그림을 보고 있었다.

"어디서 많이 본 사람이지요?"

나는 그를 발견하곤 당돌하게 물어 보았다.

"글쎄요, 자세히 보지 않아서……."

그는 어물어물 대답했다. 얼굴에는 놀란 기색이 역력했다.

"그럼 자세히 보세요. 곧 누군지 아신 거예요."

나는 그림을 넘겨주며 말했다.

"참 잘된 그림입니다. 대단히 세련되고 정확한 그림이군요. 특히 눈 부분이 그래요. 웃음을 짓고 있군!"

"이제 누군지도 아시겠어요?"

"로자몬드 양이라고 생각합니다만."

"맞아요. 정확하게 대답하신 대가로 똑같은 그림을 한 장 그려 드리죠. 목사님이 마다가스카르와 희망봉이나 인도에 계실 때 이 그림이 위안이 될지 슬픈 추억이 될지 모르겠지만요."

나는 그가 로자몬드 양을 좋아하고 있는 한 그들의 결혼이 성사되기를 바랐다. 그가 올리버 가문의 많은 재산을 소유하게 되더라도 틀림없이 좋은 곳에 그 돈을 쓰리라 믿어 의심치 않았기 때문이었다.

"로자몬드 양은 목사님을 사랑하세요. 그리고 그녀의 아버님도 목사님을 존경하시고요."

"그녀가 나를 좋아한다고요?"

"모르셨어요? 그녀는 항상 목사님 애기만 하는 걸요."

"듣기 싫지 않은 애기군요. 그에 대해 15분 정도만 더 애기해 주시겠소?"

그는 회중시계를 꺼내 책상에 올려 놓으며 말했다.

"그게 다 무슨 소용있겠어요. 목사님께서 마음을 닫아 놓고 계시는데요."

"그런 말은 제발 그만둬요! 난 지금 베일 장의 객실에 누워 그녀의 사랑스럽고 아름다운 속삭임에 취해 있는 자신을 상상하고 있소. 부디 짧은 시간이나마 이 달콤한 꿈에서 깨어나지 않게 해 주시오! 지금 그녀는 내 사람이고 나는 그녀의 사람이오!"

나는 그의 기분을 헤아릴 수 있을 것 같았다. 회중시계는 숨가쁘게 돌아가고 있었다. 나는 잠자코 서서 황홀경에 빠진 그를 보았다. 그는 15분 후에 정확하게 깨어났다.

"짧은 시간이나마 망상과 공상으로 시간을 허비하였군. 내가 이렇게 말하는 건 그녀의 약속이 거짓이고 그녀의 제의도 거짓이기 때문이오. 나는 그 모든 것을 알고 있습니다."

그는 그림을 난로 앞에 내려놓으며 말했다.

"참으로 이상한 일이오. 로자몬드 올리버 양을 사랑하면서도 왠지 그녀가 좋은 아내가 될 수 없다는 생각이 드니 말이오. 그래요. 그녀는 결코 좋은 아내가 될 수 없을 것이오. 우리가 결혼한다면 아마 일 년도 못 가서 서로 후회하게 될 것이오."

"왜 그런 생각을 하시는 거죠?"

"선생은 그녀가 고생할 사람으로 보이오? 내가 하고자 하는 일에 적극 도우리라 생각하시오? 천만에 말씀!"

"그렇다면 목사님께서 선교사가 될 계획을 포기하면 되잖아요."

"포기하다니, 뭘 말이오? 그 위대한 사업을 말이오? 천국의 저택을 짓기 위해 주춧돌을 쌓는 작업을 말이오? 개인의 안락보다 인류의 평화를 위해 살아가겠다는 희망을 말이오? 무지 대신 지식을, 전쟁 대신 평화를, 미신 대신 종교를, 구속 대신 자유를, 지옥 대신 천국의 희망을 주는 사업을 말이오? 이건 내 목숨보다 귀하게 여기는 것이오. 절대 그럴 수 없소. 내가 사는 이유를 어떻게 포기할 수가 있겠소."

"그럼 로자몬드 양은요? 그녀의 슬픔이나 절망은 아무것도 아니란 말인가요?"

"그녀의 주위엔 나보다 훌륭한 남자들이 얼마든지 있습니다. 아마 그녀는 한 달도 못 가서 나를 잊어버리고 다른 남자와 결혼하겠지요."

"말씀은 그렇게 하시지만 속으로는 무척 갈등하시리라 생각됩니다. 저는 목사님의 수척해진 모습과 로자몬드 양을 대하실 때마다 몸을 떨고 얼굴이 붉어지는 것을 보고 그것을 알았습니다."

내 말에 그는 무척 당황한 표정을 지었다. 그는 남자에게 서슴지 않고 그런 말을 하는 여자를 상상도 못한 모양이었다.

"당신은 참으로 알 수 없는 사람이군. 그토록 사람의 속을 꿰뚫다니. 하지만 난 로자몬드 앞에서 몸을 떤다고 해서 나 자신을 불쌍하게 여기지 않소. 오히려 그러한 내 약점을 경멸하고 있소. 그건 단순한 육체적인 열병에 불과하오. 결코 혼의 떨림은 아니오."

그는 고개를 가로저으며 말했다.

"당신은 내 비밀을 다 캐버렸지만 내 야심은 끝이 없소. 더욱 더 높아지고 더욱 더 많은 일을 하고 싶다는 욕망이 그칠 줄 모른다는 말이오. 나는 무엇보다도 인내, 노력, 근면, 재능이라는 말을 좋아하오. 큰 뜻을 이루기 위해서는 그것들을 수단으로 삼지 않으면 안 되기 때문이오. 나는 당신의 생활에 깊은 관심을 갖고 있소. 이유는 당신이 근면하고 인내심이 강한 여자의 전형으로 보이기 때문이오."

"당신은 마치 이교도처럼 말씀하시는군요."

"이교도라니, 천만에! 난 분명히 기독교인이오. 나는 예수의 사도로서 그 교리를 전파하기로 맹세한 사람이오. 기독교는 내가 타고난 애정이라는 조그만 싹을 박애라는 울창한 숲으로 키운 근본이오. 뿐만 아니라 그것은 권세와 명성을 획득하려는 야망에서 주의 나라를 넓히고 십자가의 깃발을 얻고자 하는 크나큰 소망을 안겨 주었소."

그는 모자를 집어들며 말했다. 그리곤 한 번 더 초상화를 바라보았다.

"정말 아름답군! 로자몬드! 참으로 어울리는 이름이야."

"똑같은 걸 그려 드릴까요?"

"그게 무슨 소용이 있겠소. 그만두시오."

말은 그렇게 했지만 그는 초상화를 덮어 두었던 마분지의 한 귀퉁이를 찢어 얼른 장갑 속으로 감추었다. 그리곤 서둘러 밖으로 나갔다.

"맙소사!"

나는 그의 뒤에 대고 소리쳤다.

33

센트 존은 다음 날 밤에 다시 나를 찾아왔다. 그날은 사나운 바람과 함께 눈이 쏟아지고 있었다.

"깨끗한 마루가 더럽혀지는군."

그는 온몸이 눈으로 덮여 마치 빙하처럼 하얬다. 눈으로 막힌 골짜기 길을 뚫고 사람이 찾아올 리 없다고 생각하던 터라 그의 방문은 참으로 놀라운 것이었다.

"무슨 일이 생겼나요?"

"꼭 무슨 일이 있어야 오는 거요? 아무도 없는 방에서 책만 읽고 있자니 갑자기 진절머리가 나서 온 거요. 어제 하던 얘기를 계속하고도 싶고."

그는 추위에 꽁꽁 언 손을 불길에 녹이며 말했다. 나는 그가 조금 이상해진 것이 아닌가 생각했다. 하지만 불빛에 비친 그의 창백해진 이마와 파리한 뺨을 보고 나는 그가 얼마나 큰 고뇌에 시달렸는지 알아차렸다.

"다이아나나 메어리와 함께 사시는 게 좋을 것 같아요. 그렇게 혼자 계시니 염려스럽군요."

"쓸데없는 소리! 난 아무렇지도 않아요."

그는 불빛을 보며 말했다. 그리곤 더 이상 아무 말도 하지 않았다. 나는 잠자코 그를 지켜보았다. 스스로 말문을 열 때까지 기다릴 생각이었다. 그는 주머니에서 모로코 가죽으로 된 지갑을 꺼냈다. 그 속에서 한 통의 편지를 꺼내 읽었다. 다 읽은 후에는 다시 잘 접어 지갑 속에 넣고는 한동안 무슨 생각을 하는 듯했다.

나는 촛불의 심지를 자르고 읽던 책을 계속해서 읽기 시작했다. 《마미온》이라는 책이었다.

"잠깐 책을 놓고 난롯가로 오시오."

얼마 후 그는 조용히 말했다. 나는 그가 시키는 대로 했다.

"내가 옛날 얘기 하나 하리다."

그의 목소리는 차분하게 이어졌다.

“20년 전 일이오. 어떤 가난한 목사보가 부잣집 딸을 사랑하게 되었소. 그 여자도 그를 사랑해서 두 사람은 주위의 반대를 무릅쓰고 결혼하였소. 그런데 그 철부지 부부는 결혼한 지 2년 만에 전염병으로 모두 죽고 말았소. 언젠가 나는 그들의 무덤을 본 적이 있소. 어느 공업 도시의 새까맣게 그을린 교회당의 널다란 묘지였소. 그들은 딸 하나를 세상에 남겨 놓았는데, 그 딸은 여자 쪽의 친척에게 맡겨졌소. 게이츠헤드의 리드 부인이라는 사람이지요. 그 부인은 고아를 10년 동안 기르다 당신이 있었다는 로우드로 보냈소. 그곳에서 그 고아는 썩 훌륭하게 성장했던 것 같소. 학생에서 선생이 되었으니까. 그 후 그 여자는 로체스터 씨라는 사람의 양녀의 교육을 맡게 되었소.”

“리버즈 씨!”

그 순간 나는 그의 말을 가로막지 않을 수 없었다. 그러나 그는 아랑곳 않고 말을 이어나갔다.

“로체스터 씨란 사람에 대해서는 잘 모르겠지만 그는 그녀에게 정식으로 청혼을 했소. 그러나 결혼식 날, 그녀는 그에게 부인이 있다는 사실을 알게 되었소. 비록 정신병자이긴 하지만 말이오. 다음 날 가정교사는 몰래 그곳을 빠져 나가 행방불명이 되었다는 것이오. 그 뒤 그는 그녀를 찾기 위해 사방팔방으로 찾아다니고 신문에도 광고를 냈지만 그녀의 행방을 아는 사람은 아무도 없었다고 하오. 나는 브리그스라는 변호사가 보낸 편지를 통해 이 모든 사실을 알게 되었소.”

“한 마디만 묻겠어요. 로체스터 씨는 지금 어떻게 되셨나요?”

“그 사람에 대해서는 아무것도 모릅니다. 브리그스 씨의 편지에 의하면 그에게 편지를 보냈지만 답장은 엘레스 페어팩스라는 여자 분에게서 왔다니까. 그보다 당신은 그 가정교사의 이름에 대해 물어야 하지 않소?”

그의 설명을 듣는 순간 나는 정신이 아찔했다. 로체스터 씨가 자포자기한 심정으로 영국을 떠났다는 생각이 들어서였다. 그리곤 고통을 잊으려고 마약을 구했을지 모른다는 생각도 들었다.

'오오, 가엾은 로체스터!'

"당신이 가정교사의 이름을 묻지 않으니 내가 직접 말해야겠소. 잠깐만, 중요한 사항은 직접 보는 편이 낫겠지."

그는 수첩에서 찢어진 종이 쪽지를 꺼냈다. 그것은 전날 로자몬드 양의 초상화를 덮은 마분지 귀퉁이에서 찢어낸 것이었다. 그는 그것을 내게 내밀었다. 그 곳에는 '제인 에어'라는 내 필적의 글자가 있었다. 내가 무심코 적은 것이었다.

"브리그스 씨는 내게 제인 에어라는 사람에 대해 물었고, 광고까지 내어 제인 에어라는 사람을 찾고 있었소. 어떻소, 당신의 본명이 제인 에어라는 것을 시인합니까?"

"그래요. 그런데 브리그스 씨는 어디 계세요? 그 사람이라면 로체스터 씨에 대해 알고 있을 텐데요."

"브리그스 씨는 런던에 있소. 그러나 그가 로체스터 씨에 대해서 알고 있는지는 모르겠소. 다만 그는 당신의 숙부가 당신에게 재산의 전부를 상속했다는 사실을 전하려고 편지한 것뿐이오."

"제게요?"

"그렇소. 당신은 이제 부자가 된 거요. 현재 당신의 재산은 영국 공채로 되어 있고 필요한 서류는 브리그스 씨가 보관 중이오."

유산이란 죽음과 동반되는 말이다. 나는 센트 존의 말을 들으며 단 하나뿐인 혈연을 이제 다시 만날 수 없다는 말에 깊은 슬픔을 느꼈다.

"유산 액수가 궁금하지 않습니까? 2만 파운드나 되는데."

"2만 파운드라고요! 세상에! 혹시 무슨 착오가 있는 건 아닐까요? 숫자로 적혀 있었다면 목사님께서 잘못 읽으셨을 수도 있잖아요."

"숫자가 아니라 글자로 분명히 2만 파운드라고 적혀 있었소."

그는 의자에서 일어나 외투를 집어 들며 말했다.

"그런데 브리그스 씨가 왜 목사님께 그런 사실을 알린 거죠? 그분이 어떻게 목사님을 아신다고요."

"목사란 직업이 그런 거요. 가끔 이상한 사건에 휘말려드는 게 이런 것뿐인 줄 아오?"

"그건 식으로 빠져나가려 하지 마세요. 아무래도 뭔가 있어요."

나는 얼른 일어서며 소리쳤다.

"바른대로 말해 주세요. 도대체 어찌된 셈이죠?"

"다이아나나 메어리에게 설명하라고 하겠소."

그는 난처한 듯 말했다. 그러나 그의 말은 내 궁금증을 더욱 증폭시켰다. 나는 그가 나가지 못하도록 문을 가로막고 섰다.

"이런 식으로 내가 넘어가지 않으리란 걸 알 텐데. 난 얼음장처럼 차가운 인간이오."

"그렇다면 저는 불같이 뜨거워요. 불은 얼음을 녹이니까요. 보세요. 목사님 외투에 쌓였던 눈이 불길에 녹아 다 흘러내린 것을. 제 부엌을 더럽힌 죄를 용서받으시려면 얼른 말씀하세요."

나는 그를 똑바로 보며 말했다. 그러자 그가 고개를 끄덕였다.

"아마 당신은 내가 당신과 같은 성을 갖고 있다는 것을 몰랐을 거요. 내 정식 이름은 센트 존 에어 리버즈요. 내 어머니의 성이 바로 에어였소. 어머니에겐 오빠가 두 분 계셨소. 한 분은 목사로 게이츠헤드의 제인 리드 양과 결혼했고, 또 한 분은 마데이라의 상인인 존 에어 씨였죠. 브리그스 씨는 바로 에어 외삼촌의 변호사로서 지난 8월에 우리에게 외삼촌의 사망을 통보해 온 것이오. 그의 편지에 의하면 외삼촌은 우리에게는 유산을 남기지 않고 대신 자기 형이었던 목사의 고아 딸에게 상속한다는 것이었소. 그리고 2, 3주 전에 다시 편지를 내어 상속인의 행방불명을 알리고 그녀에 대해 아는 게 없냐고 물은 것이오. 난 우연히 당신이 그리고 있는 초상화에서 당신의 이름을 발견한 것이고."

"그렇다면 목사님의 어머님이 바로 제 고모가 되신다는 말인가요?"

"그렇소."

"그럼 우리는 서로 고종사촌지간이군요!"

나는 그를 자세히 살펴보았다. 갑자기 오빠가 생겼다는 사실에 기쁨이 넘쳤다. 뿐만 아니라 진정한 우정을 나누던 다이아나와 메어리가 언니라니! 나는 가슴이 터질 듯한 기쁨을 느꼈다.

"세상에 이럴 수가! 너무 기뻐서 무슨 말을 해야할지 모르겠군요!"

"당신은 엄청난 재산을 차지했다는 소식엔 심각한 표정을 짓더니 별로 대수롭지도 않은 사실엔 몹시 흥분을 하는군."

그는 흐뭇하게 웃으며 말했다.

"목사님은 누이동생이 두 분이나 계시니까 그렇게 말씀하시는 거예요. 하지만 제겐 아무도 없었어요. 아, 전 정말 기뻐요."

나는 방 안을 오락가락하며 흥분을 가라앉히려고 애썼다. 가장 먼저 떠오른 생각은 이제 흩어진 피붙이들을 불러 모아야겠다는 것이었다. 그리곤 2만 파운드를 넷이서 똑같이 나누리라 생각했다. 그렇게 생각하니 단순하게 생각되던 유산이 갑자기 생명과 희망으로 탈바꿈하는 것이었다.

"내일 다이아나 언니와 메어리 언니에게 편지를 쓰세요. 언니들은 1천 파운드만 있으면 부자가 될 거라고 했는데 아마 그보다 훨씬 더 큰 부자가 될 거예요. 그리고 그 돈이라면 목사님도 영국에 눌러 앉아 로자몬드 올리버 양과 결혼도 하실 수 있을 거예요."

"정신을 좀 차려야겠군. 물 어디 있소?"

"전 말짱해요. 제 말씀을 못 알아 들으신 모양인데 문제의 유산, 즉 2만 파운드를 넷이서 똑같이 나누겠다는 말이에요. 전 결코 숙부님의 재산을 몽땅 차지할 생각이 없어요. 대신 가정과 가족을 갖고 싶어요. 무어 하우스에서 다이아나 언니와 메어리 언니와 함께 살고 싶단 말예요."

"모든 걸 너무 충동적으로 결정짓지 말아요. 이 일은 며칠 두고 생각해 봅시다. 당신은 아직 큰 재산을 가져 본 적이 없기 때문에 그것을 즐길 줄을 모르오."

"제가 그렇다면 목사님은 형제의 사랑이나 애정에 굶주린 심정을 모르세요. 혹시 저를 누이동생으로 받아 주기 싫어서 그러시는 건 아니겠죠?"

"가정이나 가족은 결혼하면 생기는 것이오."

"전 결혼을 원치 않아요. 결혼은 생각만 해도 끔찍해요. 절 사랑해서 결혼할 사람은 아무도 없어요. 돈 때문이라면 모를까. 그보다는 저는 같은 핏줄의 사람들을 원해요. 진한 핏줄의 사랑을요."

"누이동생들이 당신을 사랑한다는 점에서는 믿어 의심치 않소. 뿐만 아니라 다이아나와 메어리는 당신과 취미와 정서가 통하오. 나 또한 당신을 막내누이로 받아들이는 걸 기쁘게 생각하오. 당신은 참으로 유쾌한 사람이오."

"정말 고맙습니다. 그럼 얼른 돌아가세요. 더 지체하시다 보면 언제 또 변덕을 부려 제 가슴을 태울지 모르니까요."

"학교는 어떻게 하겠소? 폐쇄해야 되지 않을까?"

"아녜요. 일할 사람이 나타날 때까지 제가 계속하겠어요."

나는 벅찬 마음에도 그 일에 대해서는 분명하게 말했다. 그도 아주 만족한 얼굴로 고개를 끄덕였다.

그 뒤, 유산에 관해서는 내 결심대로 처리되었음을 밝혀둔다. 그들도 내 진심을 깨닫고 내 결심에 동의해 주었다. 그로써 센트 존, 다이아나, 메어리는 상당한 재산을 소유하게 되었다.

34

크리스마스가 다가오면서 나는 모든 학교를 그만두었다. 그러나 일주일에 한 시간 정도는 수업을 맡겠다고 했다.

"한 학기 동안 수고한 보람이 있었다고 생각해?"

마지막 날 학교에 나타난 센트 존이 그렇게 물었다.

"자기가 할 수 있는 일에 종사한다는 것은 썩 보람 있는 게 아닐까?"

"물론이죠."

나는 그가 무슨 말을 하고 싶어하는지 알았다.

"하지만 언제까지 이렇게 지낼 수는 없어요. 남의 재능을 깨우쳐 주는 것도 중요하지만 자기 재능을 개발하는 것도 그 못지않게 중요하거든요. 당분간은 학교 일을 완전히 잊고 푹 쉬고 싶어요."

"갑자기 하고 싶은 일이라도 생겼나?"

"무슨 일이든요. 그보다도 하아나를 제게 보내시고 오빠는 다른 사람을 구하면 안 될까요?"

"하아나가 꼭 필요한가?"

"네, 하아나와 함께 무어 하우스로 가고 싶어요. 다이아나 언니와 메어리 언니도 일 주일 안에 돌아올 거예요. 그 전에 집 안을 좀 정리하려고요."

"어디 여행을 떠나는 게 아니고?"

"천만에요. 전 먼저 무어 하우스의 침실에서 지하실까지 깨끗하게 청소할 거예요. 그리고 밀랍과 기름을 잔뜩 묻힌 걸레로 윤이 나도록 닦은 다음에 의자와 테이블, 침대, 융단 등을 정돈해 놓을 거예요. 그런 다음에는 오빠가 파산할 만큼 석탄과 토탄을 써서 온 방을 따뜻하게 하고요,

마지막으로 언니들이 도착하기 전에 크리스마스 케이크를 구울 거라고
요."

"대단히 좋은 계획이군. 하지만 제인은 결코 가정적인 안락에 파묻힐
사람이 아닌데."

"그렇지 않아요. 저는 언제까지나 가족간의 행복이 최상이라고 생각
할 거예요."

"제인, 하느님께서는 당신이 주신 재능을 언젠가는 반드시 되돌려 받
으시려 하실 거야. 난 하느님을 대신해서 제인이 가정적인 쾌락에서 벗
어날 때까지 기다릴 거야. 제인의 정열과 재능은 좀 더 높은 곳을 위해
쓰여야만 해."

"무슨 말인지 모르겠군요. 아무튼 저는 무어 하우스에서 언제까지나
행복할 거예요."

나는 자신있게 말했다.

그 말대로 나는 무어 하우스에서 하아나와 함께 참으로 행복하게 지
냈다. 하아나와 나는 며칠에 걸쳐 무어 하우스를 털고 쓸고 닦고 했다.
하루 이틀이 지날수록 무어 하우스는 차츰 말끔하게 정돈되어 갔다. 하
아나는 내가 먼지 속에서 이것저것 거드는 것을 몹시 기뻐했다.

청소가 끝난 후에는 S시로 가서 새로운 가구들과 장식품을 사들였다.
먼저 모든 창문에서 칙칙하고 우중충한 커튼을 걷어내고 고상하고 아름
다운 새 커튼을 달았다. 그런 다음에는 도자기와 청동제의 장식품, 거울,
화장대로 방들을 꾸몄다. 또한 복도에는 캔버스를 놓고 층계에도 융단
을 깔았다. 특히 응접실과 침실에는 구식 마호가니로 완전히 새롭게 단
장했다. 그러자 무어 하우스는 예전의 황량한 모습에서 벗어나 수수하
면서도 아늑한 멋을 자아냈다.

마침내 목요일이 되자 센트 존이 제일 먼저 나타났다. 나는 그에게
집 안을 한 바퀴 돌아보게 하였다. 그동안 나와 하아나가 들인 수고를

자랑하고픈 마음에서였다. 그러나 그의 말은 전혀 예상밖이었다.

"고작 식모 일이나 하려고 그랬나?"

그러더니 책장에서 책을 꺼내 언제나처럼 창가로 가는 것이었다.

독자여, 그는 분명히 선량한 사람이다. 그러나 언젠가 스스로도 말했듯이 그는 냉정한 사람이었다. 인정미와 인간미라곤 아무 데도 없었다. 그는 확실히 위대한 것만을 위해 사는 사람이었다. 나는 그를 보며 문득 그는 결코 훌륭한 남편이 될 수 없으리라 생각했다. 그의 아내가 된다는 것은 괴로운 일일 것이라는 생각도 들었다. 그와 동시에 로자몬드 올리버 양에 대한 그의 사랑이 어떤 형태라는 것도 알게 되었다. 그것은 언젠가 그가 말했듯이 육체적인 사랑일 뿐이었다. 그는 결코 무어 하우스에 어울리는 사람이 아니었다. 히말라야 산맥이나 카프르 족이 사는 숲속이나 흑사병이 창궐하는 기니아 해안의 습지가 그에게는 어울렸다. 그런 것이라면 그의 용기가 증명되고 정열이 발휘될 수 있을 것이었다.

"아, 오시네요!"

내가 센트 존을 보며 그런 생각에 잠겨 있을 때 갑자기 하아나의 기쁨에 들뜬 목소리가 들려왔다. 그 소리를 듣자마자 나는 바로 밖으로 뛰어나갔다. 가까운 곳에서 마차 소리가 들려오고 있었다.

하아나가 초롱불을 켰다. 그러자 곧 마차가 눈에 들어왔다. 마차는 무어 하우스의 문 앞에서 멈춰 섰다. 마차에서 눈에 익은 사람들이 내려섰다. 그들은 환하게 웃고 있었다. 나는 그들에게 다가갔다. 그들은 먼저 내게 키스를 하곤 이어 하아나에게도 했다. 그들은 위트크로스에서 오는 내내 덜거덕거리는 마차에 시달리고 추위에 얼어 버렸지만 집으로 돌아온 것을 진정으로 기뻐했다. 그들은 또한 내가 집 안을 꾸민 것에 대해서도 고마워했다.

그날 밤 우리는 참으로 오랜만에 즐거움을 맛보았다. 센트 존도 누이들과의 재회를 진심으로 기뻐했다. 나는 다이아나와 메어리와 함께 지난 이야기를 하며 기쁨을 나누었다. 그렇게 차를 마시며 한창 이야기꽃을 피우고 있을 때 누군가 창문을 두드려댔다. 하아나가 나갔다 들어왔다.

"어떤 사내 아이가 도련님을 모시러 왔대요. 어머니가 숨을 거두고 있는 참이라나요. 하지만 위트크로스 브로우에서도 한참 위라는데요. 거기까지 가려면 황무지와 늪을 거쳐야 하는데……."

하아나가 걱정스러운 듯 말했다.

"가겠다고 일러요."

하아나의 걱정 따위에 아랑곳할 센트 존이 아니었다. 그는 바로 외투를 걸치기 시작했다. 그리곤 곧장 밖으로 나갔다. 그와 같이 센트 존은 자신의 의무를 게을리하는 법이 없었다. 그의 말대로 그것이 바로 그가 사는 이유였기 때문이었다.

다음 주일은 크리스마스 주간이었다. 다이아나와 메어리, 그리고 나는 특별히 하는 일 없이 지냈다. 우리는 특히 토론을 하는 데 많은 시간을 보냈다. 그들의 이야기에는 재치와 정열이 넘쳐 흘렀다. 나는 주로 듣는 쪽이었는데 번번이 그들의 이야기 솜씨에 깊은 감동을 느꼈다.

어느 날 아침 식사 시간이었다. 그날도 센트 존은 여전히 책을 읽으며 식사를 하고 있었다.

"오빠 계획은 지금도 변하지 않았나요?"

갑자기 다이아나가 침울한 표정으로 물었다.

"변하지도 않고 변할 수도 없는 거야. 내년 이른 봄이면 난 이곳을 떠날 거야."

그는 책에서 눈을 떼지 않은 채 말했다.

"그럼 로자몬드 올리버 양은?"

다음에는 메어리가 물었다. 그러자 비로소 센트 존은 책을 덮더니 얼굴을 들었다.

"로자몬드는 그랜비 씨와 결혼할 거야. S시에서 가장 훌륭한 집안 사람이지. 프레데릭 그랜비 경의 손자이고 그 상속인이거든. 어제 올리버 씨에게서 들은 얘기야."

그의 말에 우리들은 서로 얼굴을 쳐다보았다. 그러나 그는 오히려 침착한 표정으로 말을 이었다.

"두 사람은 두 달 전에 S시에서 주최하는 무도회에서 만났대. 참으로 어울리는 한 쌍 아니냐? 아마 프레드릭 경한테서 물려받은 저택이 수리되는 대로 결혼할 모양이야."

그는 마치 남의 말하듯했다. 그런 그의 태도에 나는 언제라도 그가 진심으로 아무렇지도 않은가 물어보고 싶었다. 그러나 그는 얼음장같이 차가운 태도로 전혀 기회를 주지 않았다.

그는 나를 동생으로 받아 들이겠다는 약속도 지키지 않았다. 나를 대할 때면 항상 거리를 두었으며 어쩌다 마주칠 때도 차가운 표정으로 보곤 했다. 오히려 친척인 줄 몰랐을 때보다 더 냉랭했다.

그러던 어느 날 그가 갑자기 말을 걸어왔다. 그는 싸움에서 승리를 했다고 말했다. 처음에 나는 그가 무슨 말을 하고 있는지 얼른 이해가 되지 않았다.

"무슨 말인지 잘 모르겠지만 너무 비싼 희생을 치르고 얻은 승리 같군요. 다시 한번 그런 승리를 하게 되면 오빤 아마 파멸하게 될 거예요."

나는 그의 말이 로자몬드 양과 관계된 일이라고 대충 생각하고 그렇게 말했다.

"난 그렇게 생각하지 않아. 설사 그렇더라도 그건 대단한 게 아냐. 이제 다시는 그런 승리를 위해 싸울 일이 없을 테니까. 이제 내 갈 길엔 아무 방해가 없어."

그리고는 다시 아무 말이 없었다.

그 뒤에 살펴보니 그는 어떤 동양어에 몰두하기 시작한 것 같았다.

다이아나와 메어리, 그리고 나도 그 옆에서 공부를 하기 시작했다. 다이아나는 일찍부터 계획했던 백과 사전 독파 과정에 들어갔고 메어리는 그림을 그렸다.

그는 공부하는 중간 중간에 우리들을 호기심에 가득찬 눈으로 관찰하기도 했다. 그러다 우리와 시선이 마주치면 얼른 눈길을 돌리곤 했다. 그런데 이상한 것은 내가 모튼 학교에 가는 것을 그가 아주 좋아한다는 것이었다. 특히 비가 오거나 바람이 거셀 때면 다이아나와 메어리는 가는 것을 만류했지만 그는 맡은 바 임무를 완수하라며 나를 격려하기까지 했다.

"제인은 너희들이 생각하는 만큼 약골이 아냐. 그녀는 우리들 중 누구보다도 폭풍우와 눈보라를 견뎌낼 수 있어."

그는 누이들에게 그렇게 말하곤 했다. 때문에 나는 몹시 지치고 힘든 날에도 감히 불평을 하지 못했다.

그러던 어느 날, 감기에 걸려 집에서 쉬게 되었을 때였다. 모튼에는 나 대신에 다이아나와 메어리가 가기로 했다.

나는 객실에서 《쉴러》를 읽고 있었다. 그러다 모르는 단어를 사전에서 찾으려고 고개를 드는 순간 그가 나를 지켜보고 있었음을 알게 되었다. 얼마나 오랫동안 살펴보고 있었는지 모르겠지만 참으로 무섭고 차디찬 눈길이었다.

"무얼 하고 있지?"

"독일어를 공부하고 있어요."

"난 제인이 독일어보다는 힌두 어를 공부했으면 좋겠는데."

"농담이시겠죠."

"농담이 아냐. 힌두 어는 배울수록 어려운 학문이야. 기초조차 자꾸 잊어버려. 그래서 같이 공부할 사람이 필요한데 아무래도 제인이 제일 끈기있는 것 같아서 하는 말이야."

그의 말에 나는 얼른 그가 떠날 날짜를 계산해 보았다. 3개월 정도밖에 남지 않았다. 나는 그의 부탁을 들어 주기로 했다. 그 정도의 수고는 사촌 오빠를 위해 얼마든지 할 수 있다는 생각에서였다.

공부하는 데 있어서 그는 아주 가혹했다. 그는 내게 많은 것을 암기하도록 했다. 그리곤 그의 기대에 어긋나지 않은 성과를 보이면 칭찬을 아끼지 않았다. 그러나 그의 칭찬은 냉담한 말보다 더욱 불편했다. 오히려 그가 이전과 같이 냉랭하게 대해 주기를 바랄 정도였다.

잠자러 갈 시간이 되면 그는 누이동생들에게는 키스를 하고 내게는 악수를 했다. 그런데 그것도 어느 날부터인가 다이아나의 장난으로 키스하는 것으로 바뀌고 말았다. 다이아나가 나를 그에게 밀어붙인 것이었다. 나는 몹시 기분이 나빴지만 내색할 수가 없었다. 그날 그는 얼음장같이 차가운 입술로 내 이미에 키스를 했다. 그때 아마 내 안색이 창백하게 변했을 것이다. 그의 키스가 마치 내게 족쇄를 채우는 듯한 느낌을 갖게 했기 때문이었다.

그러는 동안에 독자 여러분은 내가 로체스터 씨를 까맣게 잊어버렸다고 생각할지도 모르겠다. 그러나 그건 천만의 말씀이다. 나는 결코 단한순간이라도 그를 잊은 적이 없었다. 그의 이름은 내 가슴 속에 깊이 새겨져 있었으며 그의 손길은 내 온몸에 각인되어 있었다.

나는 먼저 유언서 문제로 브리그스 씨와 서신 왕래를 하면서 그에 대한 소식을 물어본 적이 있었다. 그러나 브리그스 씨는 그에 대해서는 아무것도 아는 게 없었다. 할 수 없이 페어팩스 부인에게 편지를 낼 수밖에 없었다. 그러나 그녀에게서는 2주일이 지나도록 아무런 연락이 없었다. 다시 편지를 내 보았지만 역시 아무런 소식이 없었다.

그러는 사이에 겨울이 물러가고 봄이 왔다. 황량한 환경에서도 봄은 그런대로 화사한 모습으로 나타났다. 하지만 나는 결코 한가하게 봄날을 즐길 수가 없었다. 다이아나는 나를 해변으로 데려가 기분 전환을 시키려 했지만 그것을 센트 존이 반대를 했다. 그는 내가 유흥을 좋아하지 않으며 일하는 것을 즐기는 성격이라고 주장했다. 그러더니 힌두 어 공부에 더욱 가열히 몰아붙이는 것이 아닌가.

그러던 5월, 어느 화창한 날이었다. 편지가 왔다는 소리에 나는 기쁜 마음으로 달려나갔다. 분명히 기다리던 소식이려니 생각했다. 그러나 그 것은 브리그스 씨에게서 온 지극히 사무적인 내용이었다. 나는 절망감에 울음을 터뜨렸다. 그때 다이아나는 객실에서 음악 연습을 하고 있었고 메어리는 정원을 가꾸고 있었다. 센트 존만이 나를 지켜보고 있었다.

얼마 지나 내가 겨우 울음을 멈추고 진정되는 기미가 보이자 그는 같이 산책할 것을 권유했다.

"다이아나와 메어리도 함께 가요."

"아니, 오늘은 우리 둘만 가지. 그럼 먼저 부엌문으로 나가 마쉬 글렌 꼭대기로 가고 있어. 나는 조금 뒤에 갈 테니."

나는 그가 시키는 대로 했다. 그리고 10분쯤 후에 우리는 어깨를 나란히 하고 황량한 계곡을 향한 오솔길을 걷고 있었다. 히스와 골풀의 향기가 미풍을 타고 언덕을 넘어왔다. 계곡에는 봄비로 물이 불어 있었고 하늘에는 구름 한 점 없었다. 우리는 이끼처럼 매끄러운 녹색의 잔디를 밟았다. 잔디 여기저기에는 노란 꽃들이 한들한들 피어 있었다.

"여기서 좀 쉬어 가지."

시내가 폭포로 변하는 지점에서 센트 존이 말했다. 조금 먼 곳에는 온통 히스로 덮인 산이 있었다. 나는 조용히 센트 존의 옆에 앉았다. 그는 맑은 시냇물을 보고 있었다.

"다시 만날 거야, 지금보다 어두운 시냇가에서!"

그는 갑자기 소리 높여 말했다. 그러나 나는 그의 이상한 열정이 배인 말에 아무런 대꾸도 할 수가 없었다.

"제인, 난 6주일 이내에 떠나. 6월 20일에 출항하는 큰 상선을 예약했어."

"하느님이 보호해 주실 거예요. 오빠는 그분의 사업을 맡아 하시니까
요."

"그래, 거기엔 내 영광과 기쁨이 있어. 난 전능하신 하느님의 종이야.
난 결코 인간의 보호를 받으며 떠나는 게 아냐. 그런데 왜 사람들은 그
분의 전능하신 깃발 아래로 달려오려 하지 않을까?"

"모두가 오빠와 같은 힘을 갖고 있진 않아요. 약한 사람과 강한 사람
이 함께 행진하다는 건 어리석은 일이에요."

"난 약한 사람을 말하는 게 아냐. 나는 이 일을 수행할 자격이 있고
또 그걸 완수할 능력이 있는 사람을 말하는 거야."

"그런 사람은 아마 별로 없을 거예요."

"옳은 말이야. 하지만 만약 그런 사람을 찾아냈다면 그에게 이 사업
을 권유해야 옳지 않을까? 그것은 곧 하느님의 사명을 전달하는 것인
데."

"하지만 그건 누가 알려 주기 전에 본인이 먼저 깨닫게 될 거예요."
나는 옥죄어 오는 듯한 그의 선언에 몸서리를 치며 간신히 대답했다.
"그렇다면 제인은 그런 자신의 사명을 알고 있나?"
"저는 아무런 것도 깨달은 바가 없어요."
"그럼 내가 대신 말해야겠군."
그는 무슨 선언이라도 하듯이 말했다.
"제인, 나와 함께 인도로 가자. 내 조수로 또 내 동료로서."
그의 말에 나는 머리가 빙빙 도는 느낌을 받았다. 따라서 골짜기도
같이 돌았다. 나는 마치 하늘의 부름을 들은 듯 싶었다. 마케도니아 사
람이 성 바울의 꿈에 나타나 자신들을 도와 달라고 한 것처럼. 그러나
나는 결코 사도가 아니었다.

"오, 센트 존! 나를 용서해 줘요."

　나는 애원하듯 말했다. 그러나 그는 조금도 흔들림 없이 말을 계속 이어나갔다.

　"하느님은 이미 제인을 전도사의 아내로 정하셨어. 그분이 제인에게 내려준 것은 아름다운 외모가 아니라 재능이야. 제인은 일하기 위해 태어난 거야. 앞으로 제인은 전도사의 아내가 될 거야. 난 제인을 원해. 나 자신의 쾌락을 위해서가 아니라 오로지 주님께 봉사하기 위해서."

　"전 그 일에 맞지 않아요. 제겐 하늘의 부름이 없었어요."

　나는 완강하게 거절했지만 그는 그 정도의 반응은 예견하였던 모양이었다.

　"겸손은 기독교도의 미덕이야. 제인이 이 일에 맞지 않는다고 하는 건 옳은 말일지 몰라. 그렇다면 누가 적합하다는 말이지? 나 역시 성 바울처럼 나 자신을 죄인이라고 생각하고 있지만 난 결코 좌절하지 않아. 주님은 전능하고 의로우시니까 당신의 사업을 이루기 위해 약한 자에게 무궁한 수단을 주실 거야. 제인, 나처럼 주님을 믿어. 결코 그분의 능력을 의심해선 안 돼."

　"전 전도 생활이 무엇인지 몰라요. 한번도 생각해 본 적도 없고요."

　"부족한 것은 내가 도와줄 수 있어. 언제나 제인 곁에서 도와 주겠어. 제인은 잘해 낼 거야. 난 제인의 능력을 믿어."

　"저는 제게 그런 능력이 있다고 생각하지 않아요. 지금 오빠가 말씀하시는 중에도 공감가는 부분이 한 군데도 없어요. 이끌리지도 않고요. 오히려 제가 감당할 수 없는 일을 하라는 오빠한테 얼마나 두려움을 느끼고 있는지 몰라요."

　"난 제인을 만난 이후부터 줄곧 지켜봤어. 그동안 여러 가지로 시험도 해 보고. 그리고 결론을 내린 거야. 제인은 시골 학교에서 적성에 맞지도 않는 일을 성심껏 그리고 훌륭하게 완수해 냈어. 자신의 재능과 수완을 충분히 발휘해서 말야. 또한 갑자기 부자가 된 이후에 보인 그 침착한 태도에서 난 제인에게 물욕이 전혀 없다는 걸 알았지. 유산의 4분의 1만 갖고 나머지는 나누어 주던 그 모습에서 흥분과 정열 속에서도 희생을 감수하는 점을 발견한 거야. 뿐만 아니라 나를 위해 힌두 어를 공부하는 순종의 미, 근면성, 정열은 내가 이제껏 찾고 있던 완전한 자격의 소유자라는 것을 깨닫게 했지. 그러니 제인, 이제 자신을 불신하는 일은 그만두지. 난 완전히 믿어. 인도의 학교 선생으로 그리고 인도 부인들의 지도자로서 제인은 내게 더없이 소중한 내조자가 될 거야."

그는 말을 마친 후 대답을 기다렸다. 나는 15분간의 시간을 달라고 했다. 그러자 그는 고개를 끄덕이곤 히스가 무성한 언덕으로 올라갔다.

나는 곰곰이 생각해 보았다. 나는 물론 그가 원하는 일을 할 수 있을 것이다. 어쩔 수 없이 할 수도 있을 것이다. 그러나 과연 내가 인도에서 오래 버틸 수 있을까. 아마 그렇지 않을 것이다. 또한 인도로 간다는 것은 로체스터 씨가 있는 하늘 아래서 벗어나는 것이다. 그와 다시 만난다는 기약이 없이 살아가느니 아예 멀리 떠나는 것도 괜찮으리란 생각도 든다. 그러자면 센트 존의 말대로 흥미 대신에 새로운 인생을 찾지 않으면 안 된다.

그가 제의하는 일은 진실로 영광된 사람만이 뽑힐 수 있는 것이 아닐까. 그 일은 고귀한 노고와 숭고한 정신으로 산산이 부서진 마음을 달래기에 가장 적합한 일이 아닐까. 그렇다면 나는 센트 존에게 하겠다는 말을 해야 한다. 그러나 너무 끔찍하다. 센트 존과 인도에 간다는 것은 삶을 포기하는 것과 같다. 영국을 떠나는 그 순간부터 무덤에 들어가기까지 나는 그 시간들을 다만 채운다는 의미로 살아야 할 것이다.

나는 잘 알고 있다. 센트 존을 만족시키기 위해서 나는 몸이 부서지도록 일을 해야 할 것이다. 그와 함께 간다면 나는 그가 권하는 대로 철저하게 희생해야 한다. 내 전부를 제단에 바쳐야 한다. 몸도 마음도 송두리째로!

물론 나는 그가 여지껏 보지 못한 정열을 보여 줄 수 있다. 그가 상상
도 못했던 솜씨도 보여 줄 수 있다. 그 못지않게 열심히, 몸을 아끼지
않고 일할 수도 있다. 그러나 가장 두려운 것은 그의 아내가 되는 것이
다. 그는 저 산골짜기에서 흐르는 시냇물의 거품이나 일게 하는 바위와
같은 사람이다. 나에게 이성으로서 애정은 전혀 갖고 있지 않은 사람이
다. 물론 소중하게는 다룰 것이다. 마치 군인이 무기를 다루듯 말이다.
그러나 다만 그뿐일 것이다.

그는 내가 자신의 계획에 동참한다고 수락하면 그 즉시 결혼식을 올
리려 하겠지. 사랑의 여러가지 형식들은 생략하고 결혼식을 수행하겠지.
그럼 나는 그 모든 것을 꾹 참고 그가 하는 어떠한 사랑의 표현도 의무
를 달성하기 위해 진행되는 한갓 형식이라는 것을 인정해야겠지.

아, 안 될 말이다! 그런 순교는 너무 끔찍하다! 그런 일은 결코 당해
서는 안 된다. 그의 누이동생으로서라면 함께 가도 좋다. 그러나 아내로
서는 절대로 안 될 말이다.

나는 언덕에 있는 그를 보았다. 그는 둥근 언덕에 누워 나를 보고 있
었다. 그의 눈빛은 언제나처럼 주의깊고 날카롭게 빛나고 있었다. 그는
벌떡 일어나 내게로 다가왔다.

"제가 자유로운 몸으로 가도 좋다면 언제라도 가겠어요."

"무슨 말이지?"

"전 오빠의 사촌 누이동생이에요. 그리고 앞으로도 그랬으면 좋겠다
는 말이에요."

"내가 제인을 데리고 가겠다는 뜻은 아내로서 동행하자는 거였어. 그
러자면 우리는 결혼이라는 신성한 의식에 의해 결합되어야 해. 그래야
만 우리 사인 더욱 견고해질 수 있어."

"아니오. 전 오빠와 언제까지나 사촌 오누이로 지내고 싶어요."

"그럴 수는 없어. 나와 함께 인도로 가겠다고 했잖아."

"그건 어디까지나 조건부였어요.

"이미 나와 함께 인도로 간다고 했으니까 제인은 이미 이 일에 손을 댄 거나 마찬가지야. 그러니까 쉽게 마음이 변하지는 않겠지. 제인, 오직 한 가지 목적만 생각해. 복잡한 이해 관계나 감정, 사상, 소원, 목표 등은 버리고 모든 생각을 내 목적에 용해시켜 버려. 위대한 주님의 사명을 효과적으로 완수할 목적으로 말야. 그러자면 오누이로서는 안 돼. 부부로만 가야해. 나도 누이동생은 필요없어. 아내가 필요하단 말야. 죽을 때까지 절대적으로 날 도울 수 있는 조력자가 필요하단 말야."

그는 마치 내 모든 것을 지배하려는 듯했다.

"그렇다면 다른 곳에서 찾아 보도록 하세요."

"내가 원하는 사람은 보잘것없는 보통 사람이 아냐. 이기심으로 가득 찬 단순한 사람이 아니란 말야. 내가 바라는 건 바로 전도사야."

"그러니까 전도하시는 일을 돕겠다는 거예요. 아내로서 육체는 드릴 수 없지만요."

"하느님께서 절반의 헌납으로 만족하실까? 팔다리가 잘린 제물을 받아들이실까? 내가 주장하는 것은 하느님의 뜻이야. 나는 하느님의 깃발 아래로 제인을 불러들이는 것이야."

"저는 하느님께 마음을 바치겠어요."

나는 내심으로 센트 존을 두려워하고 있었다. 그를 잘 이해하지 못했기 때문이었다. 그가 과연 성인인지 알 수가 없었다. 그러나 그날 나는 그를 완전히 분석할 수가 있었다.

"제인이 하느님께 마음을 바치겠다는 말은 진심이라고 생각해. 그것이야 말로 내가 바라던 거야. 일단 인간으로부터 마음을 떼어냈으면 이제 하느님의 왕국을 발전시키는 데 노력해야 할 거야. 그러자면 하루 빨리 우리가 정신적으로 또 육체적으로 결합해야 해."

그가 말하는 동안 나는 그의 얼굴을 보았다. 위엄은 있지만 트이지 않은 이미, 맑고 날카롭긴 하지만 부드러운 맛이 없는 눈이었다. 아무리 생각해도 나는 결코 그의 아내가 될 수 없었다.

나는 아무리 지독한 노동에 얽매여도 혼만은 자유롭고 싶었다. 아직은 시들지 않은 자아에 의해 마음껏 사고하고 대화하고 싶었다. 그러나 그의 아내가 된다면 육체뿐 아니라 혼마저 속박당하고 강요당하는 생활이 되리라. 모든 것을 안으로만 삭이고 아무리 힘들어도 겉으로는 소리 한번 마음껏 지르지 못하리라. 그것은 도저히 견딜 수 없는 일이리라.

"센트 존!"

생각이 그곳까지 미쳤을 때 나는 갑자기 소리쳤다.

"전 도저히 오빠와 결혼해서 오빠의 일부분이 될 수 없어요."

그리곤 분명하게 말했다.

"제인은 나의 한 부분이 되어야 해. 그렇지 않으면 이제까지의 협상은 무효가 되는 거야. 어떻게 서른 살도 못 된 내가 열아홉 살 난 처녀를 인도까지 데리고 가겠어. 그런 야만인들 사이로 말야."

"그렇다면 제가 오빠의 진짜 누이동생이 되던가 오빠처럼 목사가 되던가 해야겠군요."

"제인이 내 누이동생이 아니라는 건 누구나 알고 있는 사실이야. 또 남자 못지않게 강하다 해도 여자의 심장을 갖고 있어."

"그래요. 전 여자의 심장을 갖고 있어요. 하지만 오빠에 대해서는 아녜요."

"제인, 나와 결혼해도 후회하진 않을 거야. 믿어 줘. 우린 무슨 일이 있어도 결혼해야 해. 결혼하면 자연히 정도 들 거야."

"전 오빠의 그런 결혼관을 경멸해요."

나는 발딱 일어서며 말했다. 그러자 그의 얼굴이 일순간에 굳어지는 것이었다. 화가 나서인지 놀라서인지는 알 수 없었다.

"난 제인에게 그런 말을 들으리라곤 상상도 못 했어. 난 결코 경멸당

할 언행을 한 적이 없다고 생각하는데."

"기분나쁘게 했다면 용서하세요. 하지만 그건 어디까지나 오빠 책임이에요. 오빠는 저의 의사와는 전혀 상관없이 이야기를 했어요. 전 결코 오빠와 결혼할 수 없어요. 우리 사이에 결혼이란 바로 불행의 씨예요. 그러니 저와 결혼할 계획이라면 일찌감치 그만두세요."

"안 돼! 난 오래 전부터 제인과 결혼할 것을 계획했어. 하지만 오늘은 그만하겠어. 난 내일 케임브리지로 떠나. 그곳에서 친구들을 만나 작별인사를 할 거야. 아마 2주 후에나 돌아올 거야. 그동안 내 말을 잘 생각해 봐. 그래도 거절한다면 그것은 하느님에 대한 거절이라는 사실을 잊지 말고. 하느님은 나를 통해 제인에게 참된 삶을 열어 주시는 거야. 내 아내 되기를 거부한다는 건 안일하고 타락한 삶 속으로 뛰어든다는 걸 명심하고."

말을 마치자 그는 망설임 없이 뒤돌아섰다. 그리고 집으로 돌아올 때까지 한 마디도 하지 않았다. 그는 내게 복종을 예상하고 있었다. 그러나 뜻밖에도 거절당하자 무척 마음이 상한 듯했다. 그럼에도 불구하고 참을성 있게 견디는 것은 그의 신앙심에 기인한 것이었다.

그날 밤 그는 침실로 가기 전에 누이동생들과 키스를 하였다. 그러나 내게는 손조차 내밀지 않았다.

"제인, 산책하다가 오빠와 다퉜어?"

다이아나가 물었다.

"그래도 얼른 복도로 나가 봐. 혹시 제인이 나올까 해서 서성대고 있어."

다이아나의 말에 나는 복도로 나가 보았다. 그는 층계 밑에 서 있었다. 나는 결코 그를 사랑하지는 않았지만 우애는 느끼고 있던 터라 그의 처사에 눈물이 나올 지경이었던 것이다.

"안녕히 주무세요."

"잘 자요, 제인."

그는 침착하게 되받았다. 나는 얼른 손을 내밀어 악수를 청하였다. 그러나 얼마나 차디찬 손이었던가. 그 순간 나는 결코 유쾌하게 화해할 수는 없으리란 생각을 했다.

35

그는 내게 말했던 것처럼 케임브리지로 출발하지 않았다. 대신 자신의 제의를 거절한 대가가 얼마나 가혹한지 느끼도록 했다. 비록 직접 책망하지는 않았지만 어떻게 해서든 자신의 호의를 저버린 것을 깨닫게 하고자 했다.

그는 여느 때와 다름없이 나를 불러 같이 공부하자고 했다. 겉으로는 평상시와 조금도 다를 바 없었다. 하지만 그러는 사이에도 나와 쌓은 우호적인 관계를 일시에 허물어뜨릴 수 있다는 암시를 주곤 하는 것이었다. 그것은 그가 입버릇처럼 말하던 숭고한 기독교인의 자세가 아니었다.

그런 그의 행동은 나에게 말할 수 없는 고통을 주었다. 그의 분노는 나를 깡그리 짓밟고 괴롭혔다. 특히 내가 그의 비위를 맞추려고 하면 그는 더욱 잔인하게 나를 짓밟았다. 그는 우리가 같이 읽고 있던 책이 내 눈물로 범벅이 되어도 눈썹 하나 까딱하지 않았다. 그의 마음은 돌이나 금속처럼 아무런 영향도 받지 않았다. 그러면서 오히려 누이동생들에게는 여느 때보다 훨씬 다정하게 굴었다. 하지만 나는 지금도 그가 결코 악의로 그런 것이 아니라 신념에 의해서 한 일이었다고 생각한다.

그가 떠나기 전날 밤, 우리는 정원에서 산책을 하다가 만나게 되었다. 나는 그와 화해하고 싶은 마음에 그의 곁으로 다가갔다.

"센트 존, 오빠는 아직도 화가 안 풀린 것 같은데 그러지 말고 우리

화해해요."

"우리가 언제 싸웠던가?"

그는 달을 보며 차갑게 대답했다.

"그럼 오빠는 인도에 가실 때까지 계속 이렇게 지내실 생각인가요? 제게 친절한 말씀은 한 마디도 건네지 않고 떠나실 작정이신가요?"

"내가 인도로 떠날 때까지라니? 그럼 제인은 인도에 안 가오?"

그제사 그는 달에서 눈을 떼곤 나를 보았다.

"네, 전 오빠와 결혼하지 않아요. 누구도 제 결심을 바꾸지 못해요."

"이유가 뭐지?"

"오빠가 절 사랑하지 않기 때문이에요. 그리고 미워하기 때문이에요. 오빠는 저와 결혼하면 절 죽일 거예요. 지금도 죽이려고 하잖아요."

"내가 제인을 죽이려 한다고? 그런 말을 입에 담다니! 일흔일곱 번 용서하는 것이 인간의 의무라는 것만 아니라면 난 결코 제인을 용서할 수 없을 거야!"

"정말 절 미워하시는군요. 그런데 저만 오빠와 화해하고 싶어한들 무슨 소용이 있겠어요."

내 말은 다시 그를 분노케 했다. 그는 핏기 없는 입술을 잠시 떨더니 쓰디쓴 미소를 지었다.

"그럼 약속을 저버리고 인도에는 안 가겠단 말야?"

"오빠의 조수로라면 가겠어요."

"그건 불합리하다고 분명히 설명했을 텐데. 그런데 또 다시 설명해야 하다니. 그건 제인을 위해서……."

"센트 존, 쓸데없는 말을 자꾸 되풀이할 필요는 없어요. 분명히 말씀 드리지만 전 오빠의 조수는 되어도 아내는 절대로 되지 않아요."

"아내도 아닌 여자는 내게 필요없어. 정 그렇다면 런던의 어느 선교 사한테 말해보지. 그 사람 부인이 조수를 구한다니까. 그렇게 되면 제인은 약속을 어겼다는 불명예는 면하게 될 거야."

그의 말은 여전히 독선적이었다. 나는 그런 그에게 반발감이 생겼다.

"불명예라거나 약속을 어겼다는 말은 저와 상관 없다고 생각해요. 전 인도에 가야하는 의무, 특히 알지 못하는 사람과 갈 의무가 없어요. 오빠와 함께라면 누이동생의 사랑으로서 위험을 무릅쓰고라도 가겠다고 했을 뿐이니까요. 하지만 오빠와 함께라도 그런 기후에서는 오래 견디지 못할 거예요."

"퍽이나 자기 몸을 생각하는군."

"당연하죠. 아무렇게나 내던지라고 하느님께서 주신 생명이 아니니까요. 인도에 간다는 것은 자살하는 거나 다름없어요. 그보다 저는 오랫동안 미루어 둔 일이 있어요. 그걸 해결할 때까지 전 결코 영국을 떠날 수가 없어요."

나는 며칠 동안 생각했던 일을 말했다.

"로체스터 씨를 찾겠다는 말이군. 세상에, 부끄러운 줄도 모르고 그런 말을 입에 담다니!"

"맞아요. 그분을 찾아야겠어요."

"제인을 위해 기도하겠어. 하느님께 버림받지 않도록 간절히 기도하지. 나는 제인이 하느님의 선택을 받았다고 생각해. 결국 하느님의 뜻은 이루어질 거야."

그는 말을 마치자마자 쪽문을 열고 골짜기 쪽으로 갔다. 나는 그의 모습이 완전히 사라질 때까지 그 자리에 서 있었다.

방으로 들어가자 다이아나가 내게로 다가왔다. 그녀는 센트 존과 나 사이에 흐르는 이상한 기류를 감지하고 있었던 것이다. 그날도 창문가에서 내내 나와 그를 지켜보고 있었다는 것이다.

"오빠는 제인에게 각별한 생각을 갖고 있는 것 같아. 그렇지 않아?"

그녀는 내 어깨에 손을 올려놓은 채 말했.

"날더러 아내가 되어 달라는군요."

"그래? 그거야말로 우리가 원하던 일이야! 제인, 오빠와 결혼해. 그렇게 되면 오빠는 영국에 머무를 거야."

"그렇지 않아요. 그는 다만 인도에서 일하는 데 필요한 조수를 얻으려는 생각이에요."

"그럼 제인을 인도로 데려가겠다는 거야?"

"그래요."

"미쳤군! 거기 가면 석 달도 못 가 목숨을 잃게 될 거야. 제인, 설마 승낙한 건 아니겠지?"

"결혼하는 건 거절했어요. 누이동생으로서는 동행하겠다고 했지만."

"그것도 안 돼. 어리석은 짓이야. 아마 오빠는 제인에게 뜨거운 대낮에도 일을 시킬 거야. 그런데 어떻게 오빠 말을 거절할 용기가 났어? 그동안 제인은 오빠가 시키는 것이라면 무조건 따랐잖아. 정말 오빠의 구혼을 거절한 거야? 오빠를 사랑하지 않아? 오빤 미남이잖아?"

"하지만 전 못생겼잖아요. 아무튼 우린 어울리지 않아요."

"못생겼다니! 제인은 인도에서 타 죽기엔 너무 선량하고 예뻐. 그러니까 제발 오빠와 같이 간다는 생각은 버려."

"아니, 꼭 가겠어요."

"오빠는 제인을 사랑하나 보지?"

"아니오. 오빠가 저와 결혼하려는 것은 자기 자신을 위해서가 아니라 일을 위해서라고 했어요."

"그런 말을 하다니!"

"오빠는 내가 오빠를 사랑하는 것도 원치 않아요. 그는 내가 애정을 위해 태어난 것이 아니라 일을 위해서 태어난 것이라고 했어요."

"제인, 아무리 그래도 센트 존을 미워하지는 말아. 그는 선량한 사람이야."

"선량할 뿐 아니라 위대하죠. 자신의 크나 큰 목적을 달성하기 위해 우리 같은 사람들의 감정이나 권리는 짓밟을 만큼이오."

그때 센트 존이 정원으로 들어서는 것이 보였다.

"그만 올라갈게요."

나는 얼른 이층으로 올라가며 말했다.

그날 저녁 기도 시간에 그는 묵시록 제21장을 읽었다. 그의 아름다운 목소리는 하느님의 말씀을 전달하는 데 조금도 손색이 없었다. 그의 목소리는 참으로 엄숙했고 태도 또한 의젓했다.

"이기는 자는 이것을 유업으로 얻으리라. 나는 저의 하느님이 되고 그는 내 아들이 되리라. 두려워하는 자들과 믿지 아니하는 자들은 유황의 불 속으로 빠지리니, 그것은 곧 죽음이니라."

그는 특히 그 대목에서 천천히 그리고 또박또박 읽었다.

성경을 다 읽은 후에는 기도가 시작되었다. 기도할 때 역시 그는 혼신을 다하였다. 열과 성을 다해 승리를 다짐하는 것이었다. 약한 사람을 위해서는 힘을 빌었으며 헤매는 사람을 위해서는 인도를 빌었다. 현세와 육신의 유혹에 끌리는 사람에게는 좁은 문으로 돌아오기를 빌었다.

그의 기도가 계속될수록 나는 그의 열렬함에 감동하였다. 그리곤 그의 위대성과 선량함을 굳게 믿게 되었다. 그 결과 나는 기도가 끝난 후 복도에서 만난 그에게 결혼 약속을 하게 되었다. 그는 자신의 기도에 하느님이 보답하신 것이라며 소리 높여 외쳤다.

"고마워. 난 2주일 이내에 케임브리지에서 돌아올 거야. 그동안 제인은 하느님의 말씀에 귀 기울이고 나의 목적을 위해 무엇을 할 것인가 생각해야 할 거야. 모든 것은 하느님의 영광을 위한 거니까."

그는 마치 나를 사랑이라도 하는 듯 두 팔로 껴안았다. 나는 그의 포옹이 무엇을 의미하는 줄 알고 있었다. 그런데 그 순간 내 눈앞에 무엇인가 떠오르는 환영이 있었다. 처음에 그 환영은 구름 뒤에 감추어져 있었다. 구름은 그 환영 앞에서 소용돌이 쳤다. 나는 그것이 무엇인지 확인하고자 애를 썼다.

집 안은 조용했다. 모두들 잠들어 있었다. 방 안은 달빛으로 가득 찼다. 그 고요함 속에서 나는 가쁘게 뛰는 내 심장 소리를 들었다. 온몸이 심하게 떨리기 시작했다. 나는 갑자기 잠에서 깨어난 듯 그를 밀어냈다. 누구인가 나를 부르는 소리가 들려왔다. 구름이 걷히며 환영이 서서히 정체를 드러내고 있었다.

"오오, 하느님, 저것이 대체 무엇입니까?"

나는 숨을 헐떡이며 물었다. 그러자 방 안에서인지 정원에서인지 귀에 익은 목소리가 들려왔다. 나는 그 목소리의 정체를 알기 위해 서서히 앞으로 나아갔다. 그리고 곧 그것이 더없이 그리운 로체스터 씨의 목소리라는 것을 깨달았다. 그가 고통과 슬픔에 차서 나를 부르고 있었다.

"어디 계세요?"

나는 밖으로 달려나가 소리쳤다. 그러나 정원에는 아무도 없었다.

"제인! 제인!"

센트 존이 쫓아나오며 소리쳤다.

"어디 계세요?"

나는 대문 옆의 검은 주목나무를 향해 소리쳤다.

"제인, 정신차려!"

센트 존이 나를 붙잡아 세웠다. 나는 그를 힘껏 밀쳐냈다.

"내게서 떨어져요! 혼자 있고 싶어요!"

내게 이상한 힘이 생기는 것을 느꼈다. 그 힘이라면 그를 복종시킬 수도 있을 것 같았다. 센트 존은 내 기세에 눌렸는지 뒷걸음질 쳤다.

나는 얼른 내 방으로 올라갔다. 그리곤 문을 잠근 후에 무릎을 꿇곤 기도를 드렸다. 감사의 기도였다. 하느님의 뜻을 안 이상 이미 내 마음 속에는 갈등이나 두려움 따위가 남아 있을 리 없었다.

36

다음날 새벽 센트 존은 내 방 문 밑으로 편지를 한 장 밀어 넣었다. 내용은 다음과 같았다.

어젯밤 제인이 보인 행동은 참으로 뜻밖이었어. 그리스도의 십자가와 천사의 금관을 차지할 순간에 그런 일을 벌이다니. 그러나 두 주일 후에는 확실한 결심을 보여 줄 테지. 그동안 '시험에 들지 않게 깨어 기도하라. 마음으로는 원하되 육신이 약하도다(마태 복음 26장 41절)'의 말씀을 잊지 말도록. 나는 끊임없이 제인을 위해 기도할 거야.

당신의 센트 존

편지를 읽고 난 후 나는 속으로 대답했다. 하느님의 뜻을 안 이상 마음이 내키는 대로 행동할 것이라고.

센트 존이 나가는 소리를 들으며 나는 짐을 싸기 시작했다. 짐을 싸면서 전날 경험한 신비한 체험을 회상해 보았다. 안타깝게 부르던 로체스터 씨의 목소리가 떠올랐다. 어쩌면 그것은 외부의 소리가 아니라 나의 내부에서 울려나온 소리였는지도 모른다는 생각이 들었다. 그러나 어쨌든 그것은 확연하게 내 고막을 진동시켰다. 그리고 가슴을 심하게 충동질했다. 그리하여 잠자던 내 영혼을 깨웠다.

아침 식사 시간에 나는 다이아나와 메어리에게 여행 계획에 대해 말했다. 내 영혼을 일깨운 목소리의 주인을 직접 찾아 나설 생각에서였다. 나는 적어도 나흘 정도는 집을 비울 것이라고 했다. 그들은 내 건강에 대해서는 염려하였으나 곤란한 질문은 하지 않았다. 그리곤 묵묵히 내 여행 준비를 도와주었다. 그리하여 저녁 나절에는 위트크로스 이정표 밑에서 합승마차를 탈 수가 있었다. 그곳에서 소온필드까지는 서른여섯 시간의 거리였다.

드디어 목요일 아침에 마차는 길가의 한 여관 앞에서 멈춰섰다. 녹색 울타리와 널따란 들판과 낮은 목장이 보이는 곳이었다. 나는 소온필드가 가까이에 있음을 알았다. 그곳에서부터는 걷기로 했다. 나는 여관에 짐을 맡기고 찬란한 태양이 내리쬐는 한길로 나섰다. 곧 '로체스터 암즈'라고 쓰인 표지가 나타났다. 로체스터라는 글자를 보자 심장이 벅차게 고동치기 시작했다.

그러다 문득 로체스터 씨가 없을지도 모른다는 생각에 미치자 심장의 고동소리는 금방 사그라지고 다시 맥이 빠지고 말았다. 혹시 그가 있더라도 그의 곁에는 부인이 있지 않은가. 확실하지 않은 환청에 홀려 괜시리 헛수고를 하는 것이 아닌가 싶기도 했다.

소온필드의 숲이 보이기 시작했다. 숲 위에서는 땅까마귀들이 떼지어 날아다니며 소란한 울음 소리로 아침의 정적을 깨뜨리고 있었다. 나는 다시 기쁨에 들떠 걸음을 재촉했다. 저택은 숲에 가려져 그때까지 눈에 띄지 않았다.

나는 저택의 정면을 보기 위해 오솔길을 헤치며 나아갔다. 그곳에서는 로체스터 씨가 있는 창문도 볼 수 있었다. 운만 좋다면 창문에 서 있는 그를 볼지도 모를 일이었다. 아니면 과수원이나 현관 앞길을 산책하고 있는 그와 만날지도 모르는 일이었다.

나는 벅찬 가슴을 안고 과수원의 낮은 담 모퉁이를 돌았다. 바로 그곳의 문을 통해 초원으로 나갈 수도 있었다. 나는 그 문의 한쪽 돌기둥에 몸을 숨기고 저택의 정면을 엿보았다. 그런데 놀랍게도 눈 앞에 펼쳐진 광경은 회색의 벽으로 세워진 당당한 소온필드 저택이 아니었다. 그토록 그리웠던 회색 암벽의 저택이 아니었다. 다만 검고 흉하게 그슬린 폐허뿐이었다.

나는 돌기둥에 몸을 숨길 필요가 없었다. 사람의 눈에 띄지 않을까 근심하며 그의 창문을 올려다 볼 필요도 없었다. 자갈길에 발소리가 나지 않을까 신경쓸 필요도 없었다. 나는 부들거리는 다리를 옮겨 앞으로 나아갔다. 저택은 모두 부서지고 남아 있는 벽이나 굴뚝도 곧 무너질 듯했다. 그리고 그 주위에는 죽음과도 같은 정적뿐이었다. 나는 비로소 이 집 사람 앞으로 부친 편지에 답장이 없었던 것을 이해할 수 있었다.

그렇다면 대리석과 목재의 손실 외에 생명의 손실이 있을 수도 있었다. 아, 그것은 참으로 끔찍한 발상이었다. 그것을 깨닫는 즉시 나는 여관으로 발길을 돌렸다. 여관에 도착하자마자 여관 주인을 불러 앉혔다. 그리고 소온필드의 사정에 대해서 묻기 시작했다. 그는 소온필드에서 산 적이 있다고 했다. 그러나 모르는 얼굴이었다. 아마 내가 없는 사이에 잠깐 머물던 사람이려니 생각했다.

"저는 돌아가신 로체스터 씨의 하인장이었습죠."

그러나 이어지는 그의 말에 나는 아연실색하지 않을 수가 없었다. 돌아가신 로체스터 씨라니, 그렇다면 그가 죽었다는 말인가!

"지금의 주인인 에드워드 로체스터 씨의 선친 말씀입죠."

그 짧은 시간에 나는 죽음과 삶 사이를 오갔다. 그의 말대로라면 로체스터 씨가 살아있다는 것이 확인된 셈이었다.

"로체스터 씨는 지금 소온필드에 계십니까?"

나는 가슴을 진정시키려고 일부러 그렇게 물어보았다.

"천만에요. 거긴 지금 아무도 없습죠. 작년 가을에 불이 나 몽땅 타버렸으니까요. 참 끔찍한 사건이었죠. 가구 하나 건져내지 못했으니까요. 한밤중에 불이 났거든요."

한밤중이라면 소온필드에서는 항상 위기의 시간인 것이다.

"화재의 원인은 밝혀졌나요?"

"소문을 들으셨을지 모르겠습니다만……."

그 대목에서 여관 주인은 목소리를 낮췄다.

"그 댁에는 정신이상이 된 여자가 갇혀 있었습니다. 그 여잔 아주 엄중하게 감금되어 있어서 직접 본 사람이 없었죠. 그래서 그 여자가 누구인지 아무도 몰랐는데, 글쎄 일 년 전에 로체스터 씨가 젊은 가정교사와 결혼하려는 바람에 모든 게 들통이 났다지 뭡니까. 그 여자가 글쎄 로체스터 씨의 부인이었다는 거예요."

"그런데 불은 누가 지른 거죠?"

나는 이야기가 다른 곳으로 벗어나는 것을 막으려고 그의 말을 잘랐다.

"그거야 뻔한 노릇 아닙니까. 바로 그 정신병자인 부인이 저지른 일이죠. 그동안에 그 부인을 풀이라는 하녀가 지키고 있었는데 그녀는 그 방면에서 아주 뛰어난 수완을 발휘한 모양이에요. 그런데 풀은 종종 술을 마시는 버릇이 있었답니다. 워낙 고된 일을 하다보니 그렇게 안할 수도 없었던 모양입니다만. 아무튼 그 정신병자는 워낙 교활하여 풀이 술에 취해 잠들기만 하면 풀의 주머니에서 열쇠를 꺼내곤 했다는군요. 한 번은 그렇게 나와 로체스터 씨를 태워 죽일 뻔한 일도 있답니다. 그런데 놀라운 일은 사건이 나던 날 밤에는 바로 가정교사의 방으로 들어가 그 방의 침대에 불을 질렀다는 거예요. 아마 버리가 돌신 했어노 남편에 관한 일은 모두 알고 있었던 모양이에요. 그러나 다행히 그 방에는 아무도 없었어요. 가정교사는 두 달 전에 달아나고 없었으니까요. 로체스터 씨는 그 여자가 세상에서 가장 소중한 보물이라도 되듯 온갖 데를 찾아다녔지만 아직까지 소식을 듣지 못했답니다. 그러자 로체스터 씨는 마치 정신이 나간 사람같이 사나워지셨어요. 그 에어 양이라는 여자가 오기 전에는 참으로 드물게 대담하고 날카로운 분이셨는데 말이죠."

"다른 사람들은요?"

"로체스터 씨가 혼자 있고 싶다고 하시며 모두 내보냈답니다. 페어팩스 부인은 평생 먹고 살 연금을 주어 친구 집으로 보내고 아델이라는 아이는 학교로 보냈지요."

"불이 났을 때 로체스터 씨는 댁에 계셨나요?"

"그럼요. 위층과 아래층이 모두 불바다가 되자 그분은 위 아래로 오르락 내리락하시며 하인들을 깨우셨죠. 그리고는 삼층에 갇힌 부인을 구하시려고 다시 불길로 뛰어드시려는데 모두들 부인이 지붕 위에 있다고 소리쳤죠. 그 여잔 지붕 위에서 마구 소리를 지르고 있었어요. 아마 1마일 밖에서도 들렸을 겁니다. 저도 그날 그 여자를 똑똑히 보았습죠. 아주 몸집이 크고 머리가 길더군요. 그때 로체스터 씨는 그 여자를 구하려고 지붕 위로 올라가시더군요. 부인의 이름을 부르면서 말이죠. 그런데 로체스터 씨가 부인 곁으로 다가가자 부인은 고함을 지르며 밑으로 뛰어내리는 것이었어요."

"죽었나요?"

그 순간 나는 그렇게 물었다.

"물론이지요. 머리가 터져 골이 산산이 흩어져 버린걸요."

"아아, 끔찍해라!"

"정말 끔찍했어요. 아, 가엾은 에드워드 씨!"

"그분은 살아있다고 하셨죠?"

나는 다시 한번 확인하고자 그렇게 물었다.

"네, 살아 계시고말고요. 하지만 차라리 그날 돌아가시는 편이 나았을지도 모릅니다."

"왜요?"

"그 사건으로 눈이 안 보이게 된 거죠. 그분은 부인이 지붕에서 뛰어내린 후 겨우 층계로 내려오셨는데 바로 그때 집이 무너져 내린 거예요. 그분은 결국 그 밑에 깔리셨는데, 대들보 하나가 보호해 주긴 했지만 결

국 한쪽 눈은 튀어 나오고 한쪽 손은 카터 씨가 즉시 잘라낼 만큼 바스
라져 있었어요. 그 뒤 남은 한쪽 눈마저 염증을 일으켜 완전하게 시력을
잃고 말았죠."

"로체스터 씨는 지금 어디 계신가요?"

"펀딘에 계시죠. 참으로 쓸쓸한 곳이죠. 여기서 30마일쯤 떨어져 있답
니다. 존 할아범과 그 마누라가 그곳에서 그 분을 모시고 있다는군요."

"여기서 타고 갈 것이 있나요?"

"마차가 있습죠."

"그렇다면 곧 준비시켜 주세요. 만약 댁의 마부가 오늘 저녁 어둡기
전에 저를 펀딘까지 태워다 줄 수 있다면 요금의 두 배를 드릴게요."

37

펀딘 저택은 이렇다 할 특징이 없었다. 그것은 로체스터 씨의 선친이
사냥을 위해 사들인 것으로 세들 사람이 없을 정도로 외진 곳에 있었다.

나는 그날 저녁 안으로 그곳에 닿을 수 있었다. 찌푸린 하늘은 이슬
비를 뿌리고 찬바람이 부는 날이었다. 나는 그곳에서 1마일 정도 떨어진
곳에서부터 걷기 시작했다. 숲이 울창하고 풀이 무성하여 중간 중간 방
향을 잘못 잡았다고 착각할 정도였다. 저택까지 닿는 동안 희미한 길을
따라 앞으로 나아갈 수밖에 없었다.

저택은 어둠 속에서 수목과 구분할 수 없을 만큼 썩어가는 벽으로 둘
러싸여 있었다. 문을 열고 안으로 들어서니 숲은 그곳에서부터 반원형
을 이루고 있었다. 모든 창문에는 창살이 달려 있었으며 현관 어귀는 한
두 사람이 다닐 수 있을 정도로 몹시 좁았다. 여관 주인의 말대로 참으
로 쓸쓸한 곳이었다.

"이런 곳에서 사람이 살 수 있을까?"

나는 주위를 돌아보며 중얼거렸다. 그런데 바로 그때 현관문이 열렸다. 그리곤 누군가 밖으로 나오는 것이었다. 그는 비가 오는지 알아 보려는 듯 손을 내밀었다. 모자도 쓰지 않은 채였다. 나는 어둠 속에서도 즉시 그를 알아보았다. 다름아닌 바로 내 사랑 로체스터 씨였다.

나는 터져 나오려는 목소리를 누르고 앞으로 내닫는 걸음을 붙잡았다. 그리곤 숨을 멈추고 그를 지켜 보았다. 그는 여전히 건강해 보였다. 얼굴 윤곽은 예전과 다름없었고 머리칼도 검게 빛났다. 그러나 그 얼굴은 고통으로 일그러져 있었다.

그는 천천히 층계를 내려왔다. 그리고는 손으로 더듬어가며 풀밭으로 걸어나왔다. 눈을 쳐들어 하늘과 숲을 바라보기도 했다. 그러나 아무것도 볼 수가 없음을 깨달았는지 오른쪽 손을 내밀어 허공을 휘저었다. 손목이 없는 왼쪽 팔은 품에 감추고 있었다.

"저를 잡으세요."

그때 어디선가 나타난 존이 그의 곁으로 다가가 말했다.

"내버려두게."

그는 존의 손길을 뿌리쳤다. 그리곤 다시 천천히 현관 계단을 오르기 시작했다. 나는 현관문이 닫히기를 기다렸다가 얼른 뛰어가 문을 두드렸다. 곧 존의 아내인 메어리가 나와 문을 열어 주었다. 그녀는 나를 발견하곤 마치 유령을 본 듯 놀랐다. 나는 그녀의 손을 잡았다. 그녀를 따라 들어간 부엌에는 존이 난롯불을 쬐고 있었다. 나는 두 사람에게 그곳까지 간 사연을 간단하게 말했다. 그리고 존에게는 통행세를 받는 곳에 맡겨 두었던 내 짐을 가져다 달라고 부탁을 하고, 메어리에게는 하룻밤 묵을 수 있도록 준비를 해달라고 부탁했다.

얼마 안 있어 응접실에서 벨이 울렸다.

"주인님이 찾으시는군요. 보이진 않으셔도 어두워지면 꼭 촛불을 찾으시거든요."

메어리의 설명에 나는 내가 대신 가겠다고 했다. 그녀는 쟁반에 물과 촛불을 준비해 주었다. 응접실로 가는 동안 나는 가슴이 떨려 몇 번이나 멈춰서야 했다. 물도 조금 엎질렀다. 그렇게 다시 돌아오기까지 얼마나 긴 시간이 흘렀던가. 그리고 또 얼마나 많은 고통과 희생이 있었던가.

응접실은 어둠침침했다. 로체스터 씨는 거의 꺼져가는 난로 곁에 앉아 있었다. 그의 발 아래 파일럿이 있었다. 파일럿은 내가 들어서자 대뜸 귀를 곤두세웠다. 그러더니 옛친구를 알아차렸는지 갑자기 내게로 달려 들었다.

"누워 있어!"

나는 나지막한 소리로 말했다. 그러자 로체스터 씨가 기계적으로 고개를 돌렸다. 나는 얼른 그에게 물컵을 건네주었다.

"무슨 일이야?"

그가 물었다. 파일럿은 흥분하여 여전히 나를 쫓아다녔다.

"파일럿, 얌전히 있어!"

나는 다시 파일럿에게 말했다. 로체스터 씨는 물을 마시려다 말고 갑자기 긴장된 몸짓을 보였다.

"메어리, 메어리 맞아?"

"메어리는 부엌에 있어요."

나는 목구멍으로 치밀어 오르는 울음을 겨우 참으며 말했다.

"누구야!"

로체스터 씨는 팔을 내저으며 물었다.

"파일럿은 절 알아보던데요. 전 오늘 저녁에 도착했어요."

"아니, 내 귀가 잘못되었나? 아니면 내가 어떻게 된 건가?"

"잘못되신 거 없어요. 그러기에는 당신은 아주 튼튼해요."

"그럼 이리 가까이 와 봐요! 나는 아무것도 볼 수가 없어! 아아, 심장이 멈추고 머리가 터질 것 같아!"

그는 손으로 더듬거리며 앞으로 왔다. 나는 그손을 잡아 두 손으로 꼭 움켜쥐었다.

"그래, 바로 이 손이야! 작고 가느다란 바로 이 손!"

그는 이어 내 팔을 잡고 어깨와 목을, 그리고 얼굴을 더듬었다.

"이건 분명 제인의 몸이야!"

"마음도 제인이에요. 제가 다시 당신 곁으로 온 거예요."

"제인! 제인! 제인!"

"그래요, 제인이에요. 당신의 제인 에어예요."

"정말이야? 당신이 맞아? 오오, 나의 귀여운 사람! 이게 꿈은 아닐까? 나는 꿈에서 당신은 안아보곤 했는데. 꿈 속에서 제인은 나를 버리고 가지 않았는데."

"오늘부턴 당신을 떠나지 않을 거예요."

"떠나지 않겠다고? 하지만 이게 꿈이라면 나는 또 깨어나서 얼마나 허망해 할까. 제인, 떠나기 전에 한 번만 나를 꼭 안아 줘요."

나는 그의 눈에 입술을 대었다. 그리고 이마로 흘러내린 머리를 쓸어 올리고 그곳에도 키스를 했다. 그가 모든 것을 현실이라고 받아들일 때까지 그렇게 했다.

"정말 제인이 내게로 돌아온 것이란 말이지? 어느 개울에 빠져 죽은 게 아니고 낯선 사람들 틈에 있는 게 아니고?"

"네, 전 마데이라 숙부님이 남기신 유산으로 잘 지내고 있었어요."

"지금 한 말은 현실에서만 가능한 얘긴데. 그렇다면 이건 꿈이 아니야! 그런데 숙부님께서 당신에게 유산을 남겼다고?"

"네, 5천 파운드나요. 그래서 전 부자가 되었어요."

"그렇다면 당신은 이제 친구들도 많겠군. 나처럼 눈먼 불구자와 함께 어울리지 않아도 좋을 만큼 말야."

"천만에요. 전 당신이 반대하지만 않는다면 당신의 간호사도 되고 가정부도 되고 친구도 될 거예요. 그래서 책도 읽어 드리고 함께 산책도 하고 함께 놀기도 하고요."

나는 그가 아직도 나를 아내로 맞고 싶어한다고 생각했다. 내가 그를 원하는 만큼 그도 나를 원한다고 생각했다. 그러나 그는 의외로 시무룩해지는 것이었다.

"그래, 당신은 훌륭한 간호사 노릇을 할 수 있을 거야. 당신은 동정받을 만한 사람에게는 늘 친절했으니까. 나는 그것으로 만족해야 되겠지. 아버지와 같은 마음으로 말야. 하지만 당신은 평생 내 간호사로 있을 순 없을 거야. 아직 젊으니까 결혼해야겠지."

"결혼 같은 건 생각하고 있지 않아요."

"그런 말은 하지 마오. 지난 날 같으면 내가 나서겠지만 지금은 이꼴이니!"

"제가 당신의 본래 모습을 찾아 드릴게요. 그동안 당신은 마치 사나운 짐승이 되어버린 것 같군요. 손톱이나 발톱도 그런가요?"

나는 아무렇게나 자란 그의 머리카락을 쓸어올리며 말했다.

"이쪽 팔에는 손도 손톱도 없소. 그저 살덩어리에 불과하지."

그는 품에서 절단된 팔을 꺼내 보이며 말했다.

"당신의 모습이 가슴 아픈 건 사실이지만 전 그런 것은 상관없어요."

"난 당신이 내 팔과 흉터투성이 얼굴을 보면 달아날 줄 알았는데."

"어떻게 그런 말씀을 하실 수가 있어요? 그보다 잠깐만 놓아 주세요. 제대로 불을 피우고 난로도 청소해야겠어요. 불꽃이 잘 타오르는지는 아시겠어요?"

"약간. 오른쪽 눈에 빨간 불이 희미하게 보여. 촛불도."

"저는요?"

"당신은 안 보여, 이 요정 아가씨야. 하지만 난 당신 목소리를 듣고

만질 수 있는 것만으로도 만족해."

"저녁은 드셨어요?"

"아니, 저녁은 아예 안 먹고 있소."

"그러면 안 돼요. 그러지 말고 저랑 같이 먹어요. 저녁 내내 아무것도 안 먹었더니 배가 몹시 고파요."

나는 메어리를 불러 방을 좀더 밝게 하고 그의 마음에 드는 식사를 준비시켰다. 그날 그 저택에 있는 사람들은 모두 흥분된 상태였다. 사람뿐 아니라 파일럿 역시 부산하게 우리 주위를 계속 돌고 있었다.

식사를 하는 동안 우리는 마음을 터놓고 이야기를 했다. 특히 나는 그를 즐겁게 해 주기 위해 애를 썼다. 그가 즐거워하는 것이라면 그것은 내게도 기쁨이었다. 이야기를 하는 동안 그는 잠깐 동안이라도 침묵이 흐르면 금방 불안해하며 나를 만졌다. 그럴 때마다 나는 그를 안심시켜 주어야 했다.

식사가 끝난 후에는 그의 머리를 빗겨 주었다. 그의 머리는 그동안 길게 자라 있었다.

"당신은 마치 브라우니 같아요."

나는 스코틀랜드 전설에 나오는 괴물에 그를 빗대어 말했다.

"무섭게 보여?"

"그럼요. 언제나 그랬지만"

"하하, 당신은 여전히 독설가로군. 그런데 그동안 어디에 있었지?"

"당신보다 백 배는 더 훌륭한 사람들과 함께 있었어요. 아주 세련되고 품위 있는 분들이죠."

"어떤 자들인데?"

"그건 내일 말씀드릴게요. 내일 얘기한다는 건 제가 내일 아침에 다시 나타난다는 보증이에요. 자, 이제 아주 멋진 모습이 됐어요. 전 그만 자야겠어요. 사흘 동안 여행을 했더니 몹시 피곤해요."

"제인, 한 마디만 해 줘. 당신이 있던 집에는 여자들뿐이었나?"

로체스터 씨는 간절하게 물어보았다. 나는 웃으면서 도망쳐 나왔다. 그를 곯려줄 방법이 생각난 것이었다.

다음날 아침, 그는 일찍부터 나를 기다리고 있었다. 내가 반갑게 인사를 하자 그는 의자에서 벌떡 일어났다.

"정말 있어 줬군! 정말 가 버리지 않았어! 이리 와요!"

그가 팔을 활짝 벌리며 말했다. 나는 그에게 다가가 키스를 했다.

"아침부터 종달새가 지저귀는 소리를 들었지만 그것은 위안이 되지 않아. 지상의 모든 아름다운 음악은 오직 제인의 목소리뿐이야."

나는 그의 모습에 눈물을 흘리지 않을 수 없었다. 마치 새의 왕이라는 독수리가 횃대에 묶인 채 참새에게 먹을 것을 구걸하는 것과 같이 보였기 때문이었다. 그렇다고 눈물만 흘리고 있을 수는 없었다. 식사를 마치자 나는 그를 이끌고 밖으로 나왔다. 비에 젖고 거칠어진 숲에서 그를 밝은 들판으로 인도했다. 비온 후의 들판은 참으로 싱싱했으며 하늘은 눈이 부시도록 푸르렀다. 나는 그러한 것들을 그에게 설명했다.

우리는 사람의 눈에 잘 띄지 않는 아늑한 휴식처를 찾아 내었다. 그는 나를 그의 무릎 위에 앉혔다.

"잔인한 사람! 당신이 소온필드에서 사라져 버린 후 내 마음이 어떠했는 줄이나 알아? 돈 한 푼 없이 떠났다는 사실을 알고는 얼마나 걱정을 했는 줄 아냐고? 의지할 곳 없고 돈 한 푼 없는 사람이 어디서 어떻게 지낼까 싶어 얼마나 가슴 졸였는데. 난 당신에게 내 정부가 돼 달라고 할 생각은 추호도 없었어. 그저 내 곁에만 있어 준다면 내 재산의 절반을 떼어 주었을 거야. 도대체 살아갈 방도도 전혀 없는 사람이 어떻게 그렇게 떠날 수 있었지?"

그는 나를 꼭 끌어안은 채 물었다.

"도대체 그동안 어디서 어떻게 지냈는지 지금이라도 좀 말해 주구려."

그의 재촉에 나는 그간의 사정을 대강 정리하여 말했다. 사흘 동안 굶주림과 추위 속에서 방황한 이야기는 적당히 넘어가고 무어 하우스에 들어가게 된 사연과 모튼 학교의 선생이 된 사연은 조금 자세하게 말했다. 그리고 유산에 관한 이야기도 했다. 그러자니 자연히 센트 존의 이야기가 빠질 수 없었다.

"센트 존은 어떤 남자지? 그를 좋아하나?"

"그는 참으로 좋은 분이에요. 나이는 스물아홉 살인데 피로를 모르는 사람이죠. 위대하고 숭고한 사업을 하는 것이 그의 이상이랍니다."

"머리는? 아둔한 편이겠지. 그가 하려는 일은 훌륭하지만 지껄이는 말은 저급하지 않나?"

"천만에요. 그의 머리는 아주 좋아요. 말은 좀 없는 편이지만 어쩌다 입을 열면 요령있게 하고자 하는 말만 간추려 하죠."

"그럼 꽤 유능한 모양이군."

"유능할 뿐 아니라 박식하기도 해요."

"하지만 당신 취미에 맞는 사람같지는 않은데?"

"그는 세련되고 침착한 사람이었어요. 제가 이상하지 않은 한 그런 사람과 맞지 않을 리 없죠."

"얼굴은 어떻게 생겼소? 당신 말에 따르자면 희고 큰 넥타이로 목을 졸라매고 두꺼운 창을 댄 구두를 신은 건방진 목사가 연상되는데."

"센트 존은 아주 멋쟁이예요. 얼굴도 잘생겼고요. 키가 크고 푸른 눈에 피부는 희죠. 옆에서 보면 마치 그리스 인처럼 단정하답니다."

"빌어먹을! 당신은 그를 좋아한 게로군."

"네, 좋아했어요. 그런데 그건 아까도 물어 봤잖아요."

나는 그의 질투심에 더욱 불을 질렀다. 그것은 그의 우울증을 치료하기에는 참으로 유용한 방법이었다.

"그럼 당신은 지금 내 무릎에 억지로 앉아 있는 거겠군."

"왜 그렇게 생각하시는데요?"

"당신은 그의 모습을 마치 아폴로와 같이 그려 놓고 있소. 키가 크고 푸른 눈의 그리스 형 얼굴이라. 그러나 지금 당신을 안고 있는 남자는 검은 얼굴에 어깨가 벌어졌어. 게다가 장님에 한쪽 손목도 없고. 마치 그리스 신화에 나오는 못생긴 대장간의 신처럼 말이오."

"그러고 보니 당신은 정말 대장간의 신 같군요."

"그럼 이제 가도 좋아. 하지만 내 질문에 다 대답하기 전에는 안 돼."

그는 나를 더욱 바짝 끌어안으며 말했다.

"센트 존은 당신이 사촌누이란 걸 알기 전에 학교 선생으로 앉힌 거지? 그럼 그 남자와 자주 만났겠군."

"그는 거의 매일 학교로 찾아왔어요."

"그 사람은 당신이 하는 일에 썩 만족했을 테고. 당신은 꽤 재주가 많으니까 말야. 그러다 당신의 비범한 것도 눈치챘을 테고."

"그랬어요."

"학교 근처에 있었다는 당신 집에도 찾아왔었나?"

"한두 번쯤요."

이 대목에서 그는 잠시 말을 멈췄다.

"사촌지간이라는 것을 안 후에는 얼마나 같이 살았지?"

"다섯 달 동안요."

"그 사람은 공부를 많이 했나?"

"아주 많이요. 다이아나와 메어리와 제가 독일어를 공부할 때 그는 힌두 어를 공부했어요. 그러다 어느 날 제게 힌두 어를 가르쳐 주겠다고 하더군요."

"당신에게만?"

"네."

그가 두 번째로 말을 멈춘 대목이었다.

"그 사람은 절 인도로 데려갈 작정이었어요."

"그럼 그 사람은 당신과 결혼할 작정이었군."

"그래요. 그는 제게 청혼을 해 왔어요."

나는 천천히 그리고 분명하게 말해 주었다.

"다시 말하지만 이제 그만 나를 두고 가시오. 왜 여지껏 내 무릎에 눌러 앉아 있는 거요?"

"이렇게 있는 게 기분이 좋으니까요."

"그럴 리 없소. 당신의 마음은 센트 존, 그 친구에게 있는데 말이오. 아, 나는 이 순간까지도 당신이 아직 내 사람인 줄 알았소. 나를 버리고 갔을 때도 나를 사랑한다고 생각했었소. 그것이 얼마나 내게 위안이 됐는 줄 아시오? 그런데 당신은 내가 눈물을 흘리고 있을 때 다른 남자를 사랑했다니! 어서 가서 그와 결혼해요!"

"그럼 절 밀쳐 내세요. 제 발로 당신을 떠날 수는 없으니까요."

"그럴 수는 없소. 제인, 당신 스스로 당신의 남편에게로 가요."

"그는 제 남편이 아니에요. 그는 절 사랑하지 않아요. 저도 그를 사랑하지 않고요. 그 사람은 로자몬드라는 아름다운 아가씨를 사랑하고 있어요. 그런데 그가 저와 결혼하려는 이유는 제가 전도사에 알맞은 아내가 되리라는 생각에서예요. 그는 훌륭한 사람이지만 지나치게 엄격하고 얼음처럼 차가운 사람이에요. 전 그와 같이 있으면 행복하지도 않고 매력도 못 느껴요. 그런데도 제가 그에게 가야 한다는 말인가요?"

나는 나도 모르게 몸서리를 쳤다. 그리고 로체스터 씨를 격정적인 몸짓으로 껴안았다.

"이봐, 그게 정말이야?"

"그래요. 전 단지 당신의 우울을 덜어드리려고 좀 골려 주었을 뿐이에요. 제가 당신을 얼마나 사랑하는 줄 아신다면 당신은 놀라실 거예요.

제 마음은 오직 당신뿐이에요."

그러나 내 고백에 그는 천만 뜻밖에도 서글픈 표정을 짓는 것이었다. 뿐만 아니라 굳게 닫힌 눈까풀 밑으로 눈물까지 흘리는 것이었다.

"나는 소온필드에 있는 벼락맞은 밤나무 고목이나 다름없어."

그는 얼굴을 돌리며 말했다. 그런 그의 모습에 나는 가슴이 미어질 듯이 아파왔다.

"당신은 고목이 아녜요. 벼락맞은 나무는 더욱 아녜요. 당신은 아직 젊고 건강해요. 얼마든지 새로운 싹을 틔울 수 있어요. 주위의 넝쿨들은 그 나무를 친친 감고 의지할 거예요."

"넝쿨이란 친구들을 말하는 건가?"

"그래요."

"제인, 난 친구가 아니라 아내가 필요한 사람이야."

"그건 당신의 선택에 달렸어요."

"내 대신 당신이 선택하면 안 될까? 내가 당신 결정에 따를 데니."

"당신이 가장 사랑하는 여자가 누구죠? 당신이 말하면 아마 그 여자는 당신의 아내가 될 거예요."

"제인! 바로 당신이오!"

"그럼 됐어요."

"하지만 난 당신보다 나이도 스무 살이나 많고 불구잔데?"

"그런 건 제 사랑에 아무런 영향도 주지 않아요."

"진심인가?"

"전 오직 진실만을 말하고 있어요."

"오, 나의 사랑하는 사람! 당신에게 하느님의 은총이 내리시길!"

"당신의 아내가 된다는 건 저로서도 가장 큰 행복이에요."

"당신은 희생하는 것을 좋아하기 때문일 거요."

"당신과 결혼하는 것이 희생이라고요? 굶주린 사람이 식량을 얻고 불만 대신 만족을 얻은 것이 희생이라고요? 좋아요. 그게 만약 희생이라면 저는 기꺼이 희생하겠어요."

"이제까지 난 하인들의 손에 끌려다녔어. 그게 싫어서 밖으로 나오려 하지 않았지. 하지만 이제는 당신이 내 손을 잡아 주겠지. 난 당신의 조그만 손을 잡고 어디든지 갈 거야."

"그래요. 우린 항상 손 잡고 다닐 거예요."

"그렇다면 이제 결혼하는 문제만 남았군. 제인, 우물거릴 시간이 없어. 한시가 바쁘니 먼저 한몸이 된 다음에 결혼하기로 할까?"

그는 나를 향한 채 진지하게 말했다. 그의 조급한 성질이 되살아난 것이었다.

"벌써 네시가 다 돼 가요. 배고프지 않으세요?"

나는 일부러 딴청을 하며 그의 조급함을 가라앉히려 했다. 그러나 그는 마치 어린애처럼 보채기 시작했다.

"사흘 후에 우리 결혼합시다. 이젠 옷이나 보석 따위는 필요없으니까 더 이상 늦출 필요가 없잖아. 당신이 두고간 진주 목걸이는 지금 내가 걸고 있다는 걸 아나? 난 당신이 떠난 이후로 이걸 줄곧 걸고 있었지."

"그 사이에 빗방울이 모두 말라 버렸군요. 바람이 없어서 꽤 더운데요."

나는 계속 딴청을 했다.

"당신은 나를 신앙이 없는 사람이라고 생각하겠지만 나는 며칠 전에 하느님의 은총을 경험했다오. 나흘 전이었던가, 그날 나는 문득 이상한 마음이 들어 창문가에 앉아 있었다오. 그때까지 난 틀림없이 당신이 죽었다고 생각하고 있었소. 그래서 하느님께 나를 속히 부르셔서 당신과 만날 수 있게 해달라고 기도하곤 했다오. 그날도 열한시에서 열두시쯤에 그런 기도를 드렸소. 그리곤 창가에 앉아 있는데, 그날따라 이상하게도 당신이 그리워서 미칠 것만 같지 뭐겠소. 그래서 난 큰 소리로 당신의 이름을 불렀소."

"마음 속으로가 아니라 밖으로 소리를 내서 말인가요?"

"그렇소. 누가 들었으면 틀림없이 미쳤다고 했을 거요."

"그리고 그건 지난 월요일 밤, 거의 자정이 가까워서였지요."

"그렇소. 하지만 시간 따윈 문제가 아니오. 그 다음에 정말 신비한 일이 일어났으니까. 글쎄 내가 당신 이름을 부르자 어디서 들려오는 소리인지 알 수는 없지만 '곧 가요!' 하고 대답하는 소리가 들리는 것이 아니겠소. 그리고 또 '어디 계세요?' 하는 소리도 들려오고 말이오."

독자여, 내가 그 신비스런 경험을 한 날 밤 그 역시 나와 똑같은 체험을 한 것이었다! 그러나 나는 그에게 아무 말도 하지 않았다. 그것은 말로 설명하기에는 두려울 정도로 성스러운 체험이라는 생각 때문이었다.

"어젯밤 당신이 너무도 갑자기 나타났을 때 나는 비로소 그날의 그 목소리가 단순한 환청이 아니었음을 알았소. 이 모든 것은 바로 하느님의 은총인 것이오."

그는 나를 무릎에서 내려놓았다. 그리고는 공손히 모자를 벗더니 무릎을 꿇고 기도를 드리는 것이었다.

"저의 창조주께서 심판하시는 가운데도 자비심을 잊지 않으신 것에 대해 감사드립니다. 오늘부터는 더욱 깨끗하게 생활할 수 있도록 힘을 주시길 주님께 간절하게 기도드리나이다!"

그는 내게 손을 내밀었다. 나도 그에게 손을 내밀었다. 그리고 우리는 어깨동무를 하고 숲 속에서 나와 집으로 향해 걸어갔다.

38

독자여, 나는 그와 결혼했다! 아주 조용하게. 결혼식에는 신랑, 신부

외에 목사와 서기만 참석했다.

결혼식을 마치고 집으로 돌아왔을 때 메어리는 점심식사 준비를 하고 있었고 존은 칼을 갈고 있었다.

"메어리, 우린 지금 결혼식을 하고 오는 거예요."

나는 아무렇지도 않은 얼굴로 그들에게 다가가 말했다. 메어리가 고개를 돌려 물끄러미 바라보았다. 존도 칼을 갈다말고 멍하니 보았다.

"정말 놀라운 일이군요!"

잠시 후에 그들은 동시에 말했다.

"두 분이 함께 나가시는 건 보았지만 설마 결혼하시러 갈 줄은 몰랐어요."

메어리가 굽던 닭에 기름을 바르며 말했다.

"전 이렇게 될 줄 진작에 알았습죠. 에드워드 씨를 잘 알고 있기 때문이죠. 어쨌든 참 잘하셨습니다. 축하합니다!"

존은 로체스터 씨가 어릴 때부터 함께 있던 사람으로 곧잘 그의 이름을 불렀다.

"고마워요. 로체스터 씨께서 이걸 드리라고 했어요."

나는 존에게 5파운드짜리 지폐를 주며 말했다. 그리고는 곧장 부엌을 나왔다.

"어떤 여자보다 주인님의 시중을 잘 들어 드릴 거야. 내세울 만한 미인은 아니지만 그렇다고 박색은 아냐. 아마 주인님은 저분의 착한 마음씨에 반한 모양이야."

존이 목소리를 낮춰 하는 소리가 등 뒤에서 들려왔다.

나는 무어 하우스와 케임브리지에도 내 결혼 소식을 알렸다. 또한 그 동기에 대해서도 자세히 알렸다. 다이아나와 메어리는 내 처사를 전적으로 지지해 주었다. 특히 다이아나는 내가 신혼 여행에서 돌아오는 즉시 만나러 오겠다고 했다.

　센트 존은 여섯 달 이후에나 편지를 보내왔다. 하지만 나와 로체스터 씨의 결혼에 대해서는 일언반구 아무 말이 없었다. 그렇다고 원망하거나 분개하는 내용도 아니었다. 오히려 친절하게도 내 행복을 빌겠다고 했다. 그리고 그 후에도 그는 규칙적으로 편지를 보내왔다.

　나는 또한 로체스터 씨의 허락을 받아 아델을 학교에서 데려왔다. 그 애가 있던 학교는 너무 규율이 심해 어린아이가 감당하기에는 벅차게 보였기 때문이었다. 아델은 규율이 덜 심하고 집에서 가까운 학교에 보내졌다. 언제든지 오고 싶으면 올 수 있는 거리였다. 처음에는 내가 그 애의 가정교사 노릇을 계속할 생각도 해 보았으나 그것은 불가능한 일이었다. 내 손길이 더욱 필요한 로체스터 씨가 있었기 때문이었다.

　아델이 학교를 졸업했을 때는 아주 쾌활하고 친절하고 온순하고 올바른 판단을 할 수 있는 사람으로 성장해 있었다. 그 아이는 내가 베풀어 주었던 사소한 친절까지도 잊지 않았다. 그 보답은 나와 내 아이에게 오랫 동안 베풀어졌다.

　지금 나는 결혼한 지 10년이 되었다. 나는 이 세상에서 가장 사랑하는 사람과 함께 살고 있다. 따라서 나는 항상 내가 세상에서 가장 행복한 사람 중에 한 사람이라고 생각한다. 나는 그의 생명이며 그는 나의 생명이다. 나는 그와 지내는 동안 한 순간이라도 권태를 느낀 적이 없었다. 우리는 언제나 한 몸이었고 앞으로도 그럴 것이다.

　로체스터 씨는 결혼한 후 2년 동안 눈먼 상태로 지냈다. 우리들이 이토록 가까워질 수 있었던 것은 어쩌면 그런 사정 때문인지도 모른다. 나는 그의 눈이었으며 그의 왼팔이었기 때문이다. 그는 나를 통해 자연을 보고 책을 읽었다. 그의 눈에 닿지 않는 빛을 나는 항상 그의 귀를 통해 느끼도록 해 주었다. 그리고 그가 하고 싶어하는 일은 무엇이든 해 주었다. 그것은 슬픔인 동시에 곧 기쁨이었다.

　그런데 우리가 결혼한 지 2년이 지날 무렵이었다. 그날 나는 그가 불러주는 것을 편지지에 옮기고 있었다. 그런데 갑자기 그가 내 곁으로 다가와 허리를 굽히는 것이었다.

"제인, 혹시 지금 목걸이를 하고 있소?"

"그래요."

그의 말대로 나는 금으로 된 목걸이를 걸고 있었던 것이다.

"그리고 연한 하늘빛 옷을 입고 있고?"

그것도 그의 말대로였다. 그는 한쪽 눈을 가리고 있던 어둠이 벗겨지는 것 같다고 했다. 그 말을 듣는 즉시 나는 그를 이끌고 런던으로 갔다. 그리곤 가장 유명한 안과의사를 찾았다. 그리하여 그는 마침내 한쪽 시력을 되찾았다. 아직은 잘 볼 수 없고 글도 많이 읽을 수는 없지만 길 정도는 쉽게 찾을 수 있는 정도가 되었다. 런던에서 돌아와 우리들의 첫아이가 그의 품에 안겼을 때 그는 그 아이의 눈이 자신을 닮았다는 것을 처음으로 알게 되었다. 그리고 하느님의 자비가 그의 죄를 용서해 주셨다는 것도 알게 되었다.

나는 지금 무척 행복하다. 주위의 모든 사람들 또한 행복하므로 더욱 그렇다. 다이아나와 메어리는 결혼해서 잘 살고 있다. 우리는 번갈아 가면서 일 년에 한 번씩 서로 오가며 만나고 있다. 다이아나의 남편은 해군 대령이며 메어리의 남편은 목사이다. 모두 선량한 사람들이며 학식이나 집안도 기울지 않는다. 또한 그들은 아내를 사랑하며 아내의 사랑을 받고 있다.

센트 존은 결국 인도로 갔다. 그러나 결혼은 하지 않았다. 그는 자신의 계획이 거의 완성 단계에 이르렀다고 했다. 그리고 그에 대한 확고한 보답을 기다리고 있다고 했다.

다음 편지는 다른 사람이 써서 보내 주었다. 그는 마침내 하느님의 부르심을 받은 것이다. 그러나 그는 죽음조차 두려워하지 않았다. 오히려 그의 희망을 더욱 굳건해지게 한 듯 싶었다. 그는 마지막 편지에서 그것을 맹세했다.

"주님이신 그리스도는 내게 미리 알려 주셨어. 그리고 날마다 더욱 확실하게 알려 주고 계셔. 그분은 속히 나를 찾아 오시겠다고 하셨어. 아멘! 주 예수여, 부디 임하소서!" World Best

《제인 에어 *Jane Eyre*》 바로 읽기

격정으로 가득 찬 생애

샬럿 브론테(Charlotte Brontë)는 1816년 4월 21일, 영국 북동부에 있는 요크셔 주(州)의 돈튼에서 1남 5녀 중 셋째로 태어났다. 그녀는 후에 소설 《제인 에어》를 써서 《폭풍의 언덕》을 쓴 그녀의 동생 에밀리 브론테와 함께 세계 문학의 흐름에 기념할 만한 고전을 남겼다.

아버지 패트릭 브론테(Patrick Brontë)는 아일랜드의 가난한 농부의 맏아들로 태어났는데 어려서부터 독립정신이 강해, 초등교육을 마치고 집안의 생계를 도우면서도 면학의 열정을 잃지 않았다. 그러던 중 장로교 목사인 헨리 허셔의 도움으로 케임브리지 대학 성 존스 칼리지에서 수학하고, 29세 되던 해에 웨저스필드 교회의 부목사로 취임했다. 그 후 웰링턴과 뒤즈벨리의 부목사직을 거쳐 핫헤드의 목사로 전임되었다.

어머니 마리아 브란웰(Maria Branwell)은 영국 남서부의 반도 콘월 출신으로 일찍이 부모를 잃고 친척집에 기거하면서 엄숙한 종교적 분위기 속에서 자랐다. 그녀는 숙모인 훼넬 부인의 소개로 핫헤드에서 목사 일과 우드하우스 글로브 학교의 종교 담당 교육을 도와 주고 있던 패트릭을 만나, 서로 사랑하는 사이가 되었다. 그들은 1812년 요크셔 주의 하이츠헤드에서 결혼하여 1820년 호워드의 종신 목사로 부임될 때까지 장녀 마리아(1813년)와 차녀 엘리자베스(1814년)를 낳았고, 그 후 돈튼으로 옮겨 살면서 3녀 샬럿(1816년), 장남 패트릭 브란웰(1817년), 4녀 에밀리(1818년)와 5녀 앤(1820년)을 낳았다.

1820년 4월 호워드의 목사로 부임하게 되어 이주한 그곳은 영국 북부 요크셔 주의 웨스트 라이딩 한모퉁이에 위치한 산악지대였다. 히스(heath ; 황야에 자생하는 관목)가 무성한 황량한 산과 벌판으로 마을과 차단된 외딴 곳이었다. 해발 2천 피트가 넘는 불모의 고원지대에서의 생활은 자연환경만이 황량한 것이 아니라, 가정생활도 쓸쓸한 것이었다.

브론테 자매들은 목사인 아버지와 신앙심이 두터운 어머니의 영향으로 어린 시절을 종교적인 분위기 속에서 보냈다. 패트릭은 한때 문학을 지망했던 청년답게 때때로 시작(詩作)을 즐기며 목사의 임무를 충실히 수행했고, 마리아 브란웰 역시 문학적 소양이 풍부한 여자였다. 그러나 행복은 짧은 순간으로 끝나고, 그들의 따뜻한 가정은 점차로 시련을 겪게 되었다. 먼저 1821년 9월 15일, 샬럿이 5세 때 어머니가 암으로 사망한다. 어머니의 뜻하지 않은 죽음으로 이모인 엘리자베스 브란웰이 와서 집안 일을 돌보게 되었다. 그녀는 감리교 신자로서 엄격한 종교적 교육과 당시 여자 아이들이 갖추어야 할 예의범절을 익혀 주었다. 하지만 완고하고 편협된 감리교 신자인 그녀는 어머니를 여읜 아이들의 외로움을 달래 줄 상냥하고 다정한 여인은 되지 못했다. 자매들은 이모를 존경은 했어도 어머니처럼 스스럼없이 따르지는 않았다.

한번 시작된 비극은 얼마 안 있어 다른 모습으로 그들에게 다가왔다.

1824년 마리아, 엘리자베스, 샬럿, 에밀리 4자매는 코원 브리지 사숙(私塾)에 입학한다. 이들 중 마리아와 엘리자베스는 이 학교에 퍼진 열병에 걸렸다가 곧 영양실조와 폐병으로 죽고 말았다. 이 학교가 바로 《제인 에어 *Jane Eyre*》 속의 로우드 학원의 모델이며 학대를 받다 죽는 작품 속의 인물 헬렌 번즈는 언니 마리아의 모습을 그린 것이다.

1826년 가까운 리즈 시에 다니러 갔던 아버지가 돌아오면서 브란웰을 위하여 열두 개의 장난감 병정을 선물로 사다 주었다. 브론테 자매는 이 장난감 병정을 자신들의 무한한 상상의 세계로 끌어들여, 거기에 영웅과 미녀와 시인과 악인을 등장시켜 이야기를 만들고 서로 주고받으며 하나의 '왕국'을 만들어냈다. 자매들은 처음에 웰링턴 공작과 나폴레옹의 전투를 흉내내어 인형의 이름들을 '웰링턴 공작'이니 '그레이비', '웨딩 보이', '보나파트르'라고 이름을 붙였다. 무대는 아프리카 연안으로 설정되었고 '그레이트 글라스 타운'이 그곳의 중심지이며 샬럿이 이름 붙인 '웰링턴 공작'이 그곳의 왕으로 군림했다. 문학에 관심이 많았던 아버지가 설교집을 발표하기도 하고, 논설을 기고하기도 해서, 잡지 출간에 익숙했던 자매들은 샬럿을 중심으로 〈젊은이들〉, 〈우리 동지〉, 〈섬 사람들〉 같은 여러 가지 공상 모험담을 산문과 시로 지어내어 신문과 잡지라는 형식으로 발표했다.

이윽고 에밀리와 앤은 가공의 〈곤달 왕국〉을 만들어내고 샬럿과 남동생 브란웰은 〈앵글리아 왕국〉을 만들어냈다. 특히 샬럿은 현실적으로 억압되어 있던 자신의 소망을 이야기 속의 주인공들의 로맨스에 결부시켰다. 이러한 가공담들을 모두 작은 종이에 깨알 같은 글씨로 또박또박 적어 놓았다.

이 공상 놀이는 1831년 샬럿이 로헤드 기숙학교에 들어가게 됨으로써 일단 중단되었다. 샬럿이 이 학교의 조교가 되자, 언니의 뒤를 이어 동생 에밀리와 앤도 입학했다. 그러나 에밀리는 약 3개월 동안의 학교 생활에서 심한 향수병에 걸려 괴로워하다가 집으로 돌아오고, 그 대신 앤이 1836년 샬럿의 도움을 받아 처음으로 학교 교육을 받았다. 마필드에 있는 그곳 학교에서 샬럿은 1838년까지 약 3년 동안 교장 마가렛 울러 여사를 도와 학생 겸 조교로서 재학했다. 그 사이에 엘렌 내시와 메어리 테일러라는 두 명의 평생의 친구를 만나게 된다. 이들의 친분은 샬럿에 관한 자료를 얻는데 많은 도움을 준다. 샬럿이 엘렌 앞으로 보낸 4백 통 이상의 편지들이 엘렌에 의해 오늘날까지 전해지고 있기 때문이다.

샬럿이 20세 되던 1836년부터 1841년까지의 기간은 그녀의 청춘이 점차 성숙해 가는 시기였다. 소녀 시절 독서의 영역은 셰익스피어에서 19세기 낭만파에 이르기까지 광범위한 것이었는데, 그녀의 작품에 낭만주의적 감정이 흐르는 것은 이러한 것에서 비롯되었을 것이다. 이 무렵 샬럿, 에밀리, 앤 등 세 자매는 각각 이곳 저곳으로 가정교사 일을 다녔으나 자의식이 너무나 강했던 샬럿은 가정교사 일에 많은 곤란을 겪는다.

한편, 문학과 더욱 가까워진 샬럿은 1836년 자신이 그동안 썼던 시를 계관시인(桂冠詩人) 사우디에게 보내 비평을 청했다. 그러나 시인으로부터는 아무런 답장도 오지 않았다. 1839년 봄에는 샬럿에게 작은 로맨스가 있었는데, 친구인 엘렌 내시의 오빠 헨리로부터 구혼을 받은 일이었다. 그는 훌륭한 부목사였지만 샬럿은 매력이 없다는 이유로 거절했다. 《제인 에어》 속의 센트 존은 그를 모델로 삼은 듯하다.

1841년 샬럿은 일생에 있어서의 중요한 결심을 하게 된다. 영국 국교회에서 주는 아버지의 한정된 수입만으로는 생계를 유지하기가 힘들어 그녀는 가정교사 일을 시작한다. 그러나 시적이며 자존심이 강한 여성이 적응하기는 무척 힘이 들었다. 그리고 자매가 뿔뿔이 흩어져 힘든 생활에 허덕이는 것이 지겨워진 그녀는 에밀리와 함께 자신들의 기숙학교를 열기로 결심한다. 그것은 자매 누구나가 기뻐할 즐거운 계획이었다. 샬럿은 이 계획을 친구인 엘렌 내시에게 알렸다. 그리고 자기가 몸 담고 있었던 로헤드 학교의 마가렛 울러와 이 계획을 상의했다. 그녀는 뒤즈벨리 무어에 있는 자기 소유의 학교가 경영난에 있으니 그 학교를 인수하는 것이 어떻겠느냐는 제의를 했다. 하지만 벨기에와 네덜란드를 여행중이던 친구 메어리로부터, 영국에서는 전쟁이 한창 치열하니까 자기처럼 외국에서 공부를 더 한 다음에 시작하는 것이 좋지 않겠느냐는 충고의 편지를 받고는 일단 마음을 돌린다. 그래서 경비도 적게 드는, 메어리 테일러가 공부하고 있던 브뤼셀로 행선지를 정한다.

마침내 1842년 샬럿과 에밀리 자매는 브뤼셀에 도착하여 에제 기숙여학교에 들어갔다. 자매가 들어간 학교는 에제 부인이 실권을 가지고 운영하는 여자 교육 기관이었는데, 그녀의 남편 에제 씨는 아테네 루아얄이라는 남자 학교의 문학 교사로 유명했으며, 가끔 아내의 학교에 지도하러 오곤 했다. 브론테 자매는 성실하고 열심히 학업에 전념했다. 에제 씨는 멀리서 공부하기 위하여 찾아온 목사의 두 딸에게 특별히 불문학을 지도해 주었다. 에제 씨는 자매의 소질을 인정하고 열의를 가지고 가르쳤다. 샬럿은 처음에는 그를 검은 백조라느니, 도둑 고양이라느니, 하이에나처럼 무섭다느니 하는 표현으로써 꺼렸으나, 차츰 존경하는 마음을 품게 되었다. 그리고는 샬럿은 에제 씨를 사랑하게 된 자신을 깨닫게 되었다. 그 남자에게 샬럿은 자신이 상상해 낸 '자모나 공'의 모습을 겹쳐 놓았다. 시간이 지나자 에제 씨는 에밀리에게는 그곳 학교의 음악 교사로서, 샬럿에게는 영어 교사로 남아 주기를 부탁했다.

바로 그 무렵인 1842년 가을, 어머니 대신 집안 일을 맡아 하던 이모 엘리자베스가 사망했다는 연락을 받는다. 그로 인해 그녀들은 서둘러 에제 기숙 학교를 떠나 귀국해야만 했다.

이모의 죽음으로 집안 일을 돌볼 여자가 필요했다. 고향을 떠나면 언제나 향수병에 시달리는 에밀리가 남기로 하고, 샬럿은 다시 이듬해 2월 브뤼셀로 갔다. 하지만 이번에는 학생으로서가 아닌 교사의 자격이었다. 샬럿은 스승인 에제를 사모하는 정이 날로 깊어만 갔다. 그러나 주위의 분위기는 냉랭하고 에제 부인은 노골적으로 샬럿을 미워했다. 에제 씨도 그녀가 가슴에 그렸던 것처럼 더 이상 정답게 대해 주지 않았다. 에밀리도 없는 먼 곳에서 샬럿은 고민하고 고독에 몸부림쳤다. 거리를 방황하다가 성당에 들어가 신부에게 고해를 해 보기도 했으나, 괴로운 심정은 치유되지 않았다. 마침내 샬럿은 1844년 쓸쓸히 영국으로 돌아왔다. 아내가 있는 남자와의 이루어질 수 없는 사랑, 이 스승에 대한 짝사랑의 경험이 처녀작 《교수 *The Professor*》에 나타나고, 그 심정이 상상과 연결되어 작품 《빌레트 *Villette*》에 적용된다. 《제인 에어》의 로체스터는 '앵글리아'에 관한 상상에서 온 것이기도 하지만 에제 씨의 모습이 투영된 것이기도 하다.

한편, 유일한 남자 형제인 브란웰이 로빈슨 가에서 가정교사로 있다가 로빈슨 부인과의 연애 사건 때문에 집으로 쫓겨온 것이 이 무렵이다. 사랑에 대한 병으로 실의에 빠진 그는 거의 매일 술과 아편으로 반미친 상태가 되었는데, 그렇지 않아도 고뇌에 젖어 있는 샬럿을 더욱 슬프게 했다. 그리고 1844년에는 에밀리와 함께 그동안 계획했던 학교를 집에서 열려고 했으나 단 한 명의 학생도 오지 않아 실패하고 말았다.

그러나 이렇게 힘든 상황에서 새로운 운명의 씨앗이 싹트기 시작했다. 즉, 1845년은 자매들이 오래 전부터 염원하고 있었던 문학에의 꿈을 실현시키는 운명의 변화를 맞게 되었다. 학교 사업을 포기한 브론테 자매는 문학에 희망을 걸고 글을 쓰기 시작했다. 1845년 가을 샬럿은 우연히 에밀리가 그동안 썼던 시의 원고를 읽게 되었다. 그것에 크게 감명을 받은 샬럿은 자기와 앤의 시를 함께 묶어서 1846년, 자신들의 머리 글자인 C·E·A를 딴 남자의 필명으로 《커러와 엘리스와 액튼의 시집 *Poems by Currer, Ellis and Acton Bell*》이라는 시집을 거의 자비를 들여 출판했다. 에밀리는 처음에는 시집을 내자는 것에 대해 화를 내고 반대했지만 샬럿의 설득으로 동의했다고 한다. 하지만 힘들게 출판한 첫 시집은 단 두 권만이 팔렸을 뿐 별다른 반응을 얻지 못했다. 의욕에 비해 너무나 형편없는 결과였다. 그러나 자신들의 작품이 활자화되었다는 것에 대해 그녀들은 마음의 위안을 삼았다.

첫 시집의 실패 후에도, 샬럿은 좌절하지 않고 자신의 문학의 열정을 실천해 나갔다. 이번에는 세 자매가 각각 한 편씩의 소설을 썼다. 샬럿은 《교수 *The Professor*》를, 에밀리는 《폭풍의 언덕 *Wuthrring Height*》을, 앤은 《아그네스 그레이 *Agnes Grey*》를 써서 여기저기 출판사를 찾아 다녔으나 아무 곳에서도 상대해 주지 않았다. 《폭풍의 언덕》은 어렵사리 출판이 되기는 했으나 세인의 관심을 전혀 끌지 못했다. 샬럿이 에제 학교에서의 경험을 토대로 하여 쓴 《교수》는 일곱 번이나 출판사에서 거절 당해 결국 그녀의 생존중에는 출판되지 않았다. 그러나 《교수》에 대해 퍽 호의적인 관심을 보였던 스미스 엘더 출판사로부터 같은 작가가 좀더 긴 작품을 쓴다면 주목을 끌 것이라는 격려의 편지를 받았다.

그 무렵, 시력이 몹시 나빠진 아버지의 눈수술을 위하여 샬럿은 아버지를 모시고 맨체스타로 갔다. 그곳에서 샬럿은 그 해 여름부터 써 오던 《제인 에어》를 탈고하여 스미스 출판사로 보냈다. 윌리엄스라는 사원이 그 소설을 읽고 감동을 받아 사장에게 보이고 스미스 사장도 쾌히 출판을 수락하여 마침내 이 소설은 햇빛을 보게 되었다.

1847년 10월, 커러 벨(Currer Bell)이라는 이름으로 책이 나오자마자 대단한 호평과 함께 선풍적인 인기를 끌었다. 이어 《폭풍의 언덕》과 《아그네스 그레이》가 출판되었다. 《제인 에어》의 작가는 일약 문학계의 주목을 받게 되었고, 당대의 비평가 새커리의 찬사를 받기도 했다.

이렇게 샬럿이 성공을 해 나가고 있는 동안 하나밖에 없는 남동생 브란웰이 술과 아편으로 몸을 버리더니 마침내 1848년 9월 4일 세상을 떠났다. 이어 에밀리가 브란웰의 장례식을 치르는 동안 감기에 걸려 시름시름 앓기 시작하더니 병세가 악화되어 결국 같은 해 12월 9일 세상을 뜨고 말았다. 설상가상으로 이번에는 에밀리가 죽은 지 불과 5개월이 지나기도 전에 하나 남은 동생 앤마저 저 세상 사람이 되고 말았다. 가족을 모두 떠나 보내고 시력을 잃어가는 아버지와 단 둘이 남게 된 샬럿은 이 엄청난 슬픔을 극복이라도 하려는 듯이, 중단하고 있던 《셜리 Shirley》를 1849년에, 《빌레트 Villette》를 1853년에 각각 출판한다. 이 소설들도 호평을 얻게 되어 샬럿은 소설가로서의 확고한 지위를 획득했다.

일생을 통해 여러 번 있었던 청혼을 물리친 샬럿은 1854년 6월 아버지 교회의 부목사였던 니콜스의 끈질긴 청혼을 받아들여 마침내 결혼식을 올렸다. 이것이 그녀의 생애에서 처음이자 마지막으로 행복한 순간이었다. 얼마 안 있어 임신도 했다. 그러나 결혼 생활은 매우 짧았다. 샬럿은 결혼한 다음 해인 1855년 1월 열로 자리에 누워 남편 니콜스의 정성 어린 간호에도 불구하고 3월 31일 39세의 나이로 최후의 단편 《엠마》를 미완(未完)으로 남긴 채 세상을 떠났다. 원인은 동생들과 마찬가지로 폐결핵이었다고 한다.

샬럿의 생애에서 두드러진 점은 그녀의 성격을 장식하는 양면성이다. 즉, 언니들이 죽은 후부터 장녀로서 집안 일을 꾸려나가면서 동생들을 돌보고, 학교를 세울 계획을 하는 등은 현실주의자로서의 일면이고, 항상 똑같이 반복되는 단조로운 일상 생활로부터 탈출하고자 만들어낸 꿈의 세계는 낭만주의자로서의 다른 한 면이다. 샬럿을 비롯한 브론테 자매들은 단조로운 생활의 지루함을 달래기 위하여 글을 쓰기 시작했지만 샬럿의 다른쪽 마음에서는 글을 쓰는 것이 생계의 수단이 될 수도 있다는 생각이 있었을 것이다.

개스켈 부인이 쓴 《샬럿 브론테의 생애 Life of Charlotte Brontë》가 널리 읽히게 됨에 따라 샬럿 브론테는 자매들 가운데 가장 적극적인 여성으로 부각되었다. 동생들에게 학교를 세우도록 계획하고, 이 계획을 실현시키기 위해 에밀리를 데리고 브뤼셀로 유학한 것도 샬럿이었고, 에밀리와 앤을 설득하여 그들의 시집 출판을 주도한 것도 샬럿이었다.

그리고 샬럿은 학교를 세우려는 계획과 시집이 실패로 끝났음에도 불구하고 자신뿐만 아니라 동생들에게 좌절하지 않고 계속해서 글을 쓰도록 격려하기도 했다.

《제인 에어》의 감상

샬럿의 소설은 어느 정도 자전적인 내용을 포함하고 있다. 《제인 에어》의 독특한 흥미는 먼저 그 주인공의 성격과 개성에서 온다고 할 것이다. 《제인 에어》의 경우에도 주인공 제인 에어의 착실하고 내성적이고 의무감이 강하며 솔직한 성격은 샬럿의 성격을 그대로 반영하고 있다. 첫 부분의 인상적인 '로우드 학교'의 수난 생활은 그녀가 어렸을 때 입학한 코원 브리지 학교의 추억이 바탕이 되었다는 것을 쉽게 알 수 있다. 가정 교사로서의 제인의 생활에도 작가 자신의 경험이 반영되었을 것이다. 또 이 소설의 중심 생명이라고 할 수 있는 로체스터와의 사랑은 앞서 말한 대로 에제 씨에 대한 사랑의 체험이 그녀 속에서 정화되어 나타난 것이라고 볼 수 있다. 그러나 한 작가의 천재성이나 재능을 측정하는 기준이 되는 것은 이러한 자전적인 소재에 작가가 무엇을 덧붙였는가 하는 것이다. 샬럿이 열렬한 애정이나 격렬한 감정에 휘말렸던 때는 없었다. 따라서 그녀의 소설에서 볼 수 있는 격렬한 사랑과 미움, 질투 등은 그녀가 젊어서 받은 낭만주의 문학의 영향과 '앵글리아'의 꿈에서 꼬리를 끌어온 뛰어난 상상력의 산물이라고 할 것이다.

총 38장으로 된 《제인 에어》를 내용상 몇 단계로 나누어 보면 다음과 같다.

제1장부터 4장까지는 게이츠헤드의 리드 외숙모 댁. 늦은 가을에서 시작하여 이듬해 1월 15일까지의 생활이 묘사되어 있다. 고아 소녀 제인은 외숙모인 리드 부인 댁에 얹혀 살고 있는데, 외숙모는 제인을 귀찮게 여길 뿐더러 무척 싫어한다. 그래서 제인을 가난한 소녀들을 위한 열

악한 환경의 자선학교인 로우드로 보내 버린다.

　제5장에서 10장까지는 로우드에 입학한 1월 19일부터 약 8년 반 동안의 생활로 제인은 6년 동안 로우드에서 교육받고 난 다음, 2년 동안 교사로 근무하게 된다. 그러던 중 제인이 가장 좋아하던 템플 선생이 결혼을 하여 학교를 떠나게 되자, 제인도 취업 광고를 내어 가정교사 자리를 구해 소온필드로 떠난다.

　제11장부터 27장까지는 10월부터 다음 해 여름까지 가정교사로 들어간 소온필드 저택에서의 일이 그려져 있다 제인은 아델의 가정교사로 근무하던 중, 주인인 로체스터와 사랑에 빠지게 된다. 그러는 사이 리드 부인이 병이 들어 위독한 상태에 이르자 게이츠헤드를 방문한다. 리드 부인은 죽기 전에 마데이라에 제인의 유일한 친척인 존 에어가 살고 있다고 전해 주고, 그가 제인의 소식을 물었을 때, 제인은 로우드에서 열병으로 죽었다고 거짓말을 했다고 고백한다. 리드 부인의 장례식을 마치고 소온필드로 돌아가자 로체스터가 제인에게 청혼한다. 제인은 그 청혼을 기쁜 마음으로 승락한다. 하지만 로체스터에게는 비록 미쳐 있기는 하지만 엄연한 아내가 있었다. 로체스터의 처남이 그 사실은 알고 영국으로 달려와 제인과의 결혼을 중지시킨다. 슬픔과 절망에 빠진 제인은 새벽에 아무도 몰래 소온필드를 떠난다.

　제28장부터 38장까지의 마지막 무대는 소온필드를 떠난 후부터 다음 해 6월까지 약 1년 동안, 무어 하우스의 일이 다루어져 있다. 소온필드를 뛰쳐나온 제인은 가까스로 무어 하우스에서 피난처를 찾게 된다. 그곳에서 리버즈 가족과 얼마간 사귄 후에 제인은 목사인 센트 존 리버즈를 위해서 그곳 여학교의 교사가 된다. 그러다가 리버즈 가족이 자기의 사촌이라는 사실을 알게 되고, 마데이라의 존 삼촌으로부터 재산을 상속받게 된다. 제인은 상속받은 재산을 사촌들과 나눈다. 센트 존이 제인에게 결혼해서 전도 사업의 동반자로서 함께 인도로 선교하러 가자고

끈질긴 구혼을 한다. 고민하던 제인은 어디선가 자신을 외쳐 부르는 로체스터의 음성을 듣는다. 제인은 홀린 듯 로체스터를 찾아 소온필드로 달려간다. 하지만 저택은 이미 불타 버리고 로체스터의 미친 아내는 죽고, 그는 불붙은 저택 속에서 눈이 멀고 불구가 되어 버린 사실을 알게 된다. 자신의 사랑을 다시 찾은 제인은 로체스터의 불행에도 불구하고 그와 결혼해서 행복을 찾는다. 결혼한 지 2년 후에는 첫 아기를 알아 볼 수 있을 만큼 로체스터의 한쪽 눈이 회복된다. 이러한 모든 사건들이 제인 에어가 10년 후에 회상하는 것으로 그려져 있다.

《제인 에어》 속의 전기(傳奇)적 요소, 간혹 드러나는 비논리적 구성 —— 소온필드를 뛰쳐 나온 제인이 피난한 곳은 알고 보니 사촌 리버즈의 집이었다는 따위—— 과 기괴적인 흐름은 이 소설의 결점으로 지적된다. 그럼에도 불구하고 《제인 에어》는 소설사 속에서 움직일 수 없는 위치를 차지하고 있고, 지금도 많은 독자의 마음을 사로잡고 있다.

《제인 에어》의 독특한 흥미를 말하려 든다면 우선 그 주인공 제인의 성격과 언동을 생각하지 않을 수 없다.《제인 에어》는 19세기 중엽의 상황에서는 예외적인 존재로 그것이 《제인 에어》의 변함없는 인기를 설명해 주는 요인이 되고 있다. 모든 인습에 반대한 이상할 만큼 강한 제인의 개성이 아니고는 게이츠헤드와 로우드 자선학교, 소온필드 저택과 무어 하우스로 이어지는 그녀의 편력을 설명할 수 없다. 또한 그 편력에서 개성은 더욱 살아난다. 빅토리아 조 시대에 여성이 먼저 사랑의 감정을 품는 일은 결코 없었다. 소온필드에서 제인과 로체스터의 관계를 보면 제인은 로체스터와 동등한 위치에서 대화를 나누고 있으며, 결국은 연인의 관계로 발전하게 된다. 또한 제인은 로체스터와 마찬가지로 자신의 열정을 분명하게 인정한다. 감정의 세계에 리얼리티를 부여한 것이다. 강인한 성격, 역경에도 좌절하지 않고 자립과 행복을 추구해 나가는 투지, 자신의 처지와 거기에 부딪쳐 오는 갖가지 사건에 대한 냉정하고도 적절한 판단 능력과 행동, 고아일 뿐만 아니라 가난한 가정교사의 생활을 영위한다는, 기존의 주인공들과 비교하면 도무지 주인공답지 않은 제인 에어는 이와 같은 리얼리즘에 대한 각성으로 태어났다.

샬럿은 자신이 그리는 주인공이 '평범하고 소박할 것, 현실을 비약하지 않을 것, 미녀나 상류 계급 여성과는 절대로 결혼하지 않을 것, 아담의 아들은 아담의 아들로서의 운명을 가질 것' 등 자신이 정한 원칙에서 벗어나지 않도록 하려고 노력했노라고 1857년에 출판한 《교수》의 서문에서 말하고 있다. 《제인 에어》 역시 이에 따랐다. 화려하지도 아름답지도 않은 한 여성의 마음에서 용솟음치는 진실하고 생생한 정열에 귀를 기울임으로써, 여성은 남성의 '먹이'라는 기존의 낡은 관념을 타파하고 반항해 일어나고, 자유로이 느끼고, 느낀 그대로 표현하는 자유 분방한 '신여성'의 목소리를 만들어낸 것이다. 이러한 사실에서 최초의 근대 소설이라는 말이 생겨나기도 한 것이다.

한편, 《제인 에어》는 최선의 삶과 최선의 죽음이 어떤 것인가 하는 문제를 다루고 있는데, 이러한 주제는 등장 인물들의 대조로 더욱 강조된다.

로우드의 교장 브로클허스트는 겉으로는 영적인 진리를 내세우지만 실제로는 잔인한 행동을 서슴지 않는다. 그는 학생들 앞에서는 겸손과 검소한 생활을 찬양하지만, 자신의 가족들은 비단옷과 모피를 두르고 언제나 가엾은 학생들을 윽박지른다. 그와 대조적인 템플 선생은 말은 별로 하지 않지만 항상 학생들을 따뜻하게 보살피고 도와 준다.

리드 부인의 냉혹한 삶은 결국 그녀의 죽음을 보고도 아무도 슬퍼하지 않게 한다. 온갖 귀여움 속에서 제멋대로 자란 외아들 존은 방탕한 생활을 하다가 결국 자살하고 만다. 그리고 이라이자는 엄격한 종교적 금욕주의를 받아들이며, 조지아나는 이기적인 속된 세상을 택한다.

헬렌 번즈는 자신에게 주어진 운명을 감수하고 복종하며 주님을 믿으며, 죽음을 영광으로 통하는 문이라고 받아들인다. 그러나 제인은 운명과 대항하여 싸우며, 다른 사람들이 자기를 사랑하지 않는다면 차라리 죽는 것이 낫다고 말한다.

마지막 부분에서 센트 존의 종교적 신념을 향한 헌신과 제인에 대한 세속적인 인간 관계의 포기는 로체스터의 적극적인 인생 참여를 강조해 주는 역할을 한다.

그러나 이러한 성격들의 나열 속에서도 단연 돋보이는 것은 앞서도 말했듯이 제인 에어라는 새로운 근대적 여성상의 등장이다. 당시의 여성들은 교육을 받고 훌륭한 교양을 갖추고 남성들과 동등한 대우를 받으며 결혼하는 것이 큰 소망이었다. 그런 소망의 선두에 제인이 위치한다는 것은 분명히 시대의 선구자임에 틀림없다. 근대 여성 해방의 선언서라고 하는 존 스튜어트 밀(J. S. Mill)의 《여성의 해방》이 《제인 에어》보다 20년 후에 나왔으니 그 선구적 업적은 당연하다 할 것이다. 샬럿 브론테가 사회적 신념을 갖고 이 작품을 쓰지는 않았을지라도 사회의 평범하지도 못한 한 여성의 강렬한 개성을 묘사하여, 그것이 주위의 인습과 편견에 충돌했을 때, 스스로 시대에 앞장 선 한 여성의 '예속적인 삶에서의 해방'이라는 사회적 역할의 수행이 이루어진 것이다. 이러한 점에서 《제인 에어》는 현대에도 강한 호소력을 지닐 수 있으며, 영원한 고전으로 자리를 굳히고 있는 것이다.

샬럿 브론테 연보

1816년 4월 21일, 영국 요크셔 주 웨스트 라이딩 지방에 있는 브래드
퍼드의 돈튼에서, 부목사인 아버지 패트릭 브론테와 어머니 마
리아 브란웰의 3녀로 태어남.

1820년(4세) 아버지가 호워드의 교구목사가 되자, 브론테 일가는 황량
한 그곳으로 이사하여, 평생을 그곳에서 지냄.

1821년(5세) 어머니 마리아가 암으로 사망. 아버지는 어머니의 사후 재
혼하지 않고 독신으로 지냄.

1822년(6세) 이모 엘리자베스 브란웰이 집안 일을 돌보아 주기 위해 옴.
그녀는 죽을 때까지 여기서 일을 돌봄.

1824년(8세) 마리아, 엘리자베스, 샬럿, 에밀리 네 자매는 근저 웨스트
머런드의 코원 브리지라는 기숙학교에 들어감.

1825년(9세) 마리아와 엘리자베스가 학교의 나쁜 환경에서 얻은 영양
실조와 폐병으로 5월과 6월에 잇따라 죽음. 샬럿과 에밀리는
학교를 그만두고 집으로 돌아왔으나, 이때의 충격이 이들 자매
의 문학 세계에 신비주의적 사상을 이루는 한 요인이 됨.

1826년(10세) 6월에, 가까운 리즈 시로 나갔던 아버지가 남동생
브란웰을 위하여 열두 개의 장난감 병정을 사옴. 이 목제 인형

으로부터 아이들의 공상의 세계가 열려 함께 낭만적인 이야기를 만들기 시작함. 이 시기의 이야기는 비록 미숙하지만 후에 〈앵글리아〉와 〈곤달〉의 좀더 구체적인 이야기로 발전함.

1831년(15세) 1월에 샬럿 혼자만이 로헤드 학교에 입학함. 이 학교에 재학하는 동안 엘렌 내시, 메어리 테일러 등과 깊은 교우 관계를 맺음. 이 학교에서의 생활은 샬럿에게는 더없이 좋은 영향을 줌.

1833년(17세) 샬럿의 친구 엘렌 내시가 호워드로 찾아와 잠시 머물렀는데, 그 무렵에 에밀리에게 깊은 인상을 줌.

1835년(19세) 울러 여사의 부탁에 의해 샬럿은 에밀리를 데리고 로헤드 기숙학교에 교사로 부임함. 그러나 에밀리는 곧 심한 향수병에 걸려 집으로 돌아오고 대신 막내 앤이 입학함. 이 해에 남동생 브란웰은 런던으로 가서 그림 공부에 뜻을 두었으나 실패하고 귀향함.

1836년(20세) 12월에 크리스마스 휴가 차 집에 온 샬럿은 그동안 썼던 시를 당시의 계관시인인 로버트 사우디에게 보내 비평을 원했으나 답신이 오지 않음.

1837년(21세) 3월 초에 사우디로부터 답신이 왔으나, 기대에 어긋난 내용으로 실의에 빠짐. 한편, 브란웰은 워즈워스에게 시를 보내 비평을 바라고 있었고, 에밀리는 가끔 한 편씩 시를 씀.

1838년(22세) 샬럿은 건강이 몹시 나빠져서 5월에 울러 여사의 기숙학교를 그만두고 집으로 돌아옴.

1839년(23세) 이른 봄, 샬럿은 친구인 엘렌 내시의 오빠인 헨리 목사로부터 구혼을 받지만 끌리는 데가 없다는 이유로 거절함. 8월, 샬럿은 젊은 목사보 프라이스의 구혼을 받으나 역시 거절함. 9월에 이스턴으로 여행하며 바다의 정경에 감동하여 그것을 그리는 일에 몰두함.

1840년(24세) 샬럿은 소설을 쓰기 시작함. 브란웰은 술과 아편으로 몸을 망침.

1841년(25세) 3월에 잠시 화이트 집안에 가정교사로 들어감. 자매는 호워드에서 기숙학교를 열 계획으로, 교사 자격증 취득을 위해 브뤼셀 유학을 결심함. 크리스마스 무렵에 가정교사를 그만둠.

1842년(26세) 학원을 열려는 계획에 따라 학력을 기르기 위해, 샬럿과 에밀리는 벨기에의 브뤼셀로 출발하여 에제 부인이 운영하는 에제 기숙학교에 들어감. 샬럿은 여기서 교수 에제에게 이끌리는데, 그가 《제인 에어》의 로체스터의 모델이 됨. 11월 2일에 이모 엘리자베스가 병으로 앓아 누웠다는 소식을 듣고 곧 귀국 준비를 서둘렀으나 이튿날 부고(訃告)를 받음.

1843년(27세) 2월 말경, 에제 교수의 초청으로 샬럿은 다시 에제 기숙학교로 감. 에제 씨를 사랑하나 이루어지지 않음. 동생 브란웰의 심한 타락과 아버지의 눈병 소식을 듣고 상심에 젖음.

1844년(28세) 1월에 샬럿은 상심 끝에 집으로 돌아옴. 동생들과 함께 호워드에서 기숙학교를 열려고 했으나 응모하는 학생이 없었음. 아버지의 시력이 점점 떨어져 집을 떠날 수가 없게 됨.

1845년(29세) 5월, 뒷날 샬럿과 결혼하게 되는 아더 벨 니콜스가 아버지의 목사보로 취임함. 남동생 브란웰은 가정교사로 들어간 집의 부인과 사랑에 빠져 쫓겨나는 등 샬럿의 속을 썩임. 샬럿은 가을 무렵, 에밀리가 쓴 시의 원고를 우연히 발견, 자신과 에밀리, 앤의 시를 합쳐 시집을 출판할 계획을 세움.

1846년(30세) 5월, 필명을 남자 이름으로 하여 세 자매의 시집 《커러와 엘리스와 액튼의 시집》을 자비로 출판했으나 두 권만이 팔렸을 뿐, 반응을 얻지 못함. 세 자매가 다시 소설을 쓰기 시작,

에밀리는 《폭풍의 언덕》, 앤은 《아그네스 그레이》, 샬럿은 《교수》를 써서 이곳 저곳의 출판사로 보냈으나 모두 거절 당함. 샬럿은 아버지의 눈수술을 위해 맨체스타로 모시고 가는데 거기서 《제인 에어》를 쓰기 시작함.

1847년(31세) 8월에 《제인 에어》를 완성함. 10월에 커러 벨이란 이름으로 스미스 엘더 사에서 출판 즉시 「타임스」, 「에딘버러 리뷰」, 「블랙우드 매거진」 등 여러 잡지로부터 극찬을 받음. 당대의 비평가 새커리도 감동시킴. 곧 소설가 커러 벨이 탄생되고 12월에 《폭풍의 언덕》, 《아그네스 그레이》도 출판되었으나 이것들은 큰 성공을 거두지 못함.

1848년(32세) 1월, 《제인 에어》 제2판이 출판됨. 서문에 새커리의 헌사가 실림. 앤과 함께 런던의 스미스 엘더 사를 방문하여 사장 스미스 씨에게 커러, 엘리스, 액튼이 각각 별개의 인물임을 증명하고 스미스 씨의 환대를 받음. 한동안 런던에 머무름. 9월 브란웰이 병이 들어 거의 광적인 상태가 되어 죽음. 샬럿은 1주일 간 일어나지 못하고 신경쇠약에 빠짐. 더욱이 12월에는 에밀리마저 브란웰의 뒤를 이어 죽음.

1849년(33세) 5월, 마지막 남은 동생 앤이 북해 연안에서 죽음. 10월에 샬럿의 《셜리》가 출판됨. 명성을 얻은 샬럿은 그 달 말경 스미스 씨의 초청으로 런던에 머물면서 새커리와 알게 됨.

1850년(34세) 1월에 「에딘버러 리뷰」 지에 G.H. 루이스의 《셜리》에 대한 평이 실렸는데 여류 작가에 대한 편견에 가득 찬 평을 읽고 분개함. 3월에 의학, 교육 개혁자로 유명한 제임스 셔틀워드 부부가 호워드로 찾아와 랭카셔의 고도프 저택으로 샬럿을 초대함. 그곳에서 방문한 개스켈 부인과 만나게 됨. 이들의 관계는 만년의 샬럿에게 가장 중요한 영향을 끼침.

1851년(35세) 형제들의 죽음에 대한 기억으로 괴로워하며 건강 상태가
           악화됨.
1852년(36세) 점차로 건강을 회복함. 11월에 《빌레트》를 완성함. 12월에
           아버지의 목사보로 있던 니콜스에게 열렬한 구혼을 받았으나
           그녀는 대답을 보류, 아버지는 반대함.
1853년(37세) 1월에 《빌레트》가 출판되어 널리 호평을 받음. 구혼을 거
           절당한 니콜스는 절망 끝에 사직하고 떠남. 9월에 개스켈 부
           인의 방문을 받음.
1854년(38세) 1월에 다시 니콜스가 찾아와 결혼을 간청, 아버지는 여전
           히 반대했으나 그녀는 그의 성의에 마음이 끌림. 6월 29일 이
           른 아침에 호워드 교회에서 결혼식을 올리고 니콜스의 고향인
           아일랜드로 양가 친척들을 찾아 여행함. 그녀는 말에서 떨어
           져 건강을 해쳤으나, 한동안 행복한 결혼 생활이 지속됨.
1855년(39세) 2월 15일에 브뤼셀의 옛친구들에게 힘없는 필체로 편지를
           쓰고서 3월 31일 밤에 사망함. 원인은 폐결핵으로 진단되었으
           나, 아마도 임신중독증일 거라고 추측되고 있음. 샬럿의 친구
           엘렌의 충고를 받아들여, 브론테 씨가 개스켈 부인에게 샬럿
           의 전기 집필을 의뢰함.
1857년   처녀작 《교수》가 사후 출판됨. 개스켈 부인의 《샬릿 브론데의
           생애》가 출판됨.
1860년   4월에 샬럿의 단편 《엠마》가 새커리의 서문이 붙여져 「콘월
           매거진」에 발표됨.
1913년   7월 29일자 「타임지」 지에 샬럿이 에제 씨 앞으로 보낸 편지
           가 공개됨.

▲ 《제인 에어》를 쓴 샬럿 브론테

▲ 브론테 자매의 아버지 패트릭 브론테

◀ 화가 지망생이었던 남동생 브란웰이 그린 세 자매의 초상. 좌로 부터 앤, 에밀리, 샬럿

▲ 샬럿이 아이들을 가르쳤던 일요학교

▲ 브론테 자매가 태어난 집

Hye Won World Best
Hye Won World Best

Hye Won World

Hye Won World Best